FLOTS

DU MÊME AUTEUR CHEZ ALIRE

5150, rue des Ormes
Beauport : Alire, Romans 045, 2001.
Lévis : Alire, GF, 2009.

Le Passager
Lévis : Alire, Romans 066, 2003.
Lévis : Alire, GF, 2018.

Sur le seuil
Beauport : Alire, Romans 015, 1998.
Lévis : Alire, GF, 2003.

Aliss
Beauport : Alire, Romans 039, 2000.
Lévis : Alire, GF, 2018.

Les Sept Jours du talion
Lévis : Alire, Romans 059, 2002.
Lévis : Alire, GF, 2010.

Oniria
Lévis : Alire, Romans 076, 2004.
Lévis : Alire, GF, 2018.

Le Vide
Lévis : Alire, GF, 2007.
Le Vide 1. Vivre au Max
Le Vide 2. Flambeaux
Lévis : Alire, Romans 109-110, 2008.

Hell.com
Lévis : Alire, GF, 2009.
Lévis : Alire, Romans 136, 2010.

Malphas
1. *Le Cas des casiers carnassiers*
Lévis : Alire, GF, 2011.
Lévis : Alire, Romans 174, 2016.
2. *Torture, luxure et lecture*
Lévis : Alire, GF, 2012.
Lévis : Alire, Romans 175, 2016.
3. *Ce qui se passe dans la cave reste dans la cave*
Lévis : Alire, GF, 2013.
Lévis : Alire, Romans 185, 2017.
4. *Grande Liquidation*
Lévis : Alire, GF, 2014.
Lévis : Alire, Romans 186, 2017.

Faims
Lévis : Alire, GF, 2015.
Lévis : Alire, Romans 197, 2019.

L'Autre Reflet
Lévis : Alire, GF, 2016.
Lévis : Alire, Romans 206, 2020.

Il y aura des morts
Lévis : Alire, GF, 2017.

Ceux de là-bas
Lévis : Alire, GF, 2019.

FLOTS

PATRICK SENÉCAL

ALIRE

Illustration de couverture
JEIK DION

Photographie
Danila Razykov

Diffusion et distribution pour le Canada
Messageries ADP
2315, rue de la Province, Longueuil (Québec) Canada J4G 1G4
Tél. : 450-640-1237

Pour toute information supplémentaire
LES ÉDITIONS ALIRE INC.
120, côte du Passage, Lévis (Qc) Canada G6V 5S9
Tél. : 418-835-4441
Courriel : info@alire.com
Internet : www.alire.com

Les Éditions Alire inc. bénéficient des programmes d'aide à l'édition du Conseil des arts du Canada (CAC), du Fonds du Livre du Canada (FLC) pour leurs activités d'édition, et du Programme national de traduction pour l'édition du livre, une initiative de la *Feuille de route pour les langues officielles du Canada 2013-2018 : éducation, immigration, communautés*, pour nos activités de traduction.

Les Éditions Alire inc. bénéficient aussi de l'aide de la Société de développement des entreprises culturelles du Québec (SODEC) et du Gouvernement du Québec – Programme de crédit d'impôt pour l'édition de livres – Gestion Sodec.

Dépôt légal : 2e trimestre 2021
Bibliothèque et Archives nationales du Québec
Bibliothèque et Archives Canada

Disponible en format numérique :
PDF — 9782896158348
EPUB — 9782896159444

TABLE DES MATIÈRES

— Tout est une question de confiance, au fond.

Il est midi vingt-quatre, ce dimanche 15 mars, lorsque l'animateur de radio résume sa réflexion en ces quelques mots. Il vient d'expliquer que le gouvernement du Québec a décidé de fermer les bars et que les restaurants devront réduire de moitié la capacité maximale de leur clientèle. Tout en conduisant sa voiture, Josée Janelle, trente-neuf ans, tente d'écouter, mais éprouve de la difficulté à se concentrer, la tête ailleurs.

— Faut pas oublier qu'on a eu aucun décès encore au Québec à cause de ce virus-là, poursuit l'animateur. Alors on fait quoi, comme population démocratique ? Si on obéit sans rouspéter, on est sûrs d'être en sécurité, mais on donne le feu vert pour que le gouvernement continue à durcir sa position. On sait pas, peut-être que d'ici quelques jours, il va faire fermer les commerces…

— Exagère pas, Serge, intervient le coanimateur en ricanant.

— Non, mais on sait pas, on sait pas !… Ou alors, on se fie aux quelques scientifiques dissidents

et on proteste contre les mesures gouvernementales, mais au risque de mettre notre vie en danger. Bref, on fait confiance à qui ? On attend vos appels.

Josée s'engage dans la rue des Pins, roule un court moment, s'arrête devant le duplex situé au coin de la rue des Peupliers puis descend. Elle s'approche du bâtiment dont le rez-de-chaussée est occupé par un dépanneur et monte à l'étage. Elle sonne, mais on ne répond pas. Son inquiétude grandit. Elle tourne la poignée : la porte n'est pas verrouillée. Josée se retrouve dans le corridor central qui traverse tout l'appartement.

— Y a quelqu'un ?

Sans enlever ses bottes, qu'elle se contente d'essuyer sur le petit tapis, elle entre dans le salon à gauche, qu'elle découvre en désordre. Sur la table à thé et le piano droit traînent des livres, des assiettes sales et des verres vides. Deux chaises de la cuisine se trouvent au milieu de la pièce et des couvertures de lit recouvrent en bonne partie le plancher de bois franc. Dans le divan est assise une petite fille de huit ou neuf ans. Elle porte une jolie robe bleue et, les bras croisés, affiche une moue boudeuse. Lorsqu'elle reconnaît sa tante, elle paraît soulagée un bref moment, mais détourne aussitôt les yeux en conservant son air buté.

— Seigneur, Florence, qu'est-ce qui s'est passé ici ?

L'enfant ne répond pas.

— Pourquoi tu m'as pas répondu ? insiste la femme.

La fillette garde le silence.

— Es-tu toute seule ?

Toujours rien. Josée lève la tête. Elle peut voir la cuisine, qui communique sans séparation avec le salon : vaisselle sale, contenants et bouteilles de toutes sortes, restes de nourriture, tout cela traîne sur le comptoir, le four et la table à manger.

— Où est maman, Flo ?

Aucune réponse. Josée se rend directement au court couloir entre le bureau de Sébastien et la chambre de Florence et ouvre la porte qui révèle un escalier intérieur. Sans actionner la lumière, elle descend les marches, qui sont souillées de gadoue séchée. En bas, elle pousse la porte à gauche, non verrouillée, et entre dans le dépanneur du rez-de-chaussée.

Les lumières sont éteintes, mais, malgré la pénombre, elle constate qu'il n'y a personne derrière la caisse.

— Sébastien ?... Maryline ?...

Le dépanneur est donc fermé ? En plein jour ? Par acquit de conscience, elle va jeter un œil dans les deux allées : vraiment personne. L'inquiétude monte d'un cran tandis qu'elle retourne au salon à l'étage. L'enfant n'a pas bougé. Josée se penche et écarte une mèche rousse du visage de la gamine. Elle remarque deux coupures, l'une sur son front, l'autre sur sa joue droite, légères, peu profondes, qui ne saignent plus, mais qui paraissent tout de même récentes.

— Qui t'a fait ça ?

— J'ai pas envie d'en parler.

Josée dévisage la petite avec crainte. Elle interroge encore sa nièce, lui demande où sont papa et maman, mais Florence, après avoir gardé le silence à toutes les questions, répète enfin :

— J'ai pas envie de parler, bon.

De plus en plus inquiète, Josée retourne dans le grand corridor central pour visiter les autres pièces. La chambre des parents est vide et rangée, à l'exception du lit défait ; le bureau de Sébastien est impeccable et la salle de bains relativement en ordre ; la chambre de Florence, par contre, est dans un fouillis total et les couvertures ont été retirées du lit. Elle demande à Florence depuis combien de temps elle est seule et se bute encore à son silence. Elle prend son cellulaire et fait un appel. Aucune réponse. Elle tente à nouveau de tirer des renseignements de l'enfant, mais en vain. Après une minute de tergiversation, Josée enlève son manteau et appelle la police.

À midi quarante-six, Josée ouvre la porte au patrouilleur Martin Légaré et le fait entrer. Elle lui résume la situation.

— ... alors j'ai voulu voir ma sœur, pis je suis venue. Je suis arrivée il y a une vingtaine de minutes.

— Depuis que vous êtes arrivée, vous avez essayé de les appeler sur leurs cellulaires ?

— Oui, juste avant de vous appeler, j'ai essayé de joindre Maryline une dernière fois. Je pense que Sébastien a pas de cellulaire.

— Pis en arrivant, vous avez trouvé la petite toute seule.

— C'est ça. Je pense pas que Maryline et Sébastien laisseraient leur enfant de huit ans sans surveillance à la maison. Surtout pas dans un tel bordel.

— Pis elle veut pas vous dire où sont ses parents ?

— Elle veut pas parler, point !

Légaré se penche vers la gamine et la salue. L'apparition du policier a paru indisposer Florence un bref moment, mais elle a maintenant repris son air boudeur. D'une voix maladroite mais douce, le patrouilleur lui pose toutes sortes de questions : où sont ses parents, depuis combien de temps elle est seule, qui lui a fait ces deux coupures au visage… La fillette ne dit rien sauf une fois pour répliquer : « Arrêtez, j'ai pas envie de parler. » Légaré fait rapidement le tour de la maison, mais sans toucher à rien, puis demande à Josée si l'escalier intérieur mène au dépanneur. Elle répond que oui, que le propriétaire est son beau-frère Sébastien Roberge, mais que le commerce est fermé en ce moment, ce qui n'est pas normal. Elle explique qu'elle est descendue et qu'il n'y a personne. Planté au milieu du salon, le patrouilleur sort un calepin et un crayon.

— Vous avez pas essayé d'appeler d'autres membres de votre famille ? Des amis de votre sœur ou de votre beau-frère ?

— Notre père est mort il y a dix ans et ma mère il y a un mois…

— Oh, mes sympathies…

— Pis j'ai pas d'autres frère ou sœur. Je connais pas vraiment les amis de Sébastien et de Maryline. On se… On se voit pas beaucoup, faut dire.

Elle prononce ces derniers mots sur un ton coupable.

— Pis la famille de Sébastien ?

— Sébastien est en chicane avec eux autres depuis un boutte. Sa famille habite en Mauricie,

toute la gang, Sébastien vient de là. Il leur a pas parlé depuis des années. Ils sont même pas venus à l'enterrement de ma mère. De toute façon, je pense pas que Sébastien voie grand monde. C'est un solitaire. Mais me semble (elle réfléchit)... me semble qu'il joue dans une ligue de quilles...

— Ici, à Drummondville ?

— Oui.

Légaré note tout cela dans son calepin. Josée se tord les doigts, anxieuse, puis elle se tourne vers sa nièce.

— Flo, on est super inquiets. Il faut que tu nous dises où sont papa et maman.

L'enfant a d'abord une moue rébarbative. Puis, en jouant avec le rebord de sa robe, elle se met à fredonner d'une voix basse une chanson dans un anglais si approximatif qu'on ne reconnaît que deux ou trois vrais mots. Josée pose ses mains sur ses hanches, outrée.

— Nous niaises-tu, là ?

— Madame Janelle, attendez un peu...

Il guide la femme jusque dans le corridor, hors de la vue de la fillette. Il lui explique que ce n'est sans doute pas comme ça qu'on va l'amadouer. Josée s'excuse, nerveuse.

— De toute façon, précise Légaré, en l'absence des parents, on doit appeler la DPJ.

— La DPJ ? Ben voyons, pourquoi ?

— C'est la procédure. Là, on va rester ici au cas où votre sœur ou votre beau-frère reviendrait. La voiture en bas, dans l'entrée, c'est celle du couple ?

— Me semble, oui.

— Pis ils en ont pas une deuxième?

— Je pense pas.

— Donc, ils sont pas partis loin, alors c'est très probable qu'ils vont revenir bientôt. La plupart du temps, c'est ça qui arrive. Mais faut quand même qu'un agent de la DPJ prenne en charge la petite pendant qu'on s'occupe du cas des parents. OK?

— Ben... OK.

— Parfait. Elle a huit ans, vous avez dit?

— Oui, elle va avoir neuf dans un mois ou deux, si je me souviens bien...

Dans l'émetteur fixé à son épaule, le policier communique avec le poste de la SQ de Drummondville et explique la situation. Puis, lui et Josée reviennent au salon et observent d'un air perplexe Florence qui continue de chantonner en jouant avec la bordure de sa robe.

— Vous êtes sûre que vous connaissez aucun ami de votre sœur? demande le policier.

— Pas vraiment. Je me rappelle d'une certaine Véronique...

— Son nom de famille?

— Aucune idée. (Elle réfléchit.) Maryline a un autre très grand ami, Hubert, heu... Godin, oui. Hubert Godin. Avant, c'était un coiffeur, mais maintenant, il travaille dans une boutique de vêtements, sauf que je sais pas laquelle...

L'agent cherche un moment sur son cellulaire. Ce Godin n'est pas listé sur Canada 411, alors il note le nom dans son calepin.

— Si vous fouillez un peu... propose Josée.

Le policier explique qu'il ne peut fouiller dans la maison sans mandat, ni même ouvrir un tiroir.

Et pour obtenir un mandat, il doit avoir une raison valable.

— Ben voyons donc! s'offusque Josée. La disparition des parents, c'est pas assez valable?

— Il est vraiment trop tôt pour parler de disparition. Y a aucun signe de violence nulle part…

— Vous avez vu tout ce qui traîne?

— C'est du désordre, pas de la violence. Les marques dans la face de la petite sont mineures pis elles ont peut-être rien à voir avec ce qui se passe. Pis elle a plus l'air de bouder que d'être traumatisée. Faut vraiment attendre encore avant de parler de disparition. Comme je vous l'ai dit, la plupart du temps, les parents reviennent vite.

Josée paraît exaspérée par ce protocole.

— C'est ben compliqué… Je vais fouiller, moi, dans les tiroirs, si vous pouvez pas. Je vais peut-être trouver une note, ou quelque chose…

Elle a lancé cela par provocation, mais devant l'absence de réaction du policier, elle hausse un sourcil.

— J'aurais le droit, moi?

— Je peux pas vous encourager à le faire, mais… Vous êtes venue pour voir votre sœur, vous êtes entrée par la porte débarrée, vous avez trouvé votre nièce toute seule, vous cherchez un moyen de rejoindre sa mère parce que vous êtes inquiète… Si elle est en maudit parce que vous avez fouillé chez elle, vous vous arrangerez avec.

Josée saisit parfaitement le message. Elle regarde autour d'elle et aperçoit un iPad sur la table à manger. Elle s'approche et le prend. La photo souriante de Maryline sur l'écran démontre qu'il s'agit de l'appareil de sa sœur. Elle tente d'y accéder, mais grimace de dépit. Elle se tourne vers Florence.

— Flo, tu connais le mot de passe du iPad de maman ?

La petite, toujours boudeuse, attrape une télécommande et allume la télévision.

— Je suis tannée de vous entendre parler.

Elle trouve une émission pour enfants. Josée soupire puis commence à ouvrir les tiroirs de la cuisine. Légaré l'observe d'un air impassible. Il est à peu près convaincu que le père ou la mère va revenir dans quelques minutes, en se confondant en excuses d'avoir laissé leur fille seule durant trente ou quarante minutes. Bref, une banale histoire de parents quelque peu négligents.

À treize heures quinze, Jean-François Chiasson stationne sa voiture devant le duplex et coupe la voix du journaliste qui résumait les mesures prises par le gouvernement pour freiner la propagation du coronavirus. Il doute qu'il doive ramener l'enfant au Centre jeunesse. Comme presque chaque fois, les parents vont probablement réapparaître d'une minute à l'autre, ce qui leur vaudra tout de même une première signalisation auprès de la DPJ. Il sort de son véhicule, serviette à la main, et observe le ciel couvert. La précipitation est imminente et, avec cette douce température, elle sera sans doute sous forme de pluie. Puis, il contemple les alentours avec envie. Il aimerait bien vivre dans ce quartier, composé surtout de maisons unifamiliales. Selon lui, ce secteur s'avère l'un des plus intéressants de Drummondville puisqu'il a l'avantage d'être à la fois tranquille et à une dizaine de minutes à pied du centre-ville. En ce moment, Jean-François habite dans Saint-Charles, de l'autre côté du pont, et il doit utiliser sa voiture, peu importe où il veut se rendre. Quand il formera sa petite famille, il déménagera dans un quartier de ce genre.

Enfin, si cela arrive un jour…

Jean-François étudie le duplex où on l'attend. Celui-ci est complètement détaché de la maison à droite, une unifamiliale, et n'a pas de voisin à gauche puisqu'il est situé au coin de la rue. Avant de traverser, il laisse passer une voiture (la première qu'il voit depuis qu'il s'est garé) puis il monte l'escalier qui mène à l'étage.

Il se présente au policier et à Josée.

— Jean-François Chiasson, intervenant de la DPJ.

Légaré lui résume la situation.

— J'ai cherché des notes, des numéros de téléphone dans les tiroirs de la cuisine, mais j'ai rien trouvé, ajoute Josée.

— Maintenant, les gens conservent les numéros de téléphone sur leurs cellulaires ou leurs ordinateurs, commente Jean-François en observant la fillette qui regarde la télévision.

— J'ai le iPad de ma sœur, mais y a un mot de passe. Même chose pour l'ordinateur dans le bureau de mon beau-frère. Je sais plus quoi faire…

On apprend à Jean-François que l'enfant s'appelle Florence et que ce serait vraiment d'une grande aide s'il arrivait à la faire parler.

— On va commencer par la rassurer, OK? propose l'intervenant. Elle est toute seule chez

elle, elle voit un policier débarquer, elle doit être effrayée…

Jean-François va au salon, retire son manteau, dépose sa serviette par terre et plie les genoux pour être à la hauteur de la petite. Cette dernière lui décoche un rapide regard avant de retourner à la télévision.

— Salut, Florence. Je m'appelle Jean-François. Tu vas bien ?

Elle ne dit rien. Josée, que l'inquiétude rend fébrile, se met en marche vers le corridor central.

— Je descends voir s'il y a des notes qui traînent sur le comptoir du dépanneur… Parce que vous, vous avez pas le droit de fouiller en bas non plus, j'imagine ?

— Non, répond Légaré sans conviction. Pis en principe, vous non plus, parce que le dépanneur fait pas partie de la maison comme telle. En plus, il est fermé, pis…

— Ben, vous me donnerez une amende !

Quelques secondes plus tard, on entend ses pas descendre l'escalier intérieur. Jean-François n'a pas détourné son attention de la fillette.

— Tu sais pourquoi il y a tant de monde chez toi ? C'est parce qu'on se demande tous où sont tes parents. Tu pourrais peut-être nous aider, là-dessus ?

Silence. Jean-François s'assoit sur le divan, tout près de Florence.

— On veut pas les chicaner, on veut juste savoir où ils sont. Ta tante Josée s'inquiète, c'est un peu normal, tu penses pas ?

La petite ne réagit pas. Jean-François l'examine. Elle est assez grande pour son âge, et plutôt jolie, avec ses longs cheveux roux et ses grands yeux bruns. Pourquoi ce silence ? Elle n'a pas l'air traumatisée ni effrayée. Juste… résignée.

— Qu'est-ce que tu t'es fait, au visage ?

Florence soupire, ferme la télévision et frotte ses paupières.

— Est-ce que je peux aller dans ma chambre ?

Sa façon de soupirer, de se frotter les yeux, tout cela est propre à une enfant de huit ans. Mais sa voix… Non pas qu'elle soit grave, mais elle sonne vraiment plus mature. Pas mature, en fait, juste… Oui, elle a une voix plus vieille que celle d'une gamine de huit ans, même si Jean-François ne saurait expliquer en quoi.

— Oui, bien sûr, répond-il.

Et sans un regard vers les gens présents dans la maison, elle s'en va dans sa chambre, dont elle ferme la porte à moitié. Le policier s'étonne.

— C'est tout ? Vous la questionnez pas plus ?

— Si j'y vais trop raide, elle va résister encore plus et…

Josée réapparaît dans la cuisine. Elle n'a trouvé ni note, ni numéro de téléphone. Jean-François se rend dans la salle de bains et ouvre la pharmacie. Aucun médicament. Il revient au salon et demande à Josée :

— C'est délicat comme question, mais… êtes-vous au courant s'il y avait de la violence familiale ?

— Hein ? Ben… voyons, pourquoi ? Vous pensez que les parents auraient pu faire ces marques-là dans la face de Florence, c'est ça ? Non, non, impossible !

Jean-François hoche la tête. Josée lève deux bras tourmentés.

— Là, on fait quoi ? Vous allez attendre combien de temps avant de considérer qu'ils ont disparu ? Vous voyez bien qu'ils reviennent pas ! En plus, je vous l'ai dit que j'avais essayé de la rejoindre pis que ça marchait pas !

Légaré se gratte la nuque, embêté. La prochaine étape serait d'aller questionner les voisins, mais il pourrait encore attendre un peu. Il ressort son calepin et son crayon.

— Justement, le fait que vous avez essayé de la rejoindre… donnez-moi donc des détails là-dessus.

Pendant ce temps, dans sa chambre, Florence s'est assise à son petit bureau blanc, a ouvert un tiroir et a pris un livre fleuri sur lequel est inscrit « Journal intime de Florence Roberge ». Un stylo est glissé à l'intérieur et l'enfant l'ouvre à cette page. Elle prend le stylo, dans l'intention d'écrire, mais elle hésite. Puis, après quelques secondes, elle hausse les épaules et son visage se tord en une moue qui semble dire « À quoi bon ? ».

Avec précaution, elle remet le stylo à la même page, referme le livre et le range dans le tiroir. Puis, elle attrape le roman pour enfants qu'elle est en train de lire et s'installe dans son lit.

Journal intime de Florence Roberge [1]

[1] NDLE : *Pour des raisons de lisibilité, les fautes d'orthographe, d'accord et de conjugaison de ce journal ont été corrigées en grande partie. Par contre, la syntaxe n'a été retouchée – légèrement – que lorsque vraiment nécessaire et le lexique a été conservé tel quel, afin de préserver au maximum l'authenticité du texte.*

Bonjour. Je m'appelle Florence Roberge et j'ai huit ans. Je commence mon journal intime.

C'est mononcle Hubert qui m'a dit que je devrais écrire un journal intime. Ce n'est pas mon vrai mononcle, c'est un grand grand ami à maman, mais je l'ai toujours appelé comme ça et il aime ça. Aujourd'hui, il m'a amenée souper au restaurant, il fait ça des fois. J'ai pris une poutine italienne parce que c'est mon repas préféré. En plus aujourd'hui, c'est la Saint-Valentin alors papa et maman sont allés aussi au restaurant, mais juste tous les deux en amoureux. Mononcle Hubert n'a pas d'amoureuse, il vit tout seul, alors il ne fête pas la Saint-Valentin. Des fois, il m'amène au cinéma avant qu'on aille manger. Quand on se voit, on parle de toutes sortes d'affaires, de l'école, de mes amies. Il me demande si ça va bien à la maison et je dis oui. Des fois, il me demande si ça va bien aussi avec mon père. Je dis oui. Tantôt, je lui ai dit que papa me montrait de plus en plus d'affaires au dépanneur et que c'était le fun. Il m'a demandé s'il était gentil aussi avec maman. Il me demande ça souvent et je réponds toujours oui. C'est sûr que des fois, papa et maman se chicanent, mais quand ça arrive, maman me dit de ne pas en parler aux autres parce que ce n'est pas de leurs affaires. Elle dit que des chicanes de famille, il ne faut pas en parler aux autres. C'est vrai que mes amies ne me parlent jamais des chicanes de leurs parents. En plus, papa et maman sont amoureux, maman me le dit souvent. Et papa embrasse souvent maman et il lui dit des belles affaires. Mais à chaque fois que je dis à mononcle Hubert que ça va bien avec papa, il fait toujours une drôle de face. Là, tantôt, il avait un cadeau pour moi. Il m'a donné trois livres. Il n'y avait rien d'écrit sur la couverture, il y avait juste des fleurs, et toutes les pages étaient blanches dedans. Il m'a dit que c'était pour écrire mon journal intime. Il a voulu m'expliquer c'est quoi, mais je lui ai dit que je le savais parce que j'ai lu les journaux intimes d'Aurélie Laflamme, c'est des romans écrits par India Desjardins et c'est super bon. Il m'a dit que ça, c'était des romans inventés, mais que mon journal intime à moi, ce serait vrai et que personne n'aurait le droit de le lire. C'est pour ça qu'on peut écrire tout ce qu'on veut dedans, c'est secret. Il m'a dit que quand on vit des affaires difficiles, des fois, ça fait du bien de l'écrire dans notre journal intime. Il m'a demandé si je vivais des affaires difficiles des fois et j'ai dit non. Il a fait une face comme s'il n'était pas sûr, et ensuite, il a dit que faire un journal intime, c'est un bon moyen de comprendre nos émotions. Ça, je n'ai pas trop compris ce que ça voulait dire, mais il m'a dit que je comprendrais en écrivant. Il m'a dit aussi que quand on vit des affaires difficiles, des fois, ça fait du bien de l'écrire dans notre journal intime. Il a dit qu'en plus, j'avais une bonne mémoire et j'étais bonne en français, donc j'allais sûrement aimer ça. C'est vrai que j'ai une bonne mémoire, je me rappelle de toute toute. Et c'est vrai que suis bonne en français, madame Valérie me le dit souvent. Madame Valérie, c'est ma professeure de troisième année. Le français, c'est la seule matière que je suis vraiment bonne, les autres ça va moins bien, comme les mathématiques, les sciences ou les Iroquois. En plus, je n'aime pas ça, ces matières-là. J'aime juste le français. Alors ce soir, j'ai décidé de commencer mon journal intime. Et je vais l'écrire super bien, comme si j'écrivais un vrai livre. Et je vais essayer de faire le moins de fautes possible.

Là, je vais faire un paragraphe. Ça, c'est quand on ne finit pas la ligne et qu'on en commence une autre, c'est madame Valérie qui nous a expliqué ça. Ils font ça dans les livres quand on change de sujet ou quand ça fait un paquet de phrases trop long. C'est vrai que je vois ça souvent dans les romans que je lis. Là, je trouve que j'ai beaucoup de phrases ensemble et en plus, je pense que c'est un bon moment pour faire un paragraphe.

Là, j'en fais un autre parce que j'ai fini d'expliquer mon affaire et que je vais parler d'autre chose. En tout cas, me semble que ça marche de même. Alors c'est ça, J'ai commencé mon journal intime. Là, je vais arrêter et je vais lire un petit peu avant de me coucher. Bye. Je le sais que personne ne va lire mon journal et que ça ne donne rien de dire bye parce que personne ne me lit, mais ce n'est pas grave, ça me tente. Bye.

J'ai eu une idée. D'habitude, quand je lis un roman et que je trouve un nouveau mot que je ne comprends pas, je demande à papa ou maman ou madame Valérie ce que ça veut dire. Là, je vais faire ça encore, mais en plus, je vais écrire le nouveau mot dans mon journal. Ça va m'aider à m'en rappeler. Tantôt, j'ai lu le mot regret dans mon roman et j'ai demandé à maman ce que ça voulait dire. Elle a dit qu'un regret, c'est quand on a fait quelque chose qu'on n'est pas content d'avoir fait. J'ai pensé à ça. Des fois, papa s'excuse à maman pour des affaires. C'est parce qu'il regrette ce qu'il a fait. Moi, me semble que je n'en ai pas souvent, des regrets. Quand j'ai traité Mégane de maudite fatigante l'autre jour dans la classe, madame Valérie m'a donné une punition, même si c'est vrai que Mégane est fatigante et qu'elle veut toujours qu'on s'occupe d'elle. Là, je l'ai regretté parce que avoir su, je ne lui aurais pas crié des noms et je n'aurais pas eu de punition. Mais quand j'ai frappé Ling l'année passée, je n'ai pas eu de regrets parce que c'était de sa faute. Elle avait perdu les beaux crayons que je lui avais prêtés alors tant pis pour elle.

Il paraît qu'il faut écrire les dates dans notre journal intime. Je ne sais pas c'est quoi la date exacte aujourd'hui, mais je sais qu'on est au mois de février et que c'est samedi. J'ai eu mon cours de piano avec madame Lemaire. Madame Lemaire vient me donner un cours tous les samedis. Elle est vieille parce qu'elle a environ 60 ans. Et elle est aveugle. Mais elle joue bien quand même du piano même si elle ne voit rien. Je ne sais pas comment elle fait. Ça fait presque deux ans qu'elle me donne des cours. Même si elle est aveugle, elle vient toujours à pied chez nous, sauf quand il fait pas beau. S'il fait pas beau, elle prend un taxi. Mes parents lui ont souvent dit que je pouvais aller chez elle, mais elle ne veut pas, elle dit que ça la fait sortir de chez elle. Elle est super débrouillarde. Elle est un peu sévère, mais ce n'est pas si pire. Je m'en viens pas mal bonne. J'aime ça jouer du piano, c'est le fun. Mais aujourd'hui, pendant mon cours, papa et maman se sont chicanés dans leur chambre. Ils ne criaient pas, mais ils parlaient fort et madame Lemaire les entendait. Elle a fait une face de madame pas contente. Moi non plus, je n'aimais pas ça quand papa et maman se chicanaient parce que ça me déconcentrait.

Après mon cours, on est allés voir grand-maman Laura. Elle reste dans un hôpital depuis deux ou trois mois, je ne me souviens plus. Chaque fois qu'on va là, il y a une vieille madame qui a dit à maman oh, bonjour, je vous connais vous. Maman aime ça et elle a l'air bien fière. Elle me dit que la vieille madame a dû la voir dans des publicités à la télévision ou dans le journal il y a plusieurs années. Avant, quand grand-maman vivait dans sa maison, elle me donnait des bonbons-tire Sainte-Catherine. J'aimais ça parce que c'est la seule personne qui me donne ces bonbons-là et je les trouve super bons. Ils collent partout dans les dents et je trouve ça drôle. Mais depuis qu'elle est à l'hôpital, elle ne m'en donne plus, alors c'est moins le fun d'aller la voir. En plus, elle ne parle plus parce qu'elle a eu un coma il y a une semaine. Ça s'appelle comme ça. Ça veut dire qu'elle reste couchée toute la journée, elle a les yeux fermés et elle ne fait rien. Ça doit être plate. Elle fait aussi des bruits bizarres en respirant. J'ai demandé pourquoi on venait la voir si elle ne pouvait même plus nous parler. Maman m'a dit qu'elle allait sûrement mourir bientôt. Il y a deux raisons pourquoi on peut mourir. Ça peut être parce qu'il y a du sang qui sort de notre corps, comme dans les films d'horreur que j'écoute avec maman. Mais il faut qu'il y ait beaucoup de sang. L'autre jour, je me suis coupé le doigt avec les ciseaux et ça a saigné un peu, alors je ne suis pas morte. L'autre raison, c'est qu'on peut avoir une maladie qui fait qu'on meurt. C'était pour ça que grand-maman allait mourir. Maman a dit qu'elle avait un cancer et ça, c'est une maladie qui fait mourir. Maman était triste parce que grand-maman, c'est sa maman. Papa aussi était triste, même si ce n'est pas sa mère. Les parents de papa, je ne les vois jamais, je ne sais pas pourquoi.

Après, dans l'auto, j'ai demandé à maman pourquoi grand-maman avait un cancer. Maman a dit que personne ne le sait. Papa a dit qu'il y avait de plus en plus de cancers dans le monde parce que les pays faisaient toutes sortes d'expériences secrètes. Il a parlé d'une nouvelle maladie en Chine, ça s'appelle un virus, et que c'était sûrement à cause que le gouvernement en Chine avait fait des expériences avec d'autres gouvernements.

Je ne comprenais rien de ce qu'il disait et maman lui a dit d'arrêter avec ça parce que c'était n'importe quoi. Elle m'a dit que grand-maman avait passé des tests à l'hôpital et qu'ils avaient découvert qu'elle avait un cancer. Elle prend des médicaments, mais ce n'est pas assez pour la guérir. Moi, l'année passée, je suis allée passer des tests chez un docteur. J'ai demandé à maman si c'était pour savoir si j'avais le cancer et elle a ri. Elle a dit non, non, mon trésor, t'as pas de cancer, fais-toi en pas, ton docteur voulait que tu passes des tests, mais t'as rien du tout. Là, ces phrases-là, je les ai moins bien écrites parce que j'ai fait comme si maman me parlait. Dans les romans que je lis, quand les personnes parlent, c'est plus écrit comme quand on parle pour vrai. Alors, c'est correct. Là, papa faisait une drôle de face pendant que maman me disait ça. J'ai demandé qu'est-ce qui arrive quand on est mort? Maman a dit qu'il y a des gens qui croient que quand on est mort, on va au ciel et on est heureux pour toujours. Ce n'est pas notre corps qui va au ciel, c'est juste notre âme. L'âme, c'est invisible et c'est dans nous. J'avais déjà entendu ça à l'école et je trouvais ça compliqué. J'ai demandé à maman si elle croyait à ça. Elle a dit qu'elle ne savait pas trop. J'ai demandé à papa si lui, il croyait à ça. Papa a dit que non. Il a dit que quand on est mort, c'est comme si on s'endormait, mais qu'on ne se réveillait plus jamais. J'ai dit que ça doit être plate. Papa a dit non, parce que quand tu dors, tu ne trouves pas ça plate parce que tu ne t'en rends pas compte. Il a dit que c'est pareil quand on est mort, on ne s'en rend pas compte. J'ai dit que quand je dormais, des fois, je faisais des mauvais rêves. Papa a dit qu'on ne rêve pas quand on est mort. On ne s'en rend vraiment pas compte. J'essayais d'imaginer ça et je trouvais ça difficile. J'ai dit que dans un film, l'autre fois, les gens qui mouraient se réveillaient et qu'ils étaient tout pourris et qu'ils étaient très méchants et qu'ils voulaient manger le monde. Maman a ri. Elle a dit ce sont des zombies ça, mon trésor, ça existe pas, c'est juste dans les films, je te l'ai dit l'autre jour. Là, papa s'est fâché, il a dit à maman tu vois ce que ça fait, tes criss de films d'horreur, je te l'ai dit cent fois qu'elle est trop petite pour écouter ça! Je le sais que criss, ce n'est pas un beau mot, mais c'est papa qui l'a dit, pas moi, et ça m'a fait rire un petit peu. Et j'ai aussi mis un point d'exclamation parce que madame Valérie nous a dit qu'on mettait ça quand la personne qui parle est très excitée ou très fâchée ou très surprise. Là, mon papa était fâché. Pas super fâché, mais fâché quand même, c'est pour ça que je mets un point d'exclamation. S'il était super fâché, je mettrais deux points d'exclamation.

Le reste de la journée, je n'ai pas pu jouer avec mes amies parce qu'elles étaient parties faire des visites de famille ou des commissions. Vers la fin de l'après-midi, Juliette a été malade. Juliette, c'est la fille qui travaille au dépanneur. Alors papa a été obligé de la remplacer. Il a continué à me montrer comment marche la caisse et on a joué aux clients. Ça, c'est drôle. Quand un client vient acheter quelque chose, papa attend qu'il parte et après, il l'imite. Et moi, ça me fait rire beaucoup. Et quand je ris, papa rit aussi. Après souper, j'ai joué à Candy Crush sur le iPad de maman. Je suis pas mal bonne avec le iPad de maman, je connais son mot de passe, je peux aller sur Internet et je regarde ses photos et ses vidéos. Et je joue à Candy Crush. Quand elle va sur Facebook, des fois, je la regarde. C'est super facile, tu cliques juste sur le petit dessin de Facebook et tout apparaît d'un coup. Maman met souvent des messages et des photos sur Facebook. Je lui ai demandé si je pouvais être sur Facebook moi aussi, mais elle a dit que j'étais trop jeune et que papa ne voulait pas. J'ai dit que j'avais des amies qui étaient sur Messenger Kids, mais elle a dit que papa ne voulait pas non plus. Je lui ai aussi déjà demandé si je pourrais avoir un cellulaire bientôt, comme elle, mais elle dit que pour ça aussi, je suis trop jeune. Elle dit que même papa n'en a pas. Ça me fait pas mal chier quand le monde dit que je suis trop jeune. Ça aussi, c'est un gros mot. Maman le dit des fois, mais moi je n'ai pas le droit.

Mais là, c'est mon journal intime, alors j'écris ce que je veux. C'est vrai que c'est le fun écrire un journal intime. En plus, j'écris beaucoup. Mais je ne sais pas encore ce que ça veut dire, comprendre nos émotions. J'aurais dû le dire à mononcle Hubert que je ne comprenais pas. Mais c'est le fun quand même. Je ne sais pas si je vais écrire tous les jours, par exemple, parce que des fois, il ne se passe rien de spécial.

OK, j'ai fini pour aujourd'hui. J'ai décidé qu'à chaque fois que je vais avoir fini d'écrire mon journal, je vais mettre mon stylo dans le journal, à la page que je suis rendue. Comme ça, je ne chercherai jamais mon stylo et je vais trouver vite vite où je suis rendue dans mon journal. Bye.

On est lundi. Pendant la récréation à l'école ce matin, je suis restée dans la classe et j'ai demandé à madame Valérie qu'est-ce que ça veut dire comprendre nos émotions. Elle a dit quand tu es triste ou joyeuse, des fois on sait pourquoi, mais des fois, on ne le sait pas. Je trouvais ça un peu niaiseux. Moi, quand je suis triste ou joyeuse, je sais toujours pourquoi. Elle a dit qu'il y a des émotions qui sont plus compliquées que la tristesse ou la joie. Elle m'a demandé tu n'as jamais ressenti des émotions pas claires dans ta tête ou dans ton cœur? Je lui ai dit je pense que non. Elle m'a dit tu es chanceuse, mais si ça t'arrive, tu vas voir ce que ça fait. Je lui ai dit que j'écrivais un journal intime et que c'était supposé m'aider à comprendre mes émotions. Elle a dit que c'était une très bonne idée et qu'en plus ça me ferait pratiquer mon français.

À la récréation de l'après-midi, Charlie, Ling et Emma voulaient faire une grosse boule de neige, mais moi, ça ne me tentait pas parce que je voulais jouer au ballon-poire. Charlie était d'accord avec moi, mais Emma et Ling voulaient faire une grosse boule de neige. Je leur ai dit que d'abord, je ne jouerais pas avec elles. Alors elles ont accepté de jouer au ballon-poire. Emma était un peu fâchée et elle a dit que je voulais de moins en moins accepter les jeux des autres. C'est vrai qu'avant, j'acceptais des fois de faire des jeux qui me tentaient moins, mais c'était presque toujours Emma qui décidait et je commence à être tannée. En plus, Charlie est souvent d'accord avec moi, alors je ne suis pas la seule. De toute façon, Emma a juste à faire comme moi. Si elle ne veut pas jouer à un jeu, elle a juste à ne pas jouer, franchement. Sinon, tant pis pour elle. Pendant qu'on jouait au ballon-poire, Félix est venu nous rejoindre. Félix est le seul gars qui joue avec nous des fois. On ne le connaît pas encore beaucoup parce qu'il a déménagé dans notre quartier juste avant

Noël. Il joue souvent avec des gars, mais des fois, il vient avec nous. Des fois, ça achale mes amies. Moi, ça ne me dérange pas. Il a joué avec nous. La meilleure au ballon-poire, c'est Ling. Elle est toujours bonne dans des jeux de même, comme le ballon-chasseur ou la corde à danser. Des fois, Emma triche pour être meilleure qu'elle, mais on lui dit que ce n'est pas correct. Moi, je suis pas aussi bonne que Ling, mais j'aime ça quand même.

Là, en revenant à la maison, je suis allée dans ma chambre et j'ai vu que le stylo n'était plus dans mon journal, il était à côté, sur le bureau. Ça, ça veut dire que quelqu'un a fouillé dans mon journal parce que moi, je mets tout le temps le stylo dedans. J'ai chicané maman parce que c'est sûr que c'était elle. Elle a dit que oui, que c'était elle, mais elle faisait du ménage dans ma chambre et elle se demandait c'était quoi ce livre-là. Elle a juste regardé un petit peu dedans, et quand elle a vu que c'était mon journal intime, elle a arrêté. Elle a dit qu'elle avait lu juste deux ou trois lignes. Mais j'étais très fâchée et je lui ai dit de ne plus jamais toucher à mon journal parce que c'était intime et personne n'avait le droit de lire le journal intime de quelqu'un d'autre. Elle a dit OK mais tu devrais écrire dessus que c'est un journal intime, comme ça, tout le monde le saurait et personne n'aurait le droit de le lire. C'est vrai qu'il y avait de la place sur la couverture du livre pour écrire dessus. Alors j'ai écrit Journal intime de Florence Roberge. J'étais contente parce que comme ça, personne ne le lirait. Maman m'a dit qu'elle trouvait que c'était une bonne idée que j'écrive un journal intime. Elle m'a demandé qui m'avait donné les livres et j'ai répondu mononcle Hubert. Elle a dit qu'ils étaient beaux et c'était vrai. Il y a des fleurs dessus et moi, j'aime ça les fleurs. Ensuite, maman m'a embrassée sur la tête. Ça, j'aime ça quand elle fait ça.

Après souper, papa est descendu travailler au dépanneur. Il ne travaille pas souvent le soir parce que c'est Juliette ou Kevin qui travaillent le soir et les fins de semaine. Mais un soir par semaine, c'est papa qui travaille. Maman m'a demandé si j'avais envie de regarder un film d'horreur avec elle sur Netflix. Elle était excitée et elle parlait fort parce qu'elle était soûle. Je connais ce mot-là parce que papa lui dit des fois. Il dit t'es encore soûle, là? Je ne sais pas pourquoi il dit encore soûle, parce que maman n'est pas soûle tout le temps. Je dirais deux fois par semaine environ. Des fois juste une fois. Mais quand elle est comme ça, papa n'aime pas ça. Lui, il boit aussi de l'alcool, mais pas souvent et pas beaucoup. Et quand on boit trop d'alcool, on est soûl. Je ne comprends pas pourquoi des fois maman boit trop de bière ou de vin, j'ai déjà goûté aux deux et ce n'est vraiment pas bon. Une fois, à Noël, maman m'a fait goûter à quelque chose avec de l'alcool que j'ai aimé, c'était sucré et c'était comme de la crème, et ça goûtait un peu le chocolat. Je ne me rappelle plus comment ça s'appelait, je pense qu'on en a quelque part dans la maison. En tout cas, c'était bon. Mais j'avais juste bu une gorgée parce que papa et maman disent que les enfants ne peuvent pas boire ça. Ce soir, maman a bu beaucoup de bière alors elle est soûle. Quand elle est soûle juste un peu, elle est de bonne humeur et elle rit beaucoup. Ça, c'est le fun. Mais des fois, elle est trop soûle et elle rit trop fort ou elle pleure trop fort, et ça c'est plate parce que ça fait du bruit dans la maison et ça m'achale quand je fais autre chose, mettons quand je lis. Là, elle était soûle, mais soûle le fun et elle voulait écouter un film d'horreur avec moi même s'il commençait à être tard. Alors j'étais contente et on a regardé le film. J'aime ça, les films d'horreur. Quand quelqu'un meurt avec tout le sang qui sort de lui, c'est dégueu, mais en même temps, c'est le fun, je ne sais pas pourquoi. Maman est toujours contente quand c'est un méchant qui meurt, mais elle est toute triste quand c'est un gentil. Moi, ça ne change rien. Même si la personne est gentille ou méchante, elle meurt pareil, alors ça ne change rien. Des fois, ils ont mal beaucoup quand le sang sort d'eux autres, surtout quand on leur arrache un bras ou une jambe ou une autre affaire, mais pas quand on leur coupe la tête parce que là, ils meurent tout de suite. Une tête ne peut plus vivre si elle est coupée, c'est comme ça. Alors quand on leur arrache quelque chose ou quand on sort plein d'affaires dégueu de leur ventre, là, ils crient, ça a vraiment l'air de faire mal, ça ne doit vraiment pas être le fun. Mais comme c'est pas à moi que ça arrive, ce n'est pas grave. Alors on regardait le film. Il y avait trois méchants dans le film. Il y en avait un qui avait un masque et qui tuait tout le monde, il y avait une femme qui volait les amoureux des autres et il y avait un monsieur qui n'était pas gentil avec personne. Lui, on le montrait souvent frapper sa femme et je trouvais ça bizarre parce que ça me faisait penser à papa. Ça voudrait dire que mon papa est méchant et je le sais que ce n'est pas vrai parce qu'il ne frappe pas maman souvent et il s'excuse après. En plus, il est gentil avec moi et il me fait rire. Et avec maman aussi, il est souvent très gentil. Dans le film, le monsieur avait l'air d'aimer ça frapper sa femme et il la frappait tout le temps, alors lui, il était méchant. Plus tard dans le film, la fille pas fine qui volait les amoureux des autres était en costume de bain et maman a dit moi aussi, j'étais belle de même avant. Et elle a commencé à pleurer. Elle est comme ça quand elle est trop soûle. Elle a dit qu'elle aussi, avant, elle avait des belles boules dures et un cul jacké. Ça me fait rire quand elle dit ça, parce que quand elle parle de ses boules, elle veut dire ses seins. Elle a dit que maintenant, elle est grosse. Moi, je lui ai dit que ce n'est pas vrai, et c'est vrai que ce n'est pas vrai. Comparée avec les mamans de mes amies, ma mère est vraiment la moins grosse, à part peut-être la maman d'Emma qui est maigre, mais trop. Mais maman avait trop bu alors elle a continué à pleurer, elle a dit qu'elle aurait pu devenir une mannequin connue et riche, mais elle a dit que quand on a un enfant, c'est foutu. Ça, quand elle est comme ça, c'est moins drôle parce que j'entends moins le film. Là, elle m'a regardée et elle a dit si je t'avais pas eue, ça aurait été bien différent. Je ne comprenais pas ce qu'elle voulait dire. Mais tout de suite après qu'elle a dit ça, elle m'a prise dans ses bras et elle m'a embrassée plein de fois, en disant non non, je t'aime comme une folle, t'es la lumière de ma vie. Ça, c'est le fun. J'aime ça quand maman m'embrasse partout, ça me fait des frissons. Des fois, c'est trop mouillé, mais c'est le fun quand même. Là, elle m'a demandé si je l'aimais aussi. Je lui ai dit oui. Elle a dit tu me le dis pas souvent, pourquoi donc ? C'est vrai que je ne le dis pas souvent. Mais c'est sûr que je l'aime parce qu'elle fait toujours plein de choses le fun pour moi. Papa aussi il en fait souvent, surtout quand il n'est pas fâché. J'ai dit à maman que je l'aimais et elle a été contente. On a continué à regarder le film et à un moment donné, la fille en costume de bain s'est fait tuer. Le méchant avec un masque lui a rentré dans la bouche une sorte de scie qui marche toute seule, et là, la face de la fille a bougé beaucoup beaucoup, et il y a du sang qui sortait de partout, et toute sa face a fini par revoler en morceaux. Maman était très contente, elle a applaudi, elle a même renversé un peu de sa bière, et elle a crié tiens, maudite salope, ça t'apprendra. Salope, je ne sais pas trop ce que ça veut dire, mais je sais que ce n'est pas gentil. Moi, je me demandais pourquoi le méchant l'avait tuée. Là, on a entendu des pas qui venaient de l'escalier intérieur. Ça, c'est l'escalier qui descend au dépanneur à partir de notre maison. Ça veut dire que papa a fermé le dépanneur et qu'il remonte chez nous. Il est allé mettre les enveloppes pleines d'argent du dépanneur dans son bureau et après, il est venu dans le salon. Il a été surpris de me voir encore debout et il a dit qu'il était super tard et qu'il fallait que je me couche parce que j'avais de l'école demain. Maman a dit que ce n'était pas grave. Papa a vu c'était quoi le film et il a dit tu la fais coucher tard de même pour un maudit film d'horreur! Maman a dit tais-toi, tu nous empêches d'entendre le film.

Je viens de me rendre compte que ça fait longtemps que je n'ai pas fait de paragraphes alors je vais en faire un ici. Et je vais essayer d'en faire plus, comme dans les vrais livres. Là, papa était fâché. Il a arrêté le film et il a crié à maman parle-moi pas de même, pis il est assez tard, il faut qu'elle aille se coucher ! Mais là, maman s'est levée et elle lui a crié aussi après. Elle fait ça quand elle est soûle. Elle criait tu vas pas me dire quoi faire, je suis tannée, t'es pas mon maître, c'est aussi ma fille ! Moi, j'ai dit ta gueule, maman, ta gueule. Parce que je savais ce qui allait arriver si elle n'arrêtait pas, et je voulais lui dire moi-même avant que papa lui dise, parce que si papa lui dit ta gueule, ça va être trop tard pour elle. Mais elle a continué de crier, alors papa lui a donné une claque dans la face et il lui a crié ta gueule, câlice !! Et là, je mets deux points d'exclamation parce qu'il était très fâché. Maman a failli tomber, mais elle est restée debout et elle a continué à crier. Ça montre qu'elle était vraiment soûle. Alors papa lui a donné un coup de poing dans la face et là, maman est tombée dans le divan, juste à côté de moi. Elle ne s'est pas relevée et elle avait la main devant son nez qui saignait un petit peu. Papa continuait de lui crier après. Moi, je ne bougeais pas, mais j'étais un peu fâchée après elle. Si elle m'avait écoutée et si elle avait fermé sa gueule avant que papa lui dise, ça ne serait pas arrivé. Et quand papa frappe maman, ça me fait chier parce que c'est moins le fun dans la maison. Alors pendant que papa criait après maman, je chantais Fireworks de Katy Perry. Je ne connais pas vraiment les paroles, mais ce n'est pas grave. Je fais ça quand papa et maman se chicanent à côté de moi, c'est moins plate. Mais je ne chante pas trop fort sinon papa va crier après moi aussi. Maman n'a pas rouspété, alors papa n'a pas crié longtemps. Après, il a arrêté et il a ouvert et fermé les yeux plusieurs fois, ça s'appelle cligner. Je le sais, j'ai lu ça dans un livre. Papa cligne souvent des yeux quand il a fini de crier, on dirait qu'il a mal aux yeux ou qu'il voit mal. Après, il fait souvent une drôle de face que je ne comprends pas. Les grandes personnes font souvent des faces bizarres. Là, il avait une face de monsieur triste, il a dit je m'excuse, Line, je suis désolé. Il disait ton visage, ton si beau visage, et il voulait lui toucher la face doucement, c'est toujours ça qu'il fait après. Mais maman l'a poussé, et elle était fâchée, comme d'habitude, et elle essuyait le sang sur son nez. Là, papa a eu l'air en colère, mais pas tant que ça, il a dit ah faites donc ce que vous voulez, je m'en fous. Et il est parti dans son bureau. Là, je l'ai entendu pleurer. Je ne le vois jamais pleurer, papa, mais des fois, je l'entends. Maman m'a demandé d'aller chercher du papier de toilette. Je l'ai fait et elle s'est essuyé le nez. Elle pleurait un petit peu, mais pas beaucoup. Quand papa frappe maman, maman est moins soûle après. Maman a fini par dire qu'on pouvait continuer notre film. J'étais super contente et j'ai crié yé. Maman m'a regardée longtemps et elle a dit ça te dérange pas vraiment quand il me frappe, hein ? Je ne savais pas quoi répondre. Elle a dit que ce n'était pas grave, elle m'a serrée dans ses bras et elle a dit je le sais, moi, que tu m'aimes.

Le film a continué et papa n'est pas revenu nous voir. Un moment donné, le méchant dans le film qui frappait sa femme s'est fait crever les deux yeux. Il y avait plein de sang qui sortait et il criait très fort. Après, le monsieur s'est fait couper en deux et il est mort. Maman a dit tiens, trou de cul, ça t'apprendra. J'ai ri à cause du mot trou de cul, mais maman ne riait pas et elle regardait le monsieur coupé en deux avec des yeux méchants.

Là, je vais arrêter d'écrire parce qu'il est tard et que j'ai écrit longtemps. Si papa et maman voient que j'écris encore dans mon lit, ils vont me chicaner. J'ai aimé ça écrire ça. C'est un peu comme si j'écrivais une histoire, comme des histoires inventées dans les romans que je lis. Ce n'est pas le même genre d'histoire, par exemple. Bye.

On est mardi. Aujourd'hui, grand-maman Laura est morte et on est allés à l'hôpital. Moi, ça ne me tentait pas tellement parce que j'étais super fatiguée parce que je m'étais couchée tard hier, mais maman voulait que je vienne avec eux autres. J'ai vu grand-maman morte dans son lit, mais je ne voyais pas de différence de quand elle était en vie. Elle était couchée avec les yeux fermés et la bouche ouverte comme d'habitude. Mais elle ne faisait plus de bruit. C'est parce qu'elle ne respirait plus. Quand on est mort, on arrête de respirer, c'est comme ça. Maman pleurait parce qu'elle était triste. Papa aussi était très triste même si ce n'est pas sa maman à lui. Là, j'ai pensé que grand-maman ne me donnerait plus de bonbons-tire Sainte-Catherine et qu'elle était la seule personne qui m'en donnait, alors j'ai commencé à pleurer. Papa a dit ça te fait de la peine de perdre ta grand-maman, hein ? J'ai dit que c'est parce que je n'aurais plus de bonbons-tire et qu'elle n'était vraiment pas fine d'être morte. Maman a ri un petit peu, mais c'était un rire bizarre, comme si elle ne riait pas pour vrai. Elle a toujours l'air un peu folle quand elle rit comme ça. Papa a fait la même face qu'il avait faite à l'hôpital quand j'étais allée passer des tests chez le docteur, l'année passée. Quand le docteur avait eu fini de parler à mes parents, maman était fâchée et elle voulait qu'on s'en aille vite vite, elle criait même après le docteur. Mais papa, lui, il m'avait regardée avec une face pareille comme la face qu'il faisait là. Une autre face bizarre de grande personne.

Maman est allée se coucher de bonne heure, elle ne filait pas, je pense. Papa m'a demandé si je voulais écouter un film avec lui, mais pas un film d'horreur. Papa aime les films d'action et moi, je n'aime pas ça. Alors j'ai lu. J'entendais papa dans la chambre à côté qui parlait doucement à maman parce qu'elle était triste. Là, j'écris mon journal. Et là, j'ai fini. C'est la première fois que je voyais quelqu'un de mort. C'était spécial, mais pas tant que ça. Bye.

On est mercredi. À la récréation du matin, j'ai dit à Emma, Charlie et Ling que ma grand-maman Laura était morte à cause du cancer. Charlie a dit que quand son grand-père était mort l'été passé, ça lui avait fait beaucoup de peine. Elle avait même l'air d'avoir peur quand elle disait ça, je ne sais pas pourquoi. Ling m'a demandé si j'étais triste. J'ai dit que je trouvais ça plate parce que je n'aurais plus de bonbons-tire Sainte-Catherine. Ling a dit tu verras plus ta grand-mère, ça te fait pas peine? J'ai dit non. Emma était choquée. Elle a dit quand quelqu'un qu'on aime meurt, il faut être triste. Ling était d'accord, même Charlie. Je ne savais pas trop quoi dire.

Quand je suis revenue de l'école, Véronique était chez nous. Véronique, c'est la meilleure amie de ma mère. En tout cas, sa meilleure amie de fille, parce qu'il y a mononcle Hubert aussi. Véronique a deux enfants, mais je ne les vois presque jamais parce que quand Véronique vient ici, elle vient toute seule, sans ses enfants ni son mari, et quand maman va la voir, elle y va presque toujours toute seule. Des fois, nos deux familles soupent ensemble, mais dans ce temps-là, je ne joue pas beaucoup avec les enfants de Véronique parce qu'ils sont plus petits, alors je regarde la télévision. En plus, nos deux familles ne mangent pas souvent ensemble. Papa aime ça moyen, recevoir des gens pour souper ou aller souper chez des amis. Papa ne voit presque jamais d'amis, à part ceux avec qui il joue aux quilles une fois par semaine. Des fois, il parle avec du monde sur son ordinateur. Là, maman et Véronique buvaient du vin dans la cuisine quand je suis arrivée à la maison. Véronique regardait le nez un peu enflé de maman et elle disait tu vas encore me dire qu'il le regrette ? Maman a dit que ça faisait longtemps que ce n'était pas arrivé. Là, Véronique m'a vue, elle m'a dit allô et elle m'a donné un bec. Elle est fine, Véronique. Elle fait des beaux sourires. Les gars doivent la trouver belle parce qu'elle a des gros seins et il paraît que les gars aiment ça. En tout cas, j'ai entendu ça souvent dans les films. J'espère que je vais avoir des gros seins quand je vais être grande, ça doit être le fun. Véronique a des plus gros seins que maman, mais maman est plus belle quand même. Véronique m'a demandé si j'avais de la peine à cause de la mort de grand-maman Laura. Je ne savais pas quoi dire parce que quand on ne me parlait pas de grand-maman, je ne me rappelais plus qu'elle était morte. J'ai répondu un peu. Véronique a dit ah, les enfants, toujours dans l'instant présent. Je n'ai pas compris ce que ça voulait dire. Après, elle m'a dit qu'il fallait que je prenne soin de maman parce qu'elle avait beaucoup de peine. J'ai dit OK et maman m'a regardée avec un grand sourire, même si elle était triste. Là, je suis allée pratiquer mon piano. Pendant que je jouais, j'ai entendu Véronique inviter maman à sortir vendredi soir. Elle a dit que ça faisait longtemps et que ça allait faire du bien à maman. Maman a dit oui, t'as raison. Je me suis dit que papa n'aimerait pas ça. Il n'empêche pas maman de sortir avec Véronique, mais ça paraît qu'il n'aime pas ça, même si maman ne le fait pas très souvent. Papa, lui, il ne sort jamais le soir avec des amis. Sauf pour les quilles, mais je l'ai dit ça, tantôt. Après, Véronique m'a dit que je jouais bien du piano et j'étais contente.

Quand Véronique est partie, maman a préparé le souper, mais elle avait bu trop de vin alors elle était un peu soûle, mais pas trop. Elle a mis de la musique très fort d'un groupe qui s'appelle Maroon quelque chose, elle aime ça beaucoup. Moi je trouve ça moyen. Elle préparait à manger pendant qu'elle chantait avec la chanson et elle m'a demandé d'aller chercher un sac de spaghetti au dépanneur. Quand je suis arrivé en bas, papa était en train de servir un monsieur qui avait des grosses dents croches et qui achetait une tablette de chocolat. Quand le monsieur est parti, papa a fait exprès pour sortir les dents de sa bouche et il a dit je voudrais du chocolat s'il vous plaît, mais aussi des cure-dents géants, je vais en avoir besoin. J'ai ri beaucoup. Quand papa imite les clients, je trouve ça le fun. Et quand je ris, il est content et il me fait des minouches dans les cheveux. Ça les mêle toutes, mais ce n'est pas grave, c'est tout doux quand il me fait ça. Là, je lui ai dit que je venais chercher du spaghetti pour maman. Il m'a dit de le prendre dans la cave. Je suis allé au fond du dépanneur et j'ai descendu dans la cave. La cave est grande comme à peu près la moitié du dépanneur et elle est pleine d'affaires qu'on vend dans le dépanneur, mais il y en a moins. Quand il manque des affaires dans le dépanneur, c'est ici que papa vient les chercher pour en mettre d'autres dans les rangées. Quand j'ai descendu, j'ai allumé la lumière et là, j'ai vu une grosse souris qui était prise dans une sorte de piège et elle ne bougeait pas. J'ai appelé papa. Il a eu l'air content en voyant la souris. Il m'a dit que c'était un rat et que ça faisait plusieurs jours qu'il essayait de le prendre et là, ça avait marché. Je lui ai demandé pourquoi il ne bougeait pas et il a dit parce qu'il est mort. C'est le piège qui l'avait tué. C'était bizarre parce que le rat avait les yeux ouverts, mais c'est vrai que dans les films d'horreur des fois, il y a du monde qui meurt les yeux ouverts. On dirait que c'est encore plus épeurant quand les morts ont les yeux ouverts. J'ai demandé s'il y avait d'autres rats dans le dépanneur. Papa a dit il y a des rats partout dans le monde et qu'ils n'ont pas tous quatre pattes. Je n'ai pas compris ce qu'il voulait dire. Des fois, il dit des affaires de même que je ne comprends pas. Là, il m'a demandé d'aller surveiller la caisse pendant qu'il s'occupait du rat. J'étais excitée qu'il me demande ça parce que c'est des affaires de grandes personnes. Il a dit qu'il me faisait confiance, même si je ne sais pas trop ce que ça veut dire. Je suis allée à la caisse et il y a juste une cliente qui est venue. C'était une madame et elle me demandait mon nom et elle disait que j'étais jolie et que j'étais une grande fille pour être capable de surveiller une caisse de dépanneur. Je ne sais pas pourquoi elle me parlait comme ça, je ne la connaissais pas et ça ne me tentait pas de lui parler. Les grandes personnes sont fatigantes, des fois. Papa est remonté de la cave et il a sorti par la porte en arrière du dépanneur avec un sac de poubelle et je pense qu'il y avait le rat dedans. Puis, il est revenu et je lui ai demandé ce qu'il avait fait avec le rat. Il m'a dit qu'il l'avait jeté dans la poubelle. J'ai dit tu l'as pris dans tes mains pour le mettre dans le sac ? Il a dit qu'il avait mis des gants parce qu'il ne faut pas toucher des animaux morts avec nos mains sinon on peut attraper des microbes. Sauf si on met des gants. Là, il m'a dit de ne pas parler pas du rat à maman. J'ai demandé pourquoi. Il a dit que ça allait l'inquiéter et qu'elle va vouloir faire inspecter la maison au complet même si le rat est mort. J'ai dit tu veux que je conte une menterie à maman ? Il a dit non, il voulait juste que je ne lui en parle pas. J'ai dit OK. Il m'a encore dit qu'il me faisait confiance. Là, il m'a donné le sac de spaghetti pour maman et il m'a donné aussi un petit bonbon au chocolat en forme de cœur. Il m'a dit tu donneras ça à maman et tu lui diras que je l'aime. Papa donne souvent des petits chocolats comme ça à maman et elle aime ça beaucoup. Je suis remontée à la maison et j'ai donné les spaghetti à maman et le cœur en chocolat en lui disant que papa lui disait qu'il l'aimait. Elle était toute contente.

Maman continuait de préparer le souper en chantant et en buvant sa bière. Moi, je pensais au rat mort. Là, maman a enlevé le sac de la poubelle parce qu'il était plein et je lui ai dit que je vais aller le mettre dans la poubelle en bas. Elle a été très surprise et elle a dit que j'étais bien gentille. C'est parce que je voulais voir le rat mort dans la poubelle dehors, mais je le lui ai pas dit. J'ai mis mon manteau et mes bottes et j'ai descendu le sac. La poubelle était dans la cour en arrière, sur le bord de la maison, à la place où papa enlève la neige. Je suis allée l'ouvrir et j'ai vu un sac de poubelle noir dedans. J'ai viré le sac à l'envers et le rat est tombé par terre. Il faisait noir, mais avec la lumière qu'il y avait proche de la porte d'en arrière, je le voyais quand même. Je regardais le rat et je pensais à toutes sortes d'affaires. Je me demandais si les animaux, quand ils étaient morts, c'était comme quand les personnes sont mortes. Ça doit être pas mal pareil. En tout cas, le rat non plus ne respirait plus, comme grand-maman Laura. Papa croit que quand on est mort, on n'est nulle part et qu'on ne sent plus rien. Ça doit être la même affaire avec les animaux. J'ai voulu remettre le rat dans le sac, mais papa a dit qu'il ne faut pas toucher un animal mort avec nos mains et je n'avais pas de gants. J'ai vu notre pelle sur le mur alors je l'ai prise pour ramasser le rat. Là, quand j'ai pris la pelle, j'ai eu une idée. Si je frappais le rat, il y aurait peut-être du sang qui sortirait, comme dans les films d'horreur. Mais je n'étais pas sûre si j'avais envie ou non de faire ça, c'était spécial. Là, Tiroux est arrivé. Tiroux, c'est le chat de Chantal et Pierre. C'est nos voisins juste à côté. Il est roux, c'est pour ça qu'il s'appelle Tiroux. Là, il est allé proche du rat pour le sentir et je lui ai dit tasse-toi, Tiroux. Mais Tiroux a pris la queue du rat ans sa bouche et il a commencé à tirer dessus. J'ai dit non, non, Tiroux, amène pas le rat, laisse-le tranquille. Je n'aime pas les chats parce qu'ils n'écoutent jamais ce qu'on dit, ça me fait chier. Tiroux reculait en traînant le rat avec lui. Alors je me suis fâchée et j'ai donné un coup de pelle sur Tiroux. La pelle a fait un trou dans son dos parce que c'est le côté coupant qui l'a touché et je n'ai pas fait exprès pour ça. Moi, je voulais juste qu'il lâche le rat. Mais là, il était couché et il y avait du sang qui sortait de la coupure de son dos, mais il n'y en avait pas tant que ça. J'étais surprise parce que dans les films, il y en a beaucoup plus qui sort. Mais Tiroux miaulait beaucoup et il miaulait fort. Je pense que c'est parce que ça lui faisait mal. C'était bien fatigant. Là, j'ai ramassé le rat avec la pelle et je l'ai jeté dans le sac. Après, j'ai remis le sac dans la poubelle. Tiroux n'arrêtait pas de miauler, mais s'il m'avait écoutée, je l'aurais pas frappé, tant pis pour lui. Après, je suis remontée à la maison.

Maman n'écoutait plus sa musique et elle était aux toilettes. Je suis allée lire dans ma chambre. Ma fenêtre est en arrière de la maison alors j'entendais encore Tiroux miauler, même si la fenêtre était fermée. Je ne pouvais pas me concentrer, ça me tapait sur les nerfs. C'est maman qui dit ça, des fois, cette expression-là. Alors je me suis dit que si Tiroux était mort, il ne miaulerait plus. Là, maman était encore aux toilettes alors je suis retournée dehors. J'ai pris la pelle et j'ai regardé Tiroux qui miaulait. Il y avait pas mal de sang en dessous de son corps par terre. Je ne savais plus trop quoi faire. Tout le monde dit que ce n'est pas correct de tuer du monde et qu'on n'a pas le droit de faire ça. Mais là, c'est un chat. Ça doit être moins grave. Surtout s'il n'arrête pas de miauler. Quand j'avais frappé le petit chien de Charlie avec un jouet, l'année passée, il avait arrêté de m'achaler. Je n'avais pas été obligée de le tuer, par exemple. Il avait juste eu une patte cassée. J'avais dit à Charlie que je n'avais pas fait exprès, même si ce n'était pas complètement vrai. Mais là, avec Tiroux, je pense que je n'avais pas le choix si je voulais qu'il arrête de miauler. Alors j'ai levé la pelle et là, j'ai entendu dans ma tête le même bruit que j'entends des fois, un bruit que je ne comprends pas trop. C'est comme un grondement. Je le sais c'est quoi un grondement, c'est une sorte de bruit qui ressemble à un moteur ou une machine et ça dure longtemps. J'ai lu ça dans des livres. Ce grondement-là, je l'entends des fois, je ne sais pas pourquoi. Mais ça ne dure pas longtemps et je ne l'entends pas souvent. En tout cas, là, pendant que je levais la pelle, je l'entendais. J'ai frappé avec la pelle, mais ce coup-là, j'ai fait exprès de frapper avec le côté coupant parce que je voulais que Tiroux meure, et dans les films d'horreur, les gens meurent toujours plus quand ils se font frapper avec des affaires qui coupent. La pelle a fait une grosse coupure dans Tiroux et là, il y a plein d'affaires dégueu qui sont sorties de lui. Tiroux a fait des drôles de miaulements, d'habitude un chat ça ne crie pas comme ça. Après, il a tremblé beaucoup, et après, il a arrêté de bouger et de miauler. Là, il était mort. Ça veut dire que je l'avais tué. J'ai pensé au nouveau mot que j'ai appris, l'autre fois, le mot regret. Là, je ne sentais pas que j'avais des regrets. Le chat ne miaulait plus et j'étais contente. Mais toutes les affaires dégueu qui sortaient de lui m'ont fait sentir bizarre, je ne sais pas pourquoi. C'était comme dans les films d'horreur et en même temps, ce n'était pas pareil. J'ai remis la pelle à sa place et je suis rentrée à la maison. Maman n'était plus aux toilettes, elle préparait le souper. Elle a trouvé que ça m'avait pris du temps pour aller mettre le sac dans la poubelle. Je n'ai rien dit parce que je ne savais pas quoi dire. Je me demandais si je devais dire que j'avais tué le chat, mais là, maman a pleuré. Elle a dit je m'excuse, ma chouette, mais la mort de grand-maman me fait beaucoup de peine. Maman m'a souri, mais ce n'est pas très beau quand elle pleure et qu'elle me sourit en même temps.

Là j'écris mon journal dans ma chambre et après, je vais lire. Bye.

On est jeudi. Ce matin, pendant que je déjeunais, papa est allé dehors faire quelque chose et quand il est revenu, il a dit à maman quelqu'un a tué Tiroux, c'est horrible. Là, il a dit que c'était dégueu et qu'il y avait des tripes partout. C'est comme ça que ça s'appelle ce qu'on a dans notre corps, des tripes. Il a dit que la personne avait pris notre pelle en plus parce qu'il y avait du sang dessus. Je me demandais si je devais dire que c'était moi. Je pourrais leur dire que Tiroux n'arrêtait pas de miauler. Mais papa a dit qui est assez fou pour faire ça? Maman a dit c'est horrible, il faut vraiment être sans-cœur. Là, j'ai décidé de ne pas leur dire. Même si je leur expliquais pourquoi j'avais fait ça, je pense qu'ils me puniraient quand même parce qu'ils avaient vraiment l'air de trouver ça grave. Alors j'ai décidé de ne rien dire. Ce n'était pas une vraie menterie, c'est juste que je ne disais rien. C'était pareil comme papa qui m'avait demandé de ne pas parler du rat à maman. Là, papa a dit qu'il fallait qu'il dise à Chantal et Pierre que leur chat était mort et ça ne lui tentait pas.

À l'école, j'ai levé la main et j'ai demandé à madame Valérie qu'est-ce que ça voulait dire quand quelqu'un nous disait qu'il nous faisait confiance. Papa m'avait dit ça deux fois hier au dépanneur et je voulais comprendre. Et madame Valérie, elle est bonne pour expliquer les affaires. Elle a dit que c'était une très bonne question, alors j'étais fière. Elle nous a expliqué que quand on fait confiance à quelqu'un, ça veut dire qu'on pense que cette personne-là va bien faire ce qu'on lui a demandé. Elle a dit que faire confiance à quelqu'un, ça montre aussi qu'on l'apprécie. Normalement, on devrait faire confiance à notre famille et à nos amis. Elle a dit que ça veut dire aussi que si on dit un secret à un ami et que cet ami-là le dit à quelqu'un d'autre, ça veut dire que notre ami a trahi notre confiance et ce n'est pas bien, ce n'est pas gentil, ça nous fait de la peine. Là, elle nous a expliqué ce que ça voulait dire trahir. Trahir la confiance de quelqu'un, c'est comme dire à cet ami-là qu'il n'est pas important. C'était un peu compliqué, mais je comprenais en gros. Je me demandais si j'avais déjà dit un secret à quelqu'un. Évidemment, la fatigante à Mégane a levé la main et elle a dit qu'elle avait une cousine à qui elle faisait confiance et à qui elle racontait des secrets. En tout cas, moi, je ne dirais aucun secret à Mégane, pare qu'elle parle tout le temps. En plus, je ne l'aime pas. J'ai failli lui dire ferme donc ta gueule, mais je me suis rappelé que l'autre fois, j'avais eu une punition alors je n'ai rien dit. Mais Félix m'a regardée et il a fait une face qui voulait dire que lui aussi trouvait Mégane fatigante. J'ai ri un petit peu, mais pas trop, pour ne pas me faire chicaner.

Après l'école, moi, Charlie, Ling et Emma, on est allées jouer chez Emma. On ne reste pas loin de l'école et les rues sont des rues où il n'y a pas beaucoup d'autos, alors on fait toujours le chemin toutes seules à pied. Des fois, Ling est obligée de rester au service de garde, mais aujourd'hui, elle pouvait venir avec nous. Souvent, on joue chez Emma parce que c'est là que c'est le plus le fun. Des fois, on joue chez mes autres amies. Des fois, on joue chez nous, mais pas souvent parce qu'on n'a pas de sous-sol. Et quand on va jouer chez nous, maman est un peu fatigante. Elle vient nous parler tout le temps et elle raconte ses anciennes histoires de mannequins et elle montre des vieilles photos d'elle à mes amies. Chez Emma, on a fait du bricolage dans son grand sous-sol. Charlie faisait le même bricolage que moi. Quand on fait du bricolage, elle me copie tout le temps. C'est un peu fatigant, mais c'est vrai que je suis meilleure qu'elle. Charlie aime toujours tout ce que je fais. Elle m'a déjà dit qu'on était un peu comme deux sœurs parce qu'on n'a pas de frère ni de sœur toutes les deux. J'ai trouvé ça drôle quand elle a dit ça. Pendant qu'on jouait, Emma a parlé de Tiroux qui avait été tué. Elle le savait parce que sa maison est sur la même rue que la mienne, un peu plus loin, et ce midi, elle a dîné à la maison. Elle ne fait pas ça souvent, mais ça arrive. Et ce midi, sa mère lui a raconté l'histoire de Tiroux. Les filles trouvaient ça horrible, elles disaient que la personne qui avait tué Tiroux était vraiment méchante. Moi, je n'aimais pas ça entendre ça alors j'ai dit que c'était moi qui l'avais tué. Je leur ai tout expliqué pourquoi j'avais fait ça pour qu'elles comprennent que ce n'est pas parce que j'étais méchante. Mais elles capotaient un peu quand même. Je leur ai dit que c'était juste un chat, ce n'était pas comme tuer du monde. Emma n'était pas contente. Elle a dit qu'elle ne voudrait pas que personne tue Biscotte. Biscotte, c'est son chat. Je lui ai dit que je ne voulais pas tuer Biscotte, ça n'avait pas rapport. Charlie a dit que c'est vrai que ce n'est pas comme tuer du monde parce que les animaux, quand ils meurent, ils ne vont pas au ciel. Elle a dit que elle, elle avait déjà écrasé une chenille et que ça avait fait un bruit dégueu, comme un splotch. Ling m'a demandé qu'est-ce que ça avait fait quand j'avais tué le chat. Je leur ai dit que ça faisait comme dans les films d'horreur, mais pas complètement pareil. Elles ne comprenaient pas parce qu'elles n'écoutent pas de films d'horreur, elles n'ont pas le droit, elles ne sont pas chanceuses comme moi. J'ai pris de la slime dans ma main et je l'ai écrasée. J'ai dit que ça ressemblait à ça, ce qui sortait du ventre du chat. Elles ont fait ark. Charlie et Ling riaient un peu, mais elles me regardaient un peu bizarre. Emma ne riait pas du tout et elle a dit je vais le dire que c'est toi. Là, j'ai eu peur parce que je le savais que je me ferais chicaner. Alors j'ai dit vous pouvez pas le dire parce que je vous fais confiance, vous êtes mes amies. Je leur ai dit vous vous souvenez de ce que madame Valérie a dit sur la confiance? Je leur ai dit qui si elles disaient que c'était moi qui avais tué Tiroux, ce serait une trahison, que ça me ferait de la peine et que ce serait la preuve qu'elles ne sont pas des bonnes amies. Ling a dit OK, je le dirai pas. Charlie a presque pleuré, elle a dit non, non, je suis ton amie, moi, je te trahirai pas. Emma avait une face pas sûre. Ça lui a pris du temps à répondre, mais elle a dit qu'elle ne le dirait pas, mais elle ne voulait plus que je touche jamais à Biscotte, même pour le flatter. J'ai dit OK. Mais ça ne me dérangeait pas de ne plus toucher à son chat. J'haïs ça, les chats.

Quand je suis revenue chez nous, je suis allée au dépanneur pour voir papa. Il parlait avec un monsieur et il se chicanait avec lui. Papa n'a même pas vu que j'étais là, il criait au monsieur que ça coûtait trop cher et qu'il était un vrai voleur. Je pense qu'il parlait des rénovations qu'il voulait faire au dépanneur. Le monsieur était plus calme, il répondait des affaires compliquées, et il a dit que c'est le meilleur prix qu'il pouvait faire. Là, mon père a dit que les gros étaient toujours contre les petits, il a parlé de complot, mais je ne sais pas ce que ça veut dire, ce mot-là, et il a dit au monsieur crissez votre camp ! J'ai ri quand il a dit ça. C'est là que papa m'a vue. Après, le monsieur est parti. Papa capotait pas mal, il était bizarre. Il m'a dit c'est comme ça dehors, Florence, tout le monde est contre toi, toujours, tout le monde veut te contrôler ou tout le monde veut ta peau. Je ne comprenais pas pourquoi il disait ça. Pourquoi il y a du monde qui veulent la peau de quelqu'un ? J'en ai déjà une, une peau. En plus, on ne peut pas prendre ça, de la peau. Je lui ai demandé ce qu'il voulait dire, mais il m'a dit d'oublier ça, il m'a demandé si j'avais passé une bonne journée, et là un client est arrivé. Il a acheté des cigarettes et quand il est parti, papa l'a imité en parlant comme lui, il a dit je veux des cigarettes parce que j'aime ça maganer ma santé, et il imitait la voix du monsieur. Ça m'a fait rire. Il est drôle, papa. Quand je suis montée en haut, maman était sur Facebook. Je suis allée voir ce qu'elle faisait et j'ai vu qu'elle mettait des photos d'elle d'il y a longtemps. Il y en a une que c'était une photo d'elle en ski. Je lui ai dit tu fais du ski ? Elle a dit qu'elle en faisait avant, mais plus maintenant. Elle a dit que c'était des beaux skis qu'elle avait eus gratuits parce qu'elle avait fait une publicité pour un magasin de sport. Elle a mis la photo sur Facebook et elle a écrit oh mon Dieu, je suis tombée là-dessus par hasard, lol. Lol, ça veut dire qu'on rit. Il y a quatre personnes qui lui ont répondu tout de suite, elles disaient qu'elle était belle. Il y a un message qui était écrit wow, quel pétard. Un pétard, je pense que c'est une belle fille. En tout cas, maman avait une face de madame très contente en lisant ces messages-là. Là, j'ai fini d'écrire mon journal alors je vais aller pratiquer mon piano. Bye.

On est encore jeudi, mais il s'est passé quelque chose que j'ai envie d'écrire. Il paraît qu'on peut écrire dans notre journal plusieurs fois dans la même journée. Pendant le souper, on avait du fun parce que papa n'arrêtait pas de faire rire maman et elle riait tellement qu'elle avait de la misère à manger et c'était drôle. Là, le téléphone a sonné et maman est allée répondre. Elle faisait une drôle de face pendant qu'elle écoutait. Après, elle m'a dit que c'était la maman d'Emma qui avait appelé. Emma a dit à ses parents que j'avais tué Tiroux. Maman m'a demandé si c'était vrai. Là, j'ai pensé vite vite. Il fallait que je conte une menterie sinon c'est sûr que j'allais être punie et je n'aime pas ça être punie. Les punitions, c'est souvent que je ne peux plus lire avant de me coucher, ou je ne peux plus regarder la télévision, ou je ne peux plus voir mes amies. Ce n'est pas le fun. Alors j'ai dit non, c'est pas vrai, et j'ai fait comme dans les films. Dans les films, quand les gens content des menteries, ils font exprès pour avoir l'air fâché, alors c'est ça que j'ai fait. J'ai pris un air fâché et j'ai dit que je ne ferais jamais une affaire de même. Maman m'a flatté la tête et elle a dit qu'elle savait que je ne serais jamais capable de faire ça. Mais papa avait une face pas sûre. Il a dit t'es certaine, Flo? Il a dit que le chat avait été tué dans notre cour, avec notre pelle. Je commençais à me sentir mal et je ne savais plus quoi faire. Je disais non, c'est pas moi, et maman me croyait, elle disait à papa comment tu peux penser que notre fille a fait une affaire de même? Mais papa a dit pourquoi Emma a dit ça à sa mère, d'abord? J'ai dit que j'avais dit ça à Emma juste pour faire ma fraîche-pet, juste pour le fun, mais que ce n'était pas vrai. Maman a dit ah, c'est ça, tu voulais te rendre intéressante, pauvre chouette. Papa avait une drôle de face. Il m'a prise par le bras et il a serré fort. J'ai pensé qu'il allait me frapper, mais il ne m'a pas frappée, il a juste dit que si c'était moi, il fallait que je le dise. Maman continuait de dire c'est pas elle, elle l'a dit, lâche-la. Et moi, je me sentais de plus en plus mal, mais pas parce que j'avais mal au bras, j'avais un peu mal, mais pas tant que ça, je me sentais de plus en plus mal pour autre chose, je ne sais pas quoi, je me demandais si je devais continuer à conter des menteries ou pas, j'étais toute mélangée alors j'ai crié fort fort. Ça faisait longtemps que je n'avais pas fait ça. La dernière fois, c'est quand on a joué à un jeu de cartes avec mes amies, juste après l'Halloween, et mes amies ont dit que je n'avais pas le droit de jouer cette carte-là, et moi je disais que oui, mais elles disaient que je trichais. Je ne voulais pas tricher, je ne comprenais plus rien, je voulais juste jouer ma carte, et là, elles me traitaient de tricheuse, sauf Charlie qui était d'accord avec moi, alors j'avais crié fort fort, parce que je ne savais plus comment je me sentais. Après, mes amies avaient accepté que je joue la carte, même si Emma n'était pas d'accord. C'est comme ça que j'ai crié tantôt. Là, papa et maman ont tout de suite arrêté de s'obstiner. J'ai commencé à pleurer et je répétais que ce n'était pas moi et que je n'aurais pas dû dire ça à Emma. Je pleurais pour de vrai, parce que j'avais un peu peur. Maman m'a fait un câlin, elle a dit qu'elle me croyait, mais qu'il ne fallait plus conter des menteries à mes amies pour me rendre intéressante. Elle a appelé la mère d'Emma et je l'ai entendue raconter que j'avais inventé tout ça juste pour attirer l'attention. Papa me regardait d'un air que je n'aimais pas. Il avait l'air d'avoir un peu peur. Je mangeais mon pain de viande en essayant de ne pas le regarder. Quand maman est revenue à la table, elle m'a dit que la maman d'Emma avait dit que si je racontais d'autres affaires de même à sa fille, je ne pourrai plus jouer avec elle. Ça, ça ne me tentait pas. Des fois, je trouvais Emma fatigante et des fois, elle voulait tout décider, mais c'était le fun d'aller jouer chez elle parce qu'elle avait une grande maison et l'été, elle avait une piscine. Et c'est super le fun faire des bricolages avec elle parce qu'elle a des bonnes idées. Et si je ne pouvais plus jouer avec Emma, ça veut dire que chaque fois qu'Emma serait avec Ling et Charlie, je ne pourrais plus jouer avec elles. Ce ne serait vraiment pas le fun. Mais là, elle a trahi ma confiance et je ne suis vraiment pas contente.

Tout à l'heure, pendant que je lisais dans ma chambre, j'ai entendu papa et maman s'obstiner dans leur chambre. Ils ne se chicanaient pas très fort, ils faisaient juste s'obstiner. J'étais pas mal sûre qu'ils parlaient de moi. J'ai collé mon oreille sur le mur pour mieux entendre. Papa disait qu'il était pas mal sûr que c'était moi qui avais tué le chat et maman disait que non, ça ne se pouvait pas. Papa a dit tu m'as dit qu'elle avait sorti le sac de poubelle, hier soir, et que ça lui avait pris du temps. Maman a encore dit non, non, c'est pas elle, ça se peut pas. Mais elle disait ça d'une façon bizarre, comme si elle était une enfant comme moi. Papa a dit elle a tué le hamster de sa cousine il y a deux ans, t'as oublié ? Maman a dit que c'était un accident. C'est vrai que je n'avais pas fait exprès. En tout cas, me semble. Je ne m'en rappelle pas trop, ça fait pas mal longtemps. Maman a dit un chat, c'est pas comme un hamster. Papa a dit ça fait longtemps qu'elle fait des affaires bizarres et qu'on la laisse faire, mais là, si elle a tué le chat, c'est grave. Je ne comprenais pas de quelles affaires bizarres il parlait. Maman non plus, je pense, parce qu'elle a dit à papa qu'il disait n'importe quoi. Là, papa a dit qu'ils auraient dû accepter les médicaments du docteur qui m'avait examinée l'année passée. Là, maman a dit non, pas question, notre fille a pas besoin de pilules, elle a besoin d'amour. Papa a dit que l'amour, ce n'était pas assez. Là, maman a dit à papa que lui aussi prenait des médicaments avant et qu'il avait arrêté, mais papa a dit qu'il n'en avait plus de besoin. Maman a ri, un rire pas gentil, et elle a dit criss, toi, avec ton projet de panaro, tu penses que t'as pas besoin de médicaments ? Je ne sais pas de quel projet elle parlait, et je ne sais pas ce que ça veut dire, panaro ou parano, mais ça ne doit pas être gentil parce que j'ai entendu le son que ça fait quand papa donne une claque à maman. J'étais un peu surprise parce que c'est rare qu'il frappe maman deux fois en juste deux ou trois jours. Il a crié un peu après maman, mais il a pris ensuite sa voix quand il regrette ce qu'il a fait. Des fois, je ne comprends pas papa. S'il regrette toujours d'avoir frappé maman, pourquoi il le refait d'abord? Sa voix est devenue plus douce, il a dit qu'il avait pris des médicaments pendant longtemps longtemps, mais que là, il avait trente-sept ans et qu'il n'avait plus besoin d'en prendre. Mais il disait que moi, il fallait me traiter pendant que j'étais jeune. Il voulait me traiter de quelque chose? Je ne comprenais pas. Mais maman répétait que non, que j'avais juste besoin d'amour et elle avait une voix très très décidée. Je pensais que papa allait la frapper encore, mais je l'ai entendu sortir de la chambre. Il était sûrement allé dans son bureau.

Ce n'est pas super clair. Est-ce que le docteur de l'année passée a découvert que j'étais malade ou pas? Sinon, pourquoi il voulait que je prenne des médicaments? Il m'avait posé toutes sortes de questions qui n'avaient pas rapport. Il m'avait aussi examiné l'intérieur de la tête avec une machine. Après, il avait parlé à papa et maman, mais quand on était partis, maman m'avait dit que je n'avais rien. Alors pourquoi papa pense que je devrais prendre des médicaments? Et pourquoi lui il en prenait, avant? Il était malade? Je pourrais leur demander, mais si je leur dis ça, ils vont savoir que je les ai espionnés et ils ne seront pas contents. Maman dit que j'ai besoin d'amour. C'est peut-être pour ça qu'elle me fait plein de minouches et qu'elle dit souvent qu'elle m'aime, pour pas que je sois malade. C'est peut-être ça. Mononcle Hubert a raison : écrire tout ça m'aide à un peu mieux à comprendre. Je ne comprends pas tout, mais un peu plus.

Après, maman a voulu écouter un film avec moi. Elle m'a demandé de choisir et j'ai choisi un film d'horreur. Elle avait une lèvre enflée. Papa était dans son bureau. C'est tout, bye.

On est vendredi. À la récréation du matin, j'ai dit à mes amies que je voulais leur parler en secret. On est allées le plus loin possible dans la cour parce que je ne voulais pas que personne n'entende. J'ai demandé à Emma pourquoi elle avait dit à ses parents que j'avais tué le chat. Elle a eu une face de fille gênée, mais pas longtemps parce qu'elle a pris sa face de tough bien vite. Elle fait souvent ça avec moi, prendre sa face de tough. Elle a dit que ce n'était pas bien de tuer des animaux. J'ai dit que ce n'était pas bien non plus de trahir ses amies. Ling et Charlie n'étaient pas sûres. Charlie a fini par dire à Emma c'est vrai que t'as trahi Florence parce que Ling et moi, on a rien dit. Emma a encore eu l'air gênée et elle m'a dit que ce n'était pas grave, parce que ses parents pensent que j'ai inventé ça. Je lui ai dit qu'elle avait quand même trahi ma confiance et que ce c'était pas fin pour moi. Je lui ai dit que je ne pouvais plus lui faire confiance. Alors j'ai dit que si j'avais d'autres secrets, je ne les dirai plus à Emma, je les dirais juste à Charlie et Ling. Emma n'a pas aimé ça, elle a dit qu'elle ne me trahirait plus et elle s'est excusée. C'est rare qu'Emma s'excuse de quelque chose. J'ai dit que même si elle s'excusait, ça ne voulait pas dire qu'elle ne me trahirait plus. Charlie a dit qu'il faudrait qu'elle passe un test, mais Emma a encore dit qu'elle s'excusait et qu'elle ne trahirait plus personne. Moi, je pensais à l'idée du test, alors j'ai ramassé une roche et j'ai donné un coup de roche dans la face d'Emma. Pas trop fort, juste un peu. Sa joue était un peu fendue et il y avait un peu de sang qui sortait. Elle tenait sa joue et elle me regardait avec des yeux ouverts grands grands et qui étaient pleins de larmes. J'ai dit ça, c'est le test, alors si tu dis pas que c'est moi qui t'a frappée, je vais recommencer à te faire confiance. J'ai aussi dit en plus, on est égales, parce que tu m'as fait quelque chose de pas gentil, alors moi aussi. Là, elle a commencé à pleurer pour vrai et elle a regardé les deux autres. Ling ne savait pas quoi dire, mais Charlie, elle, elle a dit que c'était un bon test. Alors Emma a pleuré plus fort et elle est partie en courant. C'est de sa faute, ce qui arrive, alors tant pis pour elle. J'ai dit aux filles on va-tu jouer au ballon-poire avec les autres ? Elles ont dit ok et on est allées jouer. Félix est arrivé pour jouer avec nous autres. Quand il vient jouer avec nous autres, c'est surtout à moi qu'il parle.

Quand on est retournés dans la classe, Emma n'était pas là. Madame Valérie a dit qu'Emma était chez l'infirmière parce qu'elle était tombée et qu'elle s'était fait mal. Donc elle n'a pas dit que c'était moi. Elle ne m'a pas trahie et j'étais contente. Elle est revenue dans la classe plus tard et elle avait un plaster sur la joue. Après l'école, je lui ai dit qu'elle avait réussi le test et elle était contente elle aussi. Alors, on est allées jouer toutes les quatre dehors chez Ling avec deux autres amies.

Tantôt, Véronique est venue chercher maman pour leur sortie de filles. Papa était dans son bureau. Juste avant qu'elles s'en aillent toutes les deux, j'ai entendu Véronique dire c'est quoi, cette marque-là, sur ta lèvre, c'est encore lui ? Maman a dit ben non, ç'a pas rapport, et elles sont sorties. Maman a menti à Véronique même si c'est son amie. Peut-être qu'elle ne lui fait pas assez confiance et qu'elle a peur que Véronique trahisse sa confiance. Ça voudrait dire que Véronique n'est pas une si bonne amie. OK, bye.

Nouveau mot que j'ai lu dans mon roman: mal à l'aise. J'ai demandé à papa ce que ça veut dire. Ça veut dire qu'on ne sait pas comment réagir quand il arrive quelque chose de gênant. Je comprends très bien ce que ça veut dire parce que je vois souvent des gens qui ont l'air comme ça autour de moi.

On est dimanche. Aujourd'hui, c'était la journée au salon funéraire pour grand-maman Laura. On fait ça quand quelqu'un d'important dans notre vie est mort. C'est ça que papa et maman m'ont expliqué. Maman pleurait des fois, mais ce n'était pas si pire. Papa ne pleurait pas, mais il regardait beaucoup de monde d'un air bizarre. Je l'ai entendu dire à maman y a plein de monde ici qui ont pas vu ta mère depuis des années, gang d'hyprokites. Je ne sais pas ce que ça veut dire, hyprokite. Papa avait mis une cravate, c'est la première fois que je le voyais habillé comme ça. Maman avait une belle robe et elle était super bien coiffée. C'est mononcle Hubert qui lui avait arrangé les cheveux. C'est toujours lui qui s'occupe de ses cheveux. Elle avait encore la lèvre un peu enflée à cause de la claque de papa, mais ça ne paraissait pas trop.

Grand-maman Laura était dans un gros coffre, un cercueil. Elle était couchée dedans et elle était morte. Maman m'a dit qu'on faisait ça pour que les gens la voient une dernière fois et après, elle va être enterrée. Maman m'a dit que je pouvais lui donner un bec sur le front si je voulais. Mais ça ne me tentait pas de lui donner un bec. Ça ne me tentait pas vraiment quand elle était en vie, alors ça ne me tente pas plus parce qu'elle est morte. Mais je lui ai touché la joue parce que j'étais curieuse. Elle était très froide. Une chance qu'elle est morte, sinon, elle gèlerait.

Il y avait plein de gens que je ne connaissais pas, mais aussi quelques personnes que je voyais des fois. Maman a juste une sœur et elle était là, matante Josée, avec son mari mononcle Paul. Je ne les vois vraiment pas souvent. Ils étaient avec leur fils Jasmin, c'est mon cousin et il a sept ans. Ils étaient aussi avec leur fille Arianne. Elle, c'est ma cousine et elle a neuf ans. Je ne les connais pas beaucoup. Les gens parlaient de toutes sortes d'affaires. Il y en a qui parlaient d'une maladie qui venait de la Chine, ils appelaient ça le corina virus. Il y en a qui avaient un peu peur, d'autres qui disaient que ce n'était pas grave. Papa a dit à deux personnes que c'était une maladie que les gouvernements avaient faite dans des laboratoires. Les gouvernements, je sais c'est quoi, c'est les chefs des pays. Les deux personnes ont ri de papa et il n'avait pas l'air content. Je ne comprenais pas trop de quoi ils parlaient, mais ce n'est pas grave parce que ça ne m'intéressait pas. Une vieille madame s'est approchée de moi, elle sentait trop le parfum, je n'aimais pas ça. La vieille madame a dit que grand-maman Laura était avec dieu maintenant et qu'elle était heureuse. Je sais un peu c'est qui, dieu, il y a du monde qui en parle des fois et à l'école aussi, mais pas beaucoup. J'ai dit à la madame que quand on est mort, on est nulle part et c'est comme si on dormait pour toujours. J'ai dit que c'est mon papa qui m'avait dit ça. La madame a fait une face de madame fâchée et elle est partie. J'étais contente parce que ça sentait meilleur.

J'ai vu mononcle Hubert parler avec maman. Il montrait avec son doigt la lèvre enflée de maman. Maman répondait des mots que je n'entendais pas parce qu'elle était trop loin, mais elle avait l'air mal à l'aise, comme le mot que j'ai appris hier. Après, mononcle Hubert est venu me voir. Il m'a demandé si j'étais triste que ma grand-maman soit morte. J'ai dit oui parce qu'elle me donnait des bonbons-tire Sainte-Catherine et c'est la seule personne qui me donnait ces bonbons-là parce qu'on n'en avait pas au dépanneur de papa. Il a fait une drôle de face et il m'a dit inquiète-toi pas, je vais t'en trouver, moi, des bonbons-tire. J'étais contente. Là, il m'a demandé si j'avais commencé mon journal intime et je lui ai dit oui. Je lui ai dit que j'écrivais beaucoup beaucoup parce que j'avais une super bonne mémoire et que c'était le fun parce que c'était un peu comme si j'inventais une histoire. Il a voulu me dire autre chose, mais maman est venue me chercher et elle m'a amenée dans une autre place où on était juste nous deux. Elle m'a demandé ce que voulait mononcle Hubert et je lui ai dit. Elle m'a prise par les épaules et elle est devenue très sérieuse. Elle m'a dit qu'il ne fallait pas que je lui dise que papa la frappait ni que papa me frappait moi aussi des fois, même si ce n'est pas souvent. Elle a dit qu'en plus, il fallait que je le dise à personne. Je lui ai demandé pourquoi. Là, elle m'a expliqué des affaires compliquées. En gros, elle a dit que si on savait que papa la frappait, il pourrait être obligé de ne plus nous voir. Et si on découvrait qu'il me frappait moi des fois, ce serait pire. J'ai dit il ne me frappe pas souvent et bien moins fort que toi. Elle a dit que c'est pas grave, il serait quand même obligé de nous quitter. J'ai demandé qui l'obligerait à partir. C'est devenu encore plus mêlant, elle a parlé de toutes sortes de monde que je ne connais pas, elle a dit aussi la police. J'ai été surprise quand elle a dit la police et j'ai dit que papa n'était pas un méchant. Elle a dit qu'il n'était pas un méchant, mais il y a des gens qui pourraient penser que oui et ils l'obligeraient à nous quitter. C'était vraiment difficile à comprendre et elle était énervée. Elle a dit est-ce que tu voudrais que ton papa s'en aille pour toujours? J'ai pensé que s'il partait, il ne me ferait plus faire la caisse au dépanneur et il ne me ferait plus rire. Alors j'ai répondu non. Elle a dit que d'abord, il fallait que je ne dise à personne qu'il nous frappait. Elle me serrait encore plus les épaules en disant ça. Je lui ai dit je vais conter des menteries? Elle m'a dit juste si quelqu'un te pose la question. Je me sentais un peu mêlée parce que toutes les grandes personnes nous disent que ce n'est pas bien de conter des menteries et là, maman me dit de le faire. Et papa me l'a demandé aussi l'autre fois, avec le rat. Mais c'est vrai que moi aussi j'avais menti sur Tiroux et que j'avais demandé à mes amies de ne pas le dire, alors c'était un peu pareil. En plus, ça n'avait pas été tellement difficile et grâce à ma menterie, je n'ai pas été punie. Maman a dit que des fois, il y a des menteries qu'on a pas le choix de dire parce qu'on ne peut pas assez faire confiance aux gens. Là, je comprenais un peu plus. Ça doit être pire de trahir la confiance des gens que de mentir. Alors j'ai dit OK. Maman m'a serrée dans ses bras et elle m'a dit qu'elle m'aimait. J'aime ça quand elle me serre dans ses bras.

Un peu après, je suis allée à la toilette et quand je suis sortie, il y avait mononcle Hubert dans le couloir. Il était tout seul et il m'a demandé comment maman s'était fait mal à la bouche. J'ai dit que je ne le savais pas. J'ai dit ça parce que je n'avais pas le temps d'inventer une vraie menterie avec une histoire. Mononcle Hubert est devenu encore plus sérieux. Il a dit j'ai une question importante, Florence. Il a demandé si papa frappait maman des fois. J'ai dit non tout de suite, je me trouvais pas mal bonne. Mononcle Hubert avait une face pas sûre et il a demandé est-ce qu'il te frappe toi, des fois? J'ai encore dit non. Mononcle Hubert a dit t'es sûre et j'ai dit oui. Je me sentais un peu bizarre, mais pas trop. Il me regardait dans les yeux, mais ça ne me dérangeait pas trop, juste un petit peu. Il a dit OK, et on est retournés dans la salle. J'étais contente. Grâce à moi, papa ne partirait pas de la maison. En plus, c'était la preuve que maman pouvait me faire confiance. Tout de suite après, j'ai vu mononcle Hubert et maman qui avaient l'air de se chicaner dans le couloir. C'est la première fois que je les voyais se chicaner un peu.

Un peu plus tard, on s'est assis et on a mangé plein de sandwichs et des gâteaux. Pendant qu'on mangeait, mon cousin Jasmin s'est levé et il a dit qu'il était triste que sa grand-maman soit morte parce qu'elle était toujours gentille avec lui et qu'elle l'écoutait beaucoup, et il a dit je vais m'ennuyer beaucoup. Tout le monde trouvait ça beau, ce qu'il a dit. Sa sœur Arianne s'est levée et elle a dit qu'elle aussi était triste parce que grand-maman lui racontait souvent des souvenirs et Arianne aimait ça, et elle aussi, elle va s'ennuyer beaucoup. Tout le monde avait encore l'air de trouver ça beau. Là, tout le monde m'a regardée en souriant, je ne comprenais pas pourquoi. Matante Josée m'a dit toi, Florence, tu es triste aussi que grand-maman Laura soit morte ? J'étais un peu gênée parce que tout le monde me regardait. Maman me souriait et elle me faisait signe de me lever. Alors je me suis levée et j'ai dit moi, je suis triste parce qu'elle me donnait des bonbons-tire. Tout le monde a souri et il y en a qui ont ri un peu. Après, j'ai dit mononcle Hubert m'a dit qu'il m'en donnerait, alors c'est pas grave qu'elle soit morte. Là, il y a du monde qui ont fait des drôles de faces, je pense qu'ils étaient mal à l'aise, comme le nouveau mot que j'ai appris. Il y a même une ou deux personnes qui n'étaient pas contentes, comme la madame qui ne sentait pas bon. Maman, elle, elle a ri un peu, mais c'était son rire qu'elle fait quand elle n'a pas envie de rire, je trouve toujours qu'elle a l'air folle quand elle fait ce rire-là. Papa regardait son assiette et il avait sa face pas contente.

Juste avant qu'on s'en aille le soir, j'ai vu matante Josée qui parlait avec maman. Dans l'auto, j'ai dit que je pensais qu'on allait enterrer grand-maman. Maman m'a dit que la terre était trop gelée et qu'on l'enterrerait plus tard, dans un mois ou deux. J'ai dit à ma fête ? Elle a dit que non, pas à ma fête, un peu après. J'ai demandé pourquoi on enterre le monde quand ils sont morts. Ils n'ont rien dit pendant une couple de secondes, ils se regardaient tous les deux. Papa a fini par dire que c'était pour plus qu'on ne les voit, sinon il y en aurait partout. Il n'avait pas l'air d'avoir envie de parler de ça. Maman parlait plus que lui. Elle a dit que c'était une façon de montrer que la personne est vraiment morte. Elle a dit quand t'es enterré, on ne te voit plus et c'est la preuve que t'es vraiment mort et que c'est fini. Et elle a dit que quand on est enterré, on finit par disparaître complètement. Elle a dit aussi qu'en attendant que la terre soit moins gelée, ils allaient mettre grand-maman quelque part comme si elle était enterrée. Là, papa a dit qu'il fallait arrêter de parler de ça, que ça ne donnait rien. Moi, j'ai réfléchi à toute ça. Après, maman a dit à papa que matante Josée l'avait invitée à son chalet pour quelques jours, juste toutes les deux, et que ça lui tentait de dire oui. Elle a dit que ça leur ferait du bien à toutes les deux. Papa a dit ben voyons, tu la vois jamais, ta sœur. Maman a dit que justement, ça leur permettrait de se rapprocher un peu. Je ne comprenais pas pourquoi elle voulait se tenir plus proche de matante Josée dans un chalet, mais ça devait être des affaires de grandes personnes. Papa a dit comme tu veux. Mais il n'avait pas l'air de trouver ça super le fun comme idée.

À la maison, maman était trop triste pour regarder un film, elle est restée dans sa chambre. Papa a fait un casse-tête avec moi et il m'a fait rire en faisant des folies. Il a dit ça fait du bien d'être ici, juste en famille, et pas avec tous les autres d'hyprokites. J'ai demandé c'est quoi un hyprokite. Il a dit que c'est du monde qui font semblant d'être gentil, mais qui ne sont pas gentils pour vrai. Il a dit comme le gouvernement. Je lui ai demandé comment ça ? Il a dit de laisser faire, que ce n'était pas grave. Après, il a regardé le hockey et moi, je n'aime pas ça, alors je suis allée dans ma chambre et je pensais au mot hyprokite. Je me demande pourquoi quelqu'un peut vouloir faire semblant d'être gentil. Qu'est-ce que ça donne ? Après, j'ai commencé à écrire dans mon journal. C'est tout. Bye.

À treize heures quarante-deux, le patrouilleur Légaré sort à nouveau son calepin et son crayon et demande à Josée :

— Justement, le fait que vous avez essayé de la rejoindre… Donnez-moi donc des détails, là-dessus.

Josée semble ne pas comprendre. Un peu à l'écart, Jean-François écoute d'un air intéressé.

— Comment, des détails ?

— Vous avez dit que vous étiez venue ce midi parce que ça vous inquiétait de pas avoir de nouvelles de votre sœur. Pourtant, vous avez dit que vous vous voyez pas souvent, toutes les deux. Pourquoi ça vous inquiétait, d'abord ?

Josée soupire en lissant ses courts cheveux châtains.

— Comme je vous l'ai dit tantôt, notre mère est morte il y a un mois. Moi et Maryline, on était ben tristes, pis j'ai pensé… Ben, j'ai pensé que notre deuil pourrait être une bonne occasion pour qu'on se rapproche, toutes les deux. On était vraiment amies quand on était petites pis… Bref,

aux funérailles, je lui ai offert de venir avec moi à mon chalet, dans les Laurentides, toutes les deux, sans nos maris. Un chalet sans réseau cellulaire ni Internet, juste avec une ligne de téléphone normal, ça aurait été parfait pour qu'on jase tranquille, juste les deux sœurs. Maryline m'a dit qu'elle allait y penser, mais ça avait l'air de lui tenter.

Le policier jette quelques notes dans son calepin. Josée décoche un œil embarrassé vers Jean-François. Par pudeur, l'intervenant de la DPJ tourne la tête vers le corridor. Aucun signe de Florence, toujours dans sa chambre. Josée poursuit :

— Mais elle a finalement refusé mon invitation. J'avoue que j'étais déçue. Je l'ai rappelée pour savoir comment elle allait pis pour essayer de la faire changer d'avis, mais elle a pas répondu. J'ai rappelé une couple de fois, j'ai laissé des messages…

— Le fait qu'elle vous rappelait pas, ça vous a pas inquiétée plus vite ?

Josée soupire à nouveau, penaude.

— Quand elle a refusé mon invitation, j'étais en maudit après elle. Je lui ai dit qu'elle venait pas parce qu'elle serait pas capable de se passer de son maudit Internet pendant quelques jours, ou parce qu'elle était trop mère poule pour laisser sa fille toute seule avec son père… En tout cas, j'ai pas été super fine, je l'avoue, on s'est un peu chicanées. Je suis allée au chalet toute seule pendant presque une semaine. Quand je suis revenue, je l'ai appelée, mais elle ne répondait pas. Pis comme elle répondait pas à mes messages, je me suis dit qu'elle devait être encore fâchée après moi.

— Vous avez pas essayé d'appeler au dépanneur ?

— C'était une affaire entre moi pis Maryline, je voulais pas mêler Sébastien à ça. Mais hier soir, quand j'ai appelé sur leur téléphone familial pis que personne a répondu, j'ai commencé à m'inquiéter pour vrai. Je me suis donnée jusqu'à aujourd'hui, pis comme j'avais toujours pas de nouvelle ce midi, j'ai décidé de venir voir.

— Vous lui avez pas écrit sur Facebook, Messenger, ou… ?

— Je suis pas sur Facebook, ni rien de ça. J'haïs ça, ces affaires-là, c'est de l'exhibitionnisme. Mon mari non plus est pas là-dessus pis on espère que nos enfants, quand ils vont être plus grands, vont faire comme nous autres. Mais ma fille a neuf ans et elle commence déjà à nous parler de Tik Tik ou Tok Tok, je sais pas trop, ça nous décourage pas mal…

Légaré finit d'écrire les notes dans son calepin tandis que Josée lève les bras, à nouveau inquiète.

— Il se passe quoi, là ? On attend deux semaines avant de signaler leur disparition ? Vous allez sortir un jeu de cartes pis faire des patiences ?

Le policier regarde autour de lui en se massant la mâchoire. Jean-François se dirige vers le corridor.

— Je vais aller voir la petite.

— Essayez donc de convaincre la petite de parler, insiste Josée. C'est ça, votre job, non ?

Jean-François ne prend pas la peine de lui répondre. En fait, il ne lui en tient pas rigueur. Elle est nerveuse, émotive et c'est normal. Tandis que l'intervenant entre dans la chambre de Florence, le policier explique à la femme :

– Bon, je vais faire un examen visuel de la maison un peu plus approfondi, et si je vois rien de nouveau, je vais aller questionner les voisins. Je vais aussi appeler le poste pour qu'ils localisent ce... heu... Hubert Godin, c'est ça ? Y a aussi le club de quilles dont est membre votre beau-frère... Vous, vous pourriez essayer de vous souvenir dans quel magasin ce Godin travaille.

– Je le sais pas pantoute, je lui ai parlé deux fois dans ma vie, je pense.

– Réfléchissez quand même. Pis essayez de vous rappeler d'autres amis de votre sœur ou de son mari, des endroits où ils aiment aller, n'importe quoi.

Jean-François frappe à la porte de la chambre de Florence. Pas de réponse. Il ouvre la porte et, après avoir franchi le seuil, referme derrière lui. Florence est assise en tailleur sur le lit dénudé de ses couvertures, plongée dans un roman. Elle lève la tête un court moment, puis reprend sa lecture, comme si personne n'était entré. Jean-François s'assoit près de l'enfant et l'examine. Ce détachement de sa part est-il un réel désintérêt, un réflexe de défense ou un traumatisme qui la déconnecte de la situation ? Un peu de tout ça ?

– Qu'est-ce que tu lis ?

Sans regarder l'adulte, elle lui montre la couverture : Planches d'enfer, *de Chloé Varin.*

– Ah, oui. Il paraît que c'est bon. T'aimes ça ?

Elle fait oui de la tête, en silence, et poursuit sa lecture.

— C'est un gros livre pour une petite fille de… huit ans, c'est ça ?

— Je vais avoir neuf ans dans un mois, marmonne l'enfant sans lever les yeux.

Jean-François regarde autour et sourit.

— Ça fait longtemps que t'as pas fait le ménage, hein ?

Évidemment, la question est moins désinvolte qu'il n'y paraît. Florence, de sa voix étonnamment mature, répond :

— Je suis pas obligée de le faire.

— Ah, bon ? Comment ça ?

La petite semble réaliser le piège et serre les lèvres, silencieuse. « Elle est pas bête, en tout cas », songe Jean-François. Il examine à nouveau la chambre du regard. Quelque chose le frappe : il n'y a aucune poupée, aucun toutou. Il revient à la fillette.

— Florence, on t'a expliqué tout à l'heure qu'on voulait pas chicaner tes parents, on veut juste les trouver parce qu'on est inquiets. Alors pourquoi tu nous dis pas où ils sont ?

Silence. Le regard de l'intervenant s'attarde aux deux coupures sur le visage de l'enfant.

— Est-ce que c'est parce que t'es fâchée après eux ?

Aucune réponse, mais elle serre les lèvres, et ses yeux, qui ont manifestement cessé de lire, s'humidifient de larmes contenues. Jean-François est tout à coup ému. Qu'est-il donc arrivé à cette gamine ? Il ose poser sa main sur l'épaule de la petite et il la sent se raidir.

— Pourquoi tu ne veux pas nous parler, Florence ?

Elle essuie rapidement ses yeux, qui restent obstinément accrochés au livre et, instantanément, son visage devient dur et fermé, dénué de toute tristesse.

– Parce que j'ai confiance en personne.

– Moi, mon travail, c'est d'aider des enfants comme toi. Alors tu peux me faire confiance, je te le garantis.

Florence regarde enfin son interlocuteur et étonne Jean-François par une réponse qu'il n'attendait pas de la part d'une fillette de huit ans :

– Non, tu vas me trahir toi aussi. Comme tous les autres.

Journal intime
de
Florence Roberge

Nouveau mot que j'ai lu dans un livre: hésiter. Madame Valérie m'a expliqué que ça, c'est quand quelqu'un ne sait pas trop comment réagir, ou quoi dire. Ça ressemble un peu à mal à l'aise, mais pas tout le temps. Comme quand j'ai tué Tiroux, au début j'hésitais parce que je n'étais pas sûre. Je pense que c'est un mot que je vais écrire souvent parce que le monde hésite souvent, me semble.

Aujourd'hui, on est mardi, mais on a eu congé hier et aujourd'hui parce que c'est des journées pédagogiques. Ça, c'est mes journées préférées. Ça et l'été, évidemment, parce qu'on est en vacances tout le temps. Après-midi, moi et mes amies on était chez Emma. Je ne les avais pas vues depuis samedi alors j'étais contente de jouer avec elles. Emma n'a plus son plaster dans la face parce que le bobo que je lui ai fait avec la roche a guéri. Les parents d'Emma me regardaient d'un air pas très gentil. Je pense que c'est à cause de l'histoire de Tiroux. Même si maman leur a dit que ce n'était pas vrai, ils me regardaient comme s'ils étaient un peu fâchés après moi. J'ai dit à mes amies que j'étais allée au salon funéraire pour ma grand-maman, avant-hier, et qu'ils allaient l'enterrer quand il ferait moins froid. J'ai dit qu'en attendant, ils l'avaient mise quelque part un peu comme si elle était enterrée. Après, on est sorties dehors et on a joué au jeu du roi de la montagne. Là, Félix a passé dans la rue et il a demandé s'il pouvait jouer avec nous autres. Au début, on ne savait pas trop quoi dire, mais j'ai fini par dire OK, et Charlie a dit OK aussi. Il réussissait souvent à monter jusqu'en haut de la montagne parce qu'il est un gars et les gars sont plus forts que les filles, à part peut-être Éloise Tanguay qui est aussi forte que les gars, mais elle fait plein de sport. Mais là, un moment donné, je l'ai poussé et il est tombé en bas en criant. J'étais surprise parce que je ne l'avais pas vraiment poussé si fort, j'étais trop fatiguée. Mais il est tombé en bas et il a dit en riant t'es pas mal bonne, Florence Roberge! J'étais bien fière, Charlie m'applaudissait, mais Emma n'était pas contente. On a joué encore un peu, mais Charlie a dit qu'elle devait retourner chez elle parce que sa tante venait la voir après-midi. Quand elle est partie, Emma a dit je suis tannée de ce jeu-là, je vais rentrer pour jouer aux poupées. Ling voulait aussi. Moi, je n'aime pas ça jouer avec des poupées, alors j'ai dit que je m'en allais. Je n'étais pas fâchée, ça ne me tentait juste pas de jouer à ça. Félix est parti avec moi. Je lui parlais de toutes sortes d'affaires. Lui, il parlait un peu mais pas beaucoup, je ne sais pas pourquoi. Là, il fallait qu'il tourne sur une rue pour aller chez lui alors il a dit veux-tu venir jouer chez nous ? Il ne restait vraiment pas loin. Mais j'avais plus envie d'aller lire alors je lui ai dit non je vais aller lire. Il a dit j'aime ça lire, moi aussi. Là, il m'a donné un bec sur la joue et il est parti vite vite. J'ai frotté ma joue. Je voulais dire beurk, mais en même temps, j'avais aimé ça. Est-ce que ça voulait dire que Félix était mon amoureux ? Je ne savais pas trop. À l'école, il y a Léa Boudreault et William Simard qui sont des amoureux parce qu'ils se tiennent souvent la main. Ils ont l'air de trouver ça le fun.

En arrivant chez nous, j'ai vu notre voisin Pierre qui sortait de son auto avec son bébé. D'habitude, il me dit bonjour Florence, mais là, il m'a juste regardée d'un air pas fin, comme les parents d'Emma. Ça doit être parce que son chat Tiroux est mort chez nous. J'étais un peu gênée alors je suis rentrée vite vite dans le dépanneur. Je voulais voir papa, mais c'était Kevin qui travaillait. C'était bizarre parce que normalement, papa travaille toujours pendant la journée, sauf les samedis et les dimanches. Je suis montée en haut, j'ai enlevé mes bottes et mon manteau, et là, j'ai entendu maman qui faisait des sons comme si elle avait mal et papa qui faisait des bruits comme s'il grognait. Mais ce n'était pas vraiment pareil comme quand maman a mal ou quand papa est en maudit. Ça venait de leur chambre et la porte était un peu ouverte alors j'ai vu ce qui se passait. Papa et maman faisaient du sexe. Je le sais, c'est quoi, maman me l'a déjà dit. C'est quand le gars entre son pénis dans la vulve de la fille. J'avais vu ça des fois dans les films d'horreur avec maman. Des fois, on voit un gars et une fille tout nus un par-dessus l'autre et ils bougent beaucoup et ils font des bruits un peu comme ceux que papa et maman faisaient tantôt mais plus fort. J'avais demandé à maman s'ils faisaient du sexe. Maman m'avait dit oui. Et quand ils faisaient ça et qu'ils s'aimaient, on appelait ça faire l'amour. Mais elle m'a dit que dans les films, ils ne faisaient pas ça pour vrai. Ça doit être pour ça qu'on ne voit jamais le pénis entrer dans la vulve. J'ai demandé pourquoi ils faisaient semblant. Maman a dit parce que c'est quelque chose de très privé, de très personnel et on fait juste ça dans la vraie vie, pas dans les films inventés. En tout cas, moi et mes amies, on trouve ça dégueu. Mais peut-être que c'est le fun quand on est plus grands. Là, dans la chambre, c'était ça que papa et maman faisait, ils faisaient du sexe, mais je voyais plus d'affaires que dans les films. Papa n'était pas couché sur maman alors je voyais son pénis qui entrait et sortait de la vulve de maman. Et maman faisait des drôles de bruits, un peu comme si ça lui faisait mal mais pas complètement pareil. Et elle disait oh oui c'est bon, c'est bon, je l'aime ta queue. Une queue, je pense que c'est pour dire pénis. En tout cas, elle avait l'air d'aimer ça. Papa grognait un peu, mais il souriait, alors il devait aimer ça lui aussi même si son sourire était spécial. En tout cas, c'était moins dégueu que je le pensais.

Là, je suis allée dans ma chambre. Si papa et maman s'aiment, ça veut dire qu'ils ne font pas juste du sexe, ça veut dire aussi qu'ils font l'amour. Je ne comprends pas trop la différence parce que dans le fond, ils font la même affaire. J'ai baissé mon pantalon, j'ai essayé d'entrer un crayon dans ma vulve, mais ça m'a fait mal. Des fois, je me touche entre les jambes et ça chatouille, un chatouillement bizarre, mais le fun. Là, avec le crayon, ce n'était pas le fun du tout, ça faisait mal. Ça doit être pour ça qu'il faut faire ça quand on est grands. Ou alors ça prend un vrai pénis de gars. J'ai lu mon livre et là, j'ai entendu maman crier. Ça aussi, dans les films, ils font ça quand ils font du sexe. Il paraît que ça veut dire que c'est très très le fun. Après, je n'ai plus entendu maman, mais j'ai entendu papa grogner encore plus fort. Ça m'achalait un peu qu'ils fassent du bruit, comme quand ils se chicanent, parce que ça me déconcentre quand je lis. J'ai voulu mettre de la musique, mais là, papa a passé devant ma porte, tout nu. Quand il m'a vue, il a sauté dans les airs, il a crié câlice et il est parti en courant. J'ai beaucoup ri, c'était très drôle de le voir faire le saut. Après, maman est entrée dans ma chambre, avec sa robe de chambre. Elle m'a demandé pourquoi j'étais revenue si de bonne heure et je lui ai dit que je ne voulais pas jouer au jeu que les filles jouaient. Là, elle a eu une face de madame gênée, puis elle a ri. Elle a demandé est-ce que tu nous as entendus, papa et moi ? Mais je n'ai pas eu le temps de répondre parce que papa est arrivé, tout habillé, et il a crié à maman laisse faire les questions, franchement, on en parle plus ! Il a pris maman par le bras et l'a sortie de ma chambre. Maman disait que ce n'était pas si grave, mais papa est revenu me voir d'un air fâché et il a dit la prochaine fois que tu reviens à la maison, arrange-toi pour qu'on le sache. Et il a fermé la porte. Je pense qu'il était fâché que je sache qu'ils avaient fait du sexe. Je ne sais pas pourquoi. Maman m'a dit l'autre jour que c'était privé, c'est peut-être pour ça.

Le soir, papa est allé jouer aux quilles avec son équipe. Véronique est venue voir maman et elle lui a demandé si elle irait au chalet avec sa sœur. Maman a dit que non, elle trouvait ça trop loin, mais elle a dit ça d'un air un peu triste, comme si au fond, ça lui tentait de dire oui. Là, comme elles parlaient d'affaires de grandes personnes et que c'était plate, je suis allée pratiquer mon piano, mais des fois, je les entendais parler quand même. Elles parlaient de leur sortie de filles qu'elles avaient faite vendredi. Maman a parlé de deux gars au bar qui la regardaient tout le temps et elle était sûre qu'ils l'avaient reconnue. Mais Véronique a dit que ça faisait presque dix ans que maman n'avait pas fait de photo et de publicité, alors ça ne se pouvait pas que les gars l'aient reconnue. Maman a dit t'as pas été connue, toi, tu comprends pas ça. Véronique a ri un peu et elle a dit t'as fait des pubs pour des magasins de Drummondville, t'étais quand même pas si connue, exagère pas. Là, elles ont commencé à s'obstiner un peu alors je suis allée lire dans ma chambre. Quelques minutes après, j'ai entendu maman pleurer un peu et j'entendais Véronique dire excuse-moi, Line, je voulais pas te faire de peine. Plus tard, quand Véronique est partie, maman était soûle et on a écouté un film d'horreur. Mais elle était soûle pas le fun, alors elle a encore pleuré un peu et c'était moins le fun parce que j'avais de la misère à écouter le film. Mais quand elle m'a prise dans ses bras et qu'elle m'a serrée fort en m'embrassant dans le cou et les cheveux, j'ai été contente. C'est tout. Bye.

On est jeudi. Hier, je n'ai rien écrit, mais aujourd'hui, il s'est passé quelque chose de spécial à l'école. Après dîner, madame Valérie nous a parlé de la pollution et que beaucoup de personnes jetaient des déchets dehors. Elle a dit comme il ne fait pas froid aujourd'hui, on va aller dehors, vous allez amener une feuille de papier et un crayon et écrire les déchets que vous voyez partout. On était très excités dans la classe parce que c'est toujours le fun de sortir. Dehors, madame Valérie a dit de rester dans la cour et autour de l'école, pas dans la rue, et elle a dit que nous avions dix minutes pour noter le plus grand nombre de déchets possible. J'ai dit à Emma et Ling on va aller fouiller derrière l'école, mais Emma voulait rester en avant et elle a réussi à convaincre Ling. Charlie était malade, alors elle n'était pas là, mais normalement elle aurait été d'accord avec moi. J'ai pensé à demander à Félix, mais il était avec ses amis gars alors je suis allée derrière l'école toute seule.

Je cherchais des cochonneries par terre et là, la fatigante à Mégane est arrivée. Elle a dit ah, tu as eu la même idée que moi. Ça ne me tentait pas du tout de la voir. Pendant qu'elle fouillait par terre, elle n'arrêtait pas de parler, elle racontait que dans sa famille, ils faisaient super attention pour ne pas polluer, et plein d'autres affaires que ça me tentait pas d'écouter. Moi, je ne disais rien, mais là, elle a montré la grosse boîte en métal bleue. C'est comme une poubelle géante, c'est là-dedans que l'école jette tous les déchets. La fatigante à Mégane voulait qu'on regarde dedans parce qu'on trouverait plein de déchets et on pourrait remplir notre feuille vite vite. Je lui ai dit que si les déchets étaient dans cette grosse poubelle, ça ne comptait pas, mais elle a dit que ce n'était pas grave. J'ai dit OK. On a monté sur le tas de neige à côté de la grosse poubelle et j'ai ouvert le couvercle. Il fallait que je le tienne ouvert et il était pas mal plus pesant que je le pensais. Mégane s'est penchée dedans la poubelle et elle a dit qu'il y avait plein de sacs de poubelle, mais elle regardait si elle voyait autre chose. Et là, pendant qu'elle regardait, elle disait qu'ils avaient une grosse boîte en plastique comme ça proche de leur chalet, mais qu'eux autres, ils faisaient de la récupération le plus possible. Elle n'arrêtait pas de parler de ses affaires, de sa famille tellement bonne, et ça me faisait chier. Le couvercle s'en venait pas mal pesant et j'ai dit Mégane, tasse-toi, je trouve ça trop pesant. Mais elle a dit attends, je vois des boîtes en carton, dans le fond, et elle se penchait encore plus. Et elle continuait à parler de sa famille et de son chalet. C'était bien fatigant, comme si elle était meilleure que tout le monde. Là, j'ai entendu le grondement dans ma tête que j'ai entendu quand Tiroux est mort et que j'avais déjà entendu avant, mais pas souvent. Je me demandais encore c'était quoi ce grondement-là, mais là, je n'en pouvais plus de tenir le couvercle, et Mégane ne m'écoutait pas, alors tant pis pour elle, j'ai lâché le couvercle parce que j'étais tannée. Le couvercle est tombé sur Mégane. Elle était beaucoup penchée alors elle est tombée dans la grosse poubelle et le couvercle s'est refermé au complet. J'ai fait le saut et j'ai remonté le couvercle et là, Mégane était étendue sur le ventre dans les sacs de poubelle. Je voyais un peu sa face, elle avait les yeux fermés. Je l'ai appelée, mais elle ne répondait pas et elle ne bougeait pas. Je pense que mon cœur battait vite vite. J'ai lâché le couvercle et j'ai descendu du tas de neige. Je voulais aller avertir madame Valérie, mais là, je me suis rendu compte que Mégane ne parlait plus et que ça faisait du bien. J'ai regardé vers la poubelle. Là, je pense que j'hésitais, comme le nouveau mot que j'ai appris. Peut-être que Mégane était morte ? Et dans cette poubelle-là, c'est un peu comme si elle avait disparu. C'est un peu comme grand-maman Laura. Elle n'est pas encore enterrée, mais elle est quelque part comme si elle était enterrée. En tout cas, si la fatigante à Mégane est morte, elle ne nous achalera plus avec ses histoires de fraîche-pet. J'entendais encore le grondement dans ma tête et j'essayais de comprendre c'était quoi ce bruit-là, mais là, j'ai entendu le sifflet de madame Valérie. Ça voulait dire qu'il fallait qu'on retourne tous la voir.

En courant, je suis retournée dans la cour et on était tous autour de madame Valérie. Je n'entendais plus le grondement, mais je me sentais bizarre. Ling me parlait, mais je ne l'écoutais pas vraiment. Madame Valérie a demandé où était Mégane. Personne n'a rien dit. Moi, je le savais, c'est sûr, mais je ne disais rien. Maman a dit l'autre fois qu'il y a des menteries qu'on n'a pas le choix de conter. Là, je n'étais pas sûr que c'était une menterie de même. Mais si Mégane était morte, qu'est-ce que ça donnait que je dise elle est où ? De toute façon, si elle est morte, elle est disparue. En plus, je me ferais chicaner et ça, ça ne me tentait pas. Madame Valérie a commencé à paniquer. Elle s'est dépêchée de nous faire entrer dans la grande salle et elle est repartie. Tout le monde se demandait ce qui se passait. Emma me demandait des affaires et moi je disais juste que je ne le savais pas, et je regardais par la fenêtre et je voyais dans la cour madame Valérie, le directeur et deux surveillants qui marchaient vite vite partout. Et là, le directeur est entré dans la grande salle et il a dit Mégane a disparu, on la cherche, alors vous restez dans la salle avec vos professeurs tant qu'on ne l'a pas trouvée.

Moi, je me disais que j'avais tué Mégane. Ce n'est pas bien, de tuer du monde. Moi, j'avais tué Tiroux, mais c'est un animal, ce n'est pas du monde. C'est juste les méchants qui tuent du monde. On n'a pas le droit de faire ça. Mais je n'avais pas fait exprès. Quand j'avais lâché le couvercle, ce n'était pas pour la tuer, c'est juste que c'était trop pesant et que ça me faisait chier que Mégane ne m'écoute pas. Alors je n'avais pas été méchante parce que j'avais pas fait exprès. En tout cas, je n'entendrais plus parler la fatigante à Mégane et ça, c'était une bonne nouvelle. Je n'avais pas vraiment des regrets, mais je me demandais si c'était correct que je n'en aie pas. Madame Valérie est venue nous parler dans la salle et elle a demandé si quelqu'un avait vu dans quelle direction était allée Mégane. Personne ne disait rien. Si je ne disais rien, est-ce que je serais une hyprokite? Je ne pense pas, parce que les hyprokites, ils disent des affaires pour avoir l'air gentil. Moi, je ne voulais pas avoir l'air plus gentille, je voulais juste ne pas être punie. Là, le directeur est entré dans la salle et il a fait venir madame Valérie proche de lui. Il lui a parlé pas fort, après madame Valérie m'a regardée avec des yeux surpris. Le directeur a dit à tout le monde qu'ils l'avaient trouvée et que tout allait bien. Là, j'étais surprise. Là, le directeur a voulu que j'aille dans son bureau. Ça voulait dire que j'étais dans le trouble. J'ai dit non, je ne veux pas. Et j'ai commencé à marcher avec les autres, mais le directeur m'a retenue par le bras. Là, j'ai crié très fort, comme le cri de l'autre jour, que je fais de temps en temps, mais pas souvent. Tout le monde m'a regardée, surtout Ling et Emma, mais madame Valérie disait aux élèves de retourner dans la classe. Denis le surveillant s'approchait et le directeur m'a dit très lentement Florence, tu vas venir avec moi, OK? Alors j'ai dit OK. Ça ne donnait rien de dire non.

Là, on était dans son bureau et il m'a dit que Mégane était correcte, mais qu'elle allait quand même à l'hôpital juste pour être sûr. Il m'a dit que ma mère s'en venait. Là, j'étais nerveuse et j'avais un peu peur. Le directeur a expliqué que Mégane était prise dans le fond du kintaneur. Ça, c'est le nom de la grosse poubelle. Il a dit qu'elle criait à l'aide en frappant dans le kintaneur. Elle a dit au directeur qu'elle était avec moi quand c'est arrivé, mais elle se rappelle juste qu'elle fouillait dans les poubelles pendant que je tenais le couvercle et après, elle ne se souvient de rien et elle s'est réveillée au fond du kintaneur. Elle pense que c'est moi qui l'a poussée. Là, j'étais en maudit parce que ce n'était pas vrai, alors j'ai dit je l'ai pas poussée, c'est le couvercle qui est tombé sur elle. Le directeur a demandé comment ça. Je lui ai dit qu'il était trop pesant alors je n'étais plus capable de le tenir. C'est un peu une menterie, parce que je l'ai lâché parce que j'étais tannée. Mais si la fatigante à Mégane a conté une menterie, ça ne me dérange pas d'en conter une moi aussi. Le directeur a dit je comprends, t'as pas fait exprès, c'est sûr. Là, il m'a demandé pourquoi je ne leur avais pas dit ce qui s'était passé. Il dit qu'on ne m'aurait pas puni parce que je n'avais pas fait exprès. Quand il a dit ça, ça m'a enlevé de la peur, alors j'ai dit que je pensais qu'elle était morte. Il a dit pourquoi tu pensais ça? J'ai dit parce qu'elle ne bougeait plus et qu'elle avait disparu dans le kintaneur, comme quand on est enterrés. Il a ouvert les yeux grands grands.

Là, maman est arrivée. Elle respirait fort et elle a demandé qu'est-ce qui se passe? Le directeur lui a expliqué toute l'affaire. Pendant que maman écoutait, elle s'est assise et elle faisait toutes sortes de faces. À la fin, elle a dit elle a pas fait exprès, elle vous l'a dit! Pendant qu'elle disait ça, elle faisait bouger beaucoup sa jambe. Le directeur a dit oui, mais il a dit que je pensais quand même que Mégane était morte et que je ne l'avais pas dit à personne. Maman m'a regardée. Elle était bien habillée et très maquillée, comme lorsqu'elle sort avec Véronique ou qu'elle va souper chez du monde. Elle veut toujours que je sois bien habillée quand je vais à l'école, elle veut que je mette toujours des robes, même si moi, ça ne me tente pas souvent. Mais son maquillage était un peu bizarre, comme si elle l'avait fait vite vite. Elle m'a demandé si je pensais vraiment que Mégane était morte. J'ai dit oui. Elle a eu une face de madame triste, elle m'a fait des minouches dans les cheveux et elle a dit pauvre trésor. Le directeur a demandé pourquoi je n'avais pas dit à personne que je pensais que Mégane était morte. Maman a dit ben voyons, elle avait peur d'être punie, c'est ça, hein, trésor? J'ai dit oui. Et maman a dit que je devais être bouleversée. Je sais ce que ça veut dire, bouleverser, alors j'ai dit non. Le directeur a dit comment ça? Là, si je ne voulais pas être trop punie, il fallait que je dise des affaires vraies, pas juste des menteries. Alors, j'ai répondu parce que je n'entendrais plus parler Mégane et ça va faire du bien. Maman et le directeur ont vraiment fait une drôle de face, alors j'ai dit elle parle vraiment beaucoup et elle parle toujours d'elle, demandez-le aux autres, ils vont vous le dire. Je disais ça pour qu'ils comprennent mieux. Mais leur face restait bizarre et je me suis dit que je n'aurais peut-être pas dû dire ça. Le directeur a pris un air très sérieux. Il est petit et tout le monde trouve qu'il a une face de petit chien, alors on trouve ça toujours très drôle quand il fait son sérieux, on trouve que ça ne marche pas du tout. Il a dit tu pensais que Mégane était morte et ça te faisait rien du tout ? J'ai réfléchi beaucoup parce que je là, je savais qu'il fallait que je conte une menterie. Alors j'ai dit que tantôt ça ne m'avait rien fait, mais que là, j'étais contente qu'elle ne soit pas morte, parce que je vais pouvoir arrêter de me demander si j'ai des regrets ou non. C'était une menterie parce que je le savais déjà que je n'avais pas de regrets. Ce qui est le fun dans notre journal intime, c'est qu'on peut dire la vérité parce que personne n'a le droit de le lire. En tout cas, j'étais bien fière de ma réponse. Mais maman et le directeur ont gardé leur drôle de face. Après, maman a ri. C'était son rire qu'elle fait quand elle n'a pas envie de rire et qu'elle a l'air folle. Elle a dit ah, les enfants, ils sont pas conscients, hein ? Le directeur ne riait pas. Là, le téléphone du directeur a sonné et il a répondu. Il a parlé un petit peu et après, il a dit que Mégane avait une petite blessure dans le dos, où le couvercle était tombé, mais c'était tout, elle n'avait rien de grave, elle pourrait même revenir à l'école demain. Maman était contente, elle a dit que c'était juste un accident, et elle a dit que dans le fond, tout ça était de la faute de madame Valérie qui nous surveillait mal. Le directeur a dit que c'était vrai et qu'il réglerait ça avec madame Valérie. J'étais contente d'entendre ça. Mais il n'arrêtait pas de me regarder. Ça commençait à m'achaler. Je me suis dit que si c'était le directeur qui avait été mort à la place, ça aurait été plus simple, je serais dans la classe avec les autres. C'est plate, l'école, mais c'est plus le fun d'être dans la classe que d'être dans le bureau du directeur. Là, il m'a dit que je pouvais retourner dans la classe et que lui, il parlerait un peu avec maman. Maman n'avait pas l'air contente. Elle m'a dit on va se voir après l'école, trésor. Elle m'a joué dans les cheveux avec son sourire qu'elle a l'air folle et elle m'a donné un bec.

Je suis sortie pour attendre qu'on vienne me chercher et j'ai fermé la porte. La secrétaire écrivait sur son ordinateur, elle ne me voyait pas. Alors j'ai collé ma tête sur la porte du directeur pour écouter. J'étais sûre qu'ils parlaient de moi et je voulais savoir de quoi. J'ai entendu ma mère qui disait non, elle voit personne, elle a pas besoin de voir personne. Elle avait la voix un peu fâchée. Le directeur a dit que je pourrais voir la spychologue de l'école, ou piscologue de l'école, c'était un mot compliqué. Là, maman s'est fâchée encore plus. Elle criait presque, elle disait non, non, lâchez-moi avec ça, Florence a besoin d'aucun spécialiste. Le directeur restait calme, il a dit qu'il aimerait quand même que papa et maman y pensent et là, Nathalie la surveillante est arrivée et m'a dit que ce n'était pas bien d'écouter aux portes. Ensuite, elle est allée me reconduire dans ma classe. Tout le monde me regardait dans la classe, j'avais envie de leur dire d'aller chier. Madame Valérie expliquait des affaires de mathématiques que je n'aime pas, mais elle avait l'air bizarre, elle ne parlait pas comme d'habitude. Des fois, elle avait même l'air de vouloir pleurer. C'était spécial.

À la récréation, Ling et Emma sont venues me voir et je leur ai tout raconté. Ling a dit que si je pensais qu'elle était morte, pourquoi je ne l'ai pas dit à madame Valérie ? Elle me posait la même question que le directeur, je commençais à être tannée. J'ai dit ça aurait changé quoi ? J'ai dit qu'on aurait été bien si la fatigante à Mégane avait été morte. Elles ont réfléchi un peu. Ling a dit qu'on aurait été bien, mais que ça aurait quand même été triste que Mégane soit morte. J'ai demandé pourquoi, c'est même pas notre amie. Emma s'est fâchée un petit peu, elle a dit voyons, Florence Roberge, c'est pas une raison pour qu'on veuille qu'elle soit morte ! Ling a dit c'est vrai, ça. J'ai dit que je ne voulais pas qu'elle meure, c'est juste qu'on aurait eu la paix. Emma m'a dit que j'étais méchante de dire ça. Ling ne disait rien. Je suis partie en boudant. Je n'avais plus envie de leur parler. C'est de valeur que Charlie était malade parce qu'elle aurait été d'accord avec moi, c'est sûr. Je suis allée dans un coin de la cour pour bouder. Là, Félix est venu me voir. Il m'a demandé pourquoi je boudais. J'ai dit qu'Emma m'avait dit que j'étais méchante. Là, j'ai pensé qu'il allait me demander pourquoi et je n'avais pas le goût de tout raconter encore, mais il a juste dit ben non, t'es pas méchante. J'étais super contente qu'il dise ça. Il avait une face de gars gêné et il m'a dit veux-tu que je te donne un bec comme l'autre fois ? Moi, j'aime ça les becs, alors j'ai dit oui. Il m'en a donné un sur la joue. Il a fallu qu'il se mette sur le bout des pieds parce qu'il est un peu plus petit que moi. Il a dû manger du beurre de peanuts parce que c'est ça qu'il sentait, mais c'est pas grave, ça sent bon le beurre de peanuts. Je me suis essuyée parce qu'il y avait de la bave, mais j'étais contente. Mes amies auraient trouvé ça dégueu, mais pas moi. Un bec, c'est le fun. Il a dit veux-tu qu'on soit des amoureux ? J'ai dit je le sais pas. Je me demandais s'il était beau parce que les amoureux se trouvent toujours beaux. Moi, je ne sais pas si Félix est beau. Il y a des chanteurs que je trouve beaux, comme Shawn Mendes, mais Félix, je ne le sais pas. C'est dur de savoir si les gars de mon âge sont beaux, je ne sais pas pourquoi. Félix n'est pas grand, mais il a beaucoup de cheveux, c'est le fun. Quand il sourit, il a souvent une face de gars gêné, mais ça ne me dérange pas. En tout cas, il est fin avec moi. Ça, c'est cool. J'ai dit je vais y penser, je le sais pas encore. Il a dit OK. Là, la cloche a sonné et on est rentrés vite vite.

Après l'école, maman m'attendait dans la cour d'école et elle voulait que je revienne avec elle parce qu'elle voulait me parler toute seule. J'aurais aimé mieux revenir avec mes amies, même si je les avais un peu boudées, mais maman voulait vraiment me parler, alors je n'ai pas eu le choix. Quand maman sort de la maison, elle ne prend presque jamais l'auto. Elle va faire son magasinage à pied, elle va voir ses amies à pied. Elle aime ça beaucoup marcher. Elle dit que ça la tient en forme. Et notre maison n'est pas très loin des magasins et des autres affaires. On marchait vers la maison, moi j'essayais de ne pas marcher sur les morceaux de sloche noire, c'est un jeu que je fais l'hiver. J'aime mieux le jeu de ne pas marcher sur les craques de trottoir, mais l'hiver, il y a trop de neige alors j'essaie de ne pas marcher sur la sloche noire à la place. Je disais à maman joue avec moi, mais elle n'avait pas envie. Elle avait l'air à hésiter, comme le mot que j'ai appris, mais je ne sais pas pourquoi elle hésitait. Là, je lui ai demandé de quoi elle voulait me parler. Elle m'a demandé si j'avais vraiment pensé que Mégane était morte tantôt. J'ai dit oui. Elle a dit ça aurait été horrible, Flo, ça aurait été vraiment triste, tu penses pas ? J'ai réfléchi beaucoup, mais c'est dur de réfléchir pendant qu'on essaie de ne pas toucher à la sloche, on se concentre sur deux affaires en même temps. J'ai répondu que pour ses parents, c'est sûr que ça aurait été triste. Là, j'ai demandé c'était quoi un spychologue et pourquoi le directeur voulait que j'en vois un. Elle s'est un peu fâchée, elle a dit que je n'en verrais pas, que je n'en avais pas de besoin et que ce n'était pas important. Je ne sais pas pourquoi, mais ça m'a fait penser à ma visite chez le docteur l'année passée. Là, maman m'a dit que si quelqu'un se fait mal ou que quelqu'un est pris quelque part, il fallait que je prévienne les autres. J'ai dit même si la personne est morte ? Maman a dit que Mégane n'était pas morte, et même si je pensais que oui, il fallait le dire. J'ai dit OK, mais j'ai arrêté de penser à ça parce que ça me déconcentrait trop pour mon jeu et je n'arrêtais pas de marcher sur la sloche, ça m'achalait d'être si poche. Maman a arrêté de parler. Je pense qu'elle était dans la lune parce que quand on a traversé notre rue, elle n'a pas vu qu'il y avait une auto qui s'en venait pas mal vite et elle a reculé avec une face toute surprise. J'ai ri et j'ai dit t'es dans la lune, maman. Mais elle continuait à ne rien dire. Là, on est arrivées devant la maison et j'ai dit à maman que j'allais voir papa au dépanneur, mais là, elle s'est penchée vers moi et elle a eu sa face de madame très sérieuse. Elle m'a dit de ne pas parler à papa de ce qui s'était passé à l'école. J'ai dit même s'il me demande comment a été ma journée ? Elle a dit oui. J'ai demandé pourquoi. Elle a dit que ça ne donnerait rien et que ça l'inquiéterait. J'ai encore demandé pourquoi. Elle a réfléchi et elle a dit que papa s'inquiétait pour rien. Aussitôt que je me faisais mal ou que je me chicanais avec quelqu'un ou que j'avais un problème à l'école, il s'inquiétait, et c'est plate quand on s'inquiète pour rien. C'est vrai que c'est plate s'inquiéter pour rien. Moi, pendant l'automne, j'étais allée au parc avec mes parents. Avant, on allait au parc Woodyatt parce que c'est le plus beau de Drummondville, mais là, maman ne veut plus qu'on y aille parce qu'il y a du monde qui ont été tués dans ce parc-là il y a trois ou quatre ans et elle ne veut plus qu'on y aille. On était allés dans un autre parc et quand on était revenus chez nous, je m'étais rendu compte que j'avais oublié mon sac à dos que j'aimais beaucoup. J'ai été très inquiète pendant qu'on retournait voir au parc, j'avais peur que quelqu'un l'ait volé et je me disais si quelqu'un l'a volé, je vais trouver c'est qui et je vais lui faire sortir le sang du corps comme dans les films d'horreur. Mais mon sac était encore dans le parc et je l'ai retrouvé. Je m'étais inquiétée pour rien. Là, c'était quand même spécial parce que ça faisait deux fois que maman voulait que je conte des menteries et les deux fois, c'était par rapport à papa. Ce n'est quand même pas facile de comprendre quand c'est correct de mentir et quand ce n'est pas correct.

Dans le dépanneur, papa écoutait la radio avec une face très sérieuse. Il y avait une cliente qui écoutait elle aussi. J'ai voulu lui parler, mais papa m'a dit chut. Alors j'ai écouté moi aussi même si ça ne me tentait pas. C'était compliqué, mais ils disaient à la radio qu'il y avait une personne qui avait attrapé le virus au Québec et ils disaient que c'était la première. Là, mon père a ri, mais un rire pas content, et il a dit plein d'affaires compliquées à la madame. Il a dit que c'était les gouvernements qui avaient inventé le virus pour que les pharmacies fassent de l'argent. La madame a ri et elle a dit vous exagérez beaucoup, Sébastien, et elle est partie. Quand elle est sortie, papa m'a dit quand tout le monde va être malade, mais que nous autres on va être protégés, elle va rire pas mal moins, hein, ma chouette? J'ai dit oui, même si je ne savais pas de quoi il parlait. Il avait une face que je n'aimais pas pendant qu'il disait ça. Ça arrive, des fois, qu'il a cette face-là. Là, il a cligné des yeux et il est redevenu comme d'habitude. Il m'a donné un bec et il m'a demandé comment ça avait été à l'école. J'ai dit bien. Et ç'a été facile, j'ai pas eu de la misère à conter une menterie. Tant mieux si ce n'est pas difficile. Après, papa m'a laissée m'occuper de la caisse avec deux clients et il m'a dit que j'étais bonne.

Là, j'ai fini d'écrire mon journal pour aujourd'hui. Je me demande si je veux être l'amoureuse de Félix. S'il me donne des becs, ce serait le fun, j'aime ça les becs. Mais j'aime mieux qu'on m'en donne que moi j'en donne. Mais à date, c'est Félix qui m'en a donné deux, alors c'est correct. Je pense que je vais lui dire oui. C'est tout, bye.

Nouveau mot: déçu. Je pense que je le sais, ce que ça veut dire, mais j'ai quand même demandé à maman. Elle a dit que quand on veut quelque chose et que ça n'arrive pas, on est déçu. C'est ça que je pensais. L'été passé, on était supposés aller en vacances à la mer, mais papa a dit qu'on ne pourrait pas à cause de l'argent. On est déjà allés à la mer, c'était en Gaspésie, mais j'avais un an, alors c'est sûr que je ne m'en rappelle plus. Alors quand il a dit qu'on n'irait pas, je me suis sentie déçue. C'est bien plate se sentir comme ça. Ça fait chier. C'est une des affaires que j'haïs le plus me sentir.

On est vendredi. Pendant que je mangeais mes céréales, on a eu un coup de téléphone. C'est rare que le téléphone sonne le matin. Papa était déjà au dépanneur alors c'est maman qui a répondu. Quand elle a raccroché, elle avait l'air contente. Elle a dit que c'était le directeur. Elle a dit qu'on n'aura pas de problèmes avec les parents de Mégane parce qu'ils savent que je n'ai pas fait exprès. Ils sont surtout fâchés après l'école. Maman a dit je pense que madame Valérie vous enseignera plus. J'étais surprise parce que je ne comprenais pas pourquoi c'était notre professeure qui était punie. Mais j'aimais mieux quand même que ce soit elle que moi. Maman m'a dit que ce serait bien si je m'excusais à Mégane. J'ai dit pourquoi? Maman a dit que même si c'était un accident, c'était mieux comme ça, c'était gentil. J'ai dit quand on s'excuse et que ça nous tente pas, c'est hyprokite, non? Maman était surprise que j'utilise ce mot-là, et elle a dit qu'être gentil, c'est jamais hyprokite. Elle a dit je suis sûre qu'au fond de toi, Flo, t'es un peu triste de ce qui s'est passé, alors c'est bien de s'excuser. Je ne me sentais pas triste du tout, mais je n'ai rien dit. Elle a dit que de toute façon, si je m'excusais, ça m'empêcherait d'avoir des problèmes.

À l'école, Emma me regardait un peu tout croche au début, mais pas longtemps. Charlie était revenue, elle n'était plus malade, et on lui a raconté ce qui s'était passé. Elle a dit que c'était tant mieux que Mégane ne soit pas morte parce que ça aurait été effrayant qu'elle soit morte à cause de moi. Elle a dit moi, je voudrais jamais que quelqu'un meure à cause de moi et ça arrivera jamais, ce serait trop horrible. C'était bizarre comment elle disait ça, elle avait presque l'air d'avoir peur. Là, j'ai vu Mégane plus loin qui parlait avec d'autres élèves. C'est rare qu'elle parle à du monde pendant les récréations, elle est souvent toute seule parce que tout le monde la trouve fatigante. Mais là, le monde allait la voir, sûrement pour savoir ce qui s'était passé. Je me suis souvenue que maman m'a dit que je devais m'excuser, mais là, il y avait trop de monde. Alors j'ai laissé faire. Là, il y a Félix qui est venu nous rejoindre. J'ai dit aux filles que Félix était mon amoureux maintenant. Elles ont dit comment ça? J'ai dit parce qu'il m'a donné deux becs. Les filles sont devenues gênées, mais elles riaient, il y a juste Emma qui ne riait pas et qui avait une face de fille surprise. Félix était super gêné, c'était drôle. Mais il souriait quand même, alors je pense qu'il était content.

Dans la classe, madame Valérie n'était pas là. C'est une madame Charlotte qui la remplaçait et elle nous a dit qu'elle ne savait pas trop quand madame Valérie reviendrait. Elle ne nous a pas dit pourquoi elle était absente, mais moi, je le savais. Après l'école, on a joué chez Charlie, on était cinq filles en tout, mais pas Ling parce qu'elle restait au service de garde aujourd'hui. Félix ne pouvait pas venir parce qu'Emma a dit qu'on serait trop chez elle. Félix est parti, mais il avait une face pas comme d'habitude. Je pense qu'il était déçu, comme le nouveau mot que j'ai appris. Moi, ça ne me dérangeait pas. Même si on est des amoureux, on n'est pas obligés de se voir tout le temps.

Tantôt, maman préparait le souper et moi je pratiquais mon piano. Papa avait fini de travailler, alors il est allé mettre dans son bureau les enveloppes du dépanneur. Là, maman a dit qu'il manquait quelque chose pour le souper et elle est descendue au dépanneur. J'ai arrêté de jouer et là, j'ai entendu que papa parlait dans son bureau. Je trouvais ça bizarre parce qu'il était tout seul. Je suis allée voir. Sa porte était ouverte et j'ai vu qu'il parlait dans son ordinateur avec un autre monsieur. Il fait ça des fois. Le monsieur avait une face de monsieur fâché, il disait qu'il y aurait plus de victimes que le gouvernement le pensait. Papa a dit que de toute façon, lui, il était prêt. Je ne sais pas de quoi ils parlaient Là, papa m'a vue et il a dit peux-tu fermer la porte, ma chouette ? Alors je l'ai fermée. Ç'a l'air le fun de pouvoir parler avec des amis sur l'ordinateur, j'ai hâte de faire ça. En attendant que maman finisse le souper, je suis allée écrire mon journal. Et là, j'ai fini. Bye.

On est encore vendredi. Le souper n'a vraiment pas été le fun. On mangeait du pâté chinois. Papa était habillé avec son t-shirt de son équipe de quilles parce qu'il allait jouer ce soir. Il n'était pas de bonne humeur. Je trouve qu'il n'est pas beaucoup de bonne humeur depuis quelques jours, je dirais deux ou trois jours. Il disait à maman que le système d'alarme du dépanneur était brisé et qu'un nouveau coûtait super cher. Il parlait aussi des rénovations du dépanneur qu'il voulait faire et il disait que ça aussi, c'était cher. Il disait même que ça coûtait la peau du cul. J'ai trouvé ça drôle. Je ne comprenais pas tout ce qu'il disait, mais il disait qu'il avait appelé plusieurs compagnies et c'était tous des osties de rapaces. Je ne sais pas ce que ça veut dire rapace, mais ça ne doit pas être gentil, ça doit être comme hyprokite. Il criait même un peu. Moi, je chantais une chanson des Cowboys Fringants en attendant qu'il arrête de parler fort. Maman lui a dit qu'il n'était vraiment pas du monde ces temps-ci. Ça, ça veut dire qu'il n'est pas de bonne humeur. Elle lui a fait une minouche sur la joue et elle a dit ça fait longtemps que tu m'as pas donné de cœur en chocolat. Elle avait la voix douce en disant ça. Mais il a crié arrête, c'est pas le temps, il a frappé sur la table et il a dit tout le monde veut m'avoir, tout le monde est contre moi, mais ça marchera pas! J'étais tannée de l'entendre crier comme ça et de le voir frapper sur la table, ce n'était vraiment pas le fun, alors j'ai dit ta gueule, papa, c'est fatigant. Papa a ouvert les yeux grands grands et il m'a donné une claque en pleine face. Pas un coup de poing, il ne m'en donne jamais des coups de poing, juste des claques. Ça faisait longtemps qu'il ne m'en avait pas donné une, environ trois mois, en tout cas juste avant Noël. Je ne comprenais pas pourquoi il était fâché après moi parce que lui, c'est ça qu'il dit à maman quand elle parle trop. Je frottais ma joue en pleurant un petit peu. De toute façon, maman s'est levée d'un coup et elle a dit pas elle, as-tu compris, je te l'ai dit des centaines de fois, pas elle!! Elle ne criait pas, mais je mets deux points d'exclamation quand même parce qu'elle était très fâchée. Là, encore une fois, papa a cligné des yeux, et il a dit je m'excuse, ma chouette, j'aurais pas dû. J'avais de la misère à l'entendre parce que le grondement dans ma tête avait recommencé. Il a avancé sa main vers moi pour me flatter la joue, mais là, j'ai pris ma fourchette et j'ai frappé sa main avec. J'étais trop fâchée après lui pour qu'il me fasse des minouches. Papa a crié et il a regardé sa main. Elle avait des petits points rouges dessus, c'était du sang, mais pas beaucoup. Il m'a regardé avec les yeux encore plus grands que tantôt et j'ai levé ma fourchette et j'ai crié touche-moi pas, maudit pas fin. Papa a encore avancé la main, j'ai voulu la frapper encore, mais il m'a arrêté facilement parce qu'il est plus fort que moi, c'est normal. Il a pris la fourchette et il l'a lancée par terre. Je pensais qu'il allait encore me frapper, mais il m'a juste encore regardée avec une drôle de face. Après, il a regardé maman. Elle était debout, mais elle ne bougeait pas, la bouche grande ouverte. Là, papa est parti vite vite. Il a mis son manteau et ses bottes, après il a pris sa boule de quilles et il est parti. Il n'a rien dit en partant, mais ça paraissait qu'il était en maudit. C'est sûr qu'il n'était pas content que je l'aie frappé. C'était la première fois que je faisais ça. Les autres fois qu'il m'avait frappée, je n'avais rien fait. Mais là, je l'ai frappé moi aussi, je ne sais pas pourquoi. Je me sens un peu bizarre, mais je n'ai pas de regrets. C'est de sa faute, tant pis pour lui. En plus, ce n'était pas bien grave parce que c'était juste un coup de fourchette dans la main, il n'y avait pas assez de sang qui sortait pour qu'il meure. Maman me regardait encore avec son air comique. J'ai dit qu'elle devrait faire ça, elle aussi, quand il la frappait. J'ai dit même s'il est plus fort, t'as vu comment il a été surpris ? J'étais bien fière et j'ai continué à manger mon pâté chinois parce qu'il était vraiment bon et j'avais faim. Maman a fini par rire. Pas beaucoup, mais un peu. Elle m'a dit qu'il ne fallait pas que je frappe les gens comme ça, surtout pas mon papa et ma maman. Elle m'a demandé si j'avais compris et j'ai dit OK, même si je n'avais pas tellement envie de dire ça. Elle m'a regardée très longtemps en ne disant rien. Après, elle m'a embrassée sur la tête, elle a dit qu'elle m'aimait et elle a continué à manger elle aussi. Après, j'ai voulu écouter un film d'horreur avec elle, mais elle a dit qu'elle avait plus envie d'écouter une comédie. C'est super rare que maman n'a pas envie d'écouter un film d'horreur. Alors on a écouté une comédie.

Après le film, j'avais commencé à lire un nouveau livre, ça s'appelle Planches d'enfer, et là, papa est revenu. Il est revenu plus de bonne heure que d'habitude. Il était vraiment en maudit. Il parlait avec maman dans le salon. Je pense qu'il s'est chicané avec ses amis du jeu de quilles. Il a dit qu'ils ne comprenaient rien à ses problèmes et qu'ils étaient comme tous les autres. Je ne sais pas c'est qui, les autres. Papa a dit qu'il ne voulait plus retourner jouer aux quilles. Maman avait une voix découragée, elle a dit c'est tes seuls amis et tu trouves le moyen de t'engueuler avec eux autres, t'es vraiment panaro. Et là, elle a crié tout de suite frappe-moi pas, as-tu compris ? Papa a crié quelque chose et la porte de son bureau a fermé fort. J'étais contente que ce soit plus calme alors j'ai écrit dans mon journal. Là, j'ai presque fini. Je pense au grondement que j'ai entendu tantôt dans ma tête. Ça fait trois fois que je l'entends en pas longtemps, je ne sais pas pourquoi. Je l'entends mieux que d'habitude, aussi. Tantôt, ça ressemblait à de l'eau. C'est bizarre.

Tout à l'heure, j'ai écrit que ce n'était pas grave que j'aie frappé papa avec ma fourchette parce que ça ne pouvait pas le faire mourir. Mais peut-être que je me trompe. Peut-être que si la fourchette avait planté dans son cou, il serait mort. Dans les films, les tueurs frappent souvent dans le cou du monde pour les tuer. Est-ce que j'aurais été triste que papa soit mort? Je n'aurais pas été triste parce qu'il ne m'aurait plus frappée. Mais j'aurais été triste parce qu'il ne m'aurait plus faire rire et il ne m'aurait plus montré comment ça marche la caisse au dépanneur. Alors je pense que s'il était mort, j'aurais été plus triste que pas triste. Mais depuis quelques jours, il fait moins d'affaires le fun, par exemple. C'est un peu plate, ça.

On est dimanche. Je n'ai pas écrit hier parce qu'il ne s'est rien passé de spécial, sauf que madame Lemaire m'a dit pendant mon cours de piano qu'il fallait que je pratique plus. Aujourd'hui non plus il ne s'est rien passé de spécial, mais je vais écrire quand même un peu parce que ça me tente.

Après-midi, on a joué chez Ling dehors. Il neigeait alors c'était le fun. Félix est venu nous rejoindre. Un moment donné, sans que les autres filles nous voient, il m'a donné un bec. J'ai aimé ça. Après le souper, je lisais dans ma chambre, mais papa et maman se chicanaient dans le salon. Ils se chicanent plus que d'habitude, c'est fatigant. J'ai mis de la musique, mais je les entendais quand même se chicaner. Papa ne frappait pas maman, il faisait juste crier et maman aussi. En plus, maman avait bu de l'alcool alors elle criait fort. Là, je suis allée les voir et j'ai crié faites donc du sexe au lieu de vous chicaner! Ils m'ont regardée avec leurs yeux ouverts grands grands. Papa a dit quoi? J'ai dit maman aime ça quand tu entres ton pénis dans sa vulve, alors fais-le et comme ça, je vais pouvoir lire tranquille! Maman est partie à rire avec son rire de fille soûle. Elle a dit à papa c'est vrai qu'on aurait plus de fun. Je le savais que j'avais eu une bonne idée. Mais papa était fâché et il a crié à maman tu trouves ça drôle en plus? Il m'a crié de retourner dans ma chambre et de me mêler de mes affaires. Je lui ai fait une grimace et je suis retournée dans ma chambre en boudant.

J'ai hâte d'être plus vieille. Avec Félix, on ne se chicanera pas de même, on va faire du sexe et on va avoir du fun.

À treize heures quarante-huit, Florence rétorque à Jean-François :

— Non, tu vas me trahir toi aussi. Comme tous les autres.

L'intervenant de la DPJ penche la tête sur le côté, dérouté par une telle réponse.

— Tu veux dire qu'il y a des gens qui ont trahi ta confiance ?

— Oui.

— Tu sais ce que ça veut dire, trahir la confiance de quelqu'un ?

— Oui.

— Qui a trahi la tienne ?

L'enfant revient à son roman, qu'elle feint à nouveau de lire.

— Tes parents ? insiste Jean-François.

Silence.

— Mais moi, je trahirai pas ta confiance, Florence. Tu sais pourquoi ?

La petite ne réagit pas. Jean-François, toujours assis sur le lit, hésite une seconde.

— Parce que moi aussi, j'ai beaucoup fait confiance à quelqu'un et cette personne-là m'a trahi.

Florence fixe les pages de son roman, mais ses sourcils se froncent.

— Et quand quelque chose comme ça t'arrive, tu veux pas le faire aux autres parce que tu le sais que ça fait très mal.

Cette fois, Florence le regarde. Jean-François sourit. Si ses supérieurs, en ce moment, lui reprochaient cette méthode d'approche, il leur rétorquerait qu'il ne ment pas, qu'il a vraiment été trahi. Alors si son histoire pouvait servir à amadouer la petite, pourquoi pas?

— C'est quoi, qui t'est arrivé?

— Si tu réponds à mes questions, je vais répondre aux tiennes, promis.

Est-il sincère? Il ne sait pas trop. Son histoire n'est pas du tout un secret et il ne se gêne pas pour la raconter à ses amis, mais il doit admettre que de la partager avec une gamine de huit ans ne serait sans doute pas très adéquat. N'empêche, sa dernière phrase constitue une vraie manipulation de sa part, il ne peut le nier. Peut-être va-t-il un peu trop loin, même si sa véritable intention demeure d'aider Florence. Celle-ci hésite avant de demander:

— Si je réponds à tes questions, vas-tu aller toute dire ça aux autres?

— Tu veux dire à ta tante et au policier?

— Oui.

Jean-François décide de jouer cartes sur table.

— Les seules personnes à qui je pourrais raconter ce que tu vas me dire, c'est la police. Et

uniquement ce qui est important pour pas que vous soyez en danger, toi ou tes parents. Le reste, j'en parlerais pas. À personne. Tu comprends ce que je veux dire ?

Elle fait signe que oui, mais affiche une certaine déception. Elle replonge dans son livre et le silence. Néanmoins, Jean-François la devine moins tendue. Il n'insiste pas pour l'instant, convaincu qu'il a progressé malgré tout.

De son côté, le patrouilleur Légaré, qui commence à envisager la possibilité que les parents ne reviennent pas si vite qu'il le croyait, entreprend un second tour de la maison pour un examen visuel. Il s'est d'abord rendu au bout du corridor central, dont le plancher était recouvert de traces de gadoue séchée et qui se termine par une fenêtre avec vue sur la cour arrière, puis a ouvert la première porte sur sa gauche. Il s'agit d'un simple débarras. Il n'a pas l'autorisation de fouiller, mais à première vue, rien d'anormal : une vieille chaise, des skis, des boîtes de carton, un ventilateur sur pied, une pile de disques vinyles... Il referme la porte. À droite, les toilettes, avec laveuse-sécheuse et un panier à linge presque plein. Il y a une serviette sur le sol et une brosse à dents gît au fond de l'évier, mais rien à signaler. Il revient sur ses pas dans le corridor. La cuisine s'ouvre sur sa droite (il voit Josée, assise à la table, qui paraît réfléchir, la tête entre les mains) et franchit le seuil sur sa gauche : la pièce est petite, elle ne renferme qu'un bureau avec un ordinateur et un classeur. Le bureau de Sébastien Roberge, selon Josée. Aucune affiche sur les murs, aucune décoration. Autour de l'ordinateur traînent un crayon, quelques feuilles avec des gribouillis incompréhensibles... Il aimerait bien fouiner dans le classeur, mais il ne peut pas. Pas tout de suite en tout cas. Encore là, rien de louche.

Dans le corridor central, un court couloir s'ouvre sur la gauche de l'agent et il s'y engage, jusqu'à une unique porte derrière laquelle se trouve l'escalier intérieur menant au magasin. Il s'arrête sur le seuil. Les marches, sur lesquelles se trouvent quelques traînées de neige fondue, s'enfoncent dans une semi-pénombre, mais il voit clairement la porte ouverte en bas, sur la gauche. Josée est allée deux fois au dépanneur et n'a rien vu. Par acquit de conscience, il actionne le commutateur sur le mur et la lumière envahit la cage d'escalier. Il observe nonchalamment les marches en bois qui descendent.

Il croit apercevoir quelque chose sur l'étroit rebord de métal qui sépare le couloir du seuil de l'escalier. Il se penche pour mieux distinguer. Outre les traces de neige, il y a du rouge sur le métal, des petites taches presque brunes. Il humidifie son doigt et frotte les taches. Elles disparaissent assez facilement. Il y a autre chose aussi, coincé sous le rebord. Deux ou trois minuscules lambeaux grisâtres. Il en prend un du bout des doigts et le détache. C'est visqueux. On dirait...

Sans se relever, il se tourne vers le plancher. En regardant méticuleusement, il remarque entre les restes de gadoue quelques petites traces rouges, qu'on ne peut voir que si on y prête attention. Il se relève et va au salon. Là, il écarte les couvertures qui recouvrent une bonne partie du plancher. À un endroit précis, sur le bois franc, il distingue une grande tache plus sombre, une tache qu'on aurait nettoyée mais sans réussir à la faire disparaître totalement. Pour la première fois depuis son arrivée, Légaré se dit qu'il s'est peut-être passé quelque chose de grave dans cette maison.

Il revient à l'escalier intérieur et l'examine en plissant les yeux. Sur les marches, il croit déceler des petites traces différentes de celles de la neige fondue. Il descend quelques degrés et se penche : oui, ça ressemble à du sang. Et là, encore deux ou trois de ces sinistres lambeaux.

Son cœur commence à battre plus vite. Ces signes louches et inhabituels qui mènent au commerce du rez-de-chaussée lui confèrent, selon la loi, le droit de descendre et de chercher avec un peu plus de précision. En quelques secondes, il se retrouve en bas et allume les lumières. Rien de spécial à première vue, comme l'a dit Josée. Un banal dépanneur, mais qui n'a visiblement pas connu de rénovations depuis longtemps. Le policier se met à chercher des traces sur le sol, mais il s'agit d'un plancher en ciment, tout usé, avec mille vieilles souillures de toutes sortes. Il se dirige vers le fond du magasin jusqu'au frigo à bière. Il avise un goulot de bouteille cassée par terre, juste devant la porte. Et après la poignée pend un cadenas ouvert. Il prend une bonne respiration et ouvre le frigo.

À treize heures cinquante-quatre, dans la cuisine, Josée réfléchit toujours, mais pas pour se rappeler les noms d'éventuels amis de sa sœur et de son beau-frère. En fait, elle est hantée par la question qu'on lui a posée plus tôt, à savoir s'il y avait de la violence dans la famille de Florence. Elle avait répondu non, mais au fond, elle n'en est pas si sûre. C'est vrai qu'elle ne voit pas Maryline souvent, mais à deux occasions, au cours des trois dernières années, elle a observé des marques sur son visage, dont aux funérailles un mois plus tôt. Et elle n'avait pas pu s'empêcher de se demander s'il n'arrivait pas à Sébastien de frapper Maryline. Leur retraite de filles au chalet aurait d'ailleurs été un bon moment pour la questionner à ce sujet. Si Josée n'a pas partagé ses doutes avec le policier et l'intervenant, c'est parce qu'elle veut se convaincre que cela ne concernait que la famille et n'avait pas de lien avec la disparition du couple. Et en admettant que Sébastien batte sa femme, il ne pourrait jamais lacérer le visage de son enfant, Josée en est certaine. Mais maintenant, à force de réfléchir, elle ne sait plus. Elle s'imagine le pire. Peut-être, finalement, devrait-elle en discuter avec Légaré…

La sonnerie du téléphone mural la tire de ses pensées. Excitée, Josée va répondre, sa voix vibrante d'espoir.

— Allô ?

— Ah, Line, t'es revenue !

Josée a un claquement de langue déçu.

— Non, c'est pas Maryline, c'est Josée, sa sœur.

— Oh, désolée ! Vous avez tellement la même voix ! C'est Véronique, son amie. On s'est vues au salon funéraire, l'autre f…

— Oui, oui, je te replace, on s'est croisées une couple de fois. Je cherche Maryline, justement, mais on dirait que toi aussi.

— Comment, tu la cherches ? Elle était à ton chalet avec toi, non ?

— Non, je l'avais invitée, mais finalement elle est pas venue.

— Ben voyons, c'est…

À l'autre bout du fil, Véronique émet un ricanement perplexe.

— Maryline a fait un statut Facebook où elle disait qu'elle partait avec toi à ton chalet.

Josée s'étonne.

— Elle a écrit ça ? Ben, elle a changé d'avis.

— Ah, ouin ? C'est bizarre. Elle a écrit qu'elle pourrait pas communiquer avec personne pendant son séjour là-bas parce qu'il y a pas de réseau à ton chalet. Pis effectivement, j'ai pas eu de nouvelles depuis ce message-là.

L'inquiétude qui habite Josée depuis son arrivée se concentre tout à coup dans son estomac pour former une boule inconfortable. Véronique continue de parler, mais Josée ne l'écoute plus vraiment. Une image insensée apparaît devant ses yeux : Maryline qui ressent de l'amertume depuis que sa modeste carrière de mannequin est terminée, qui n'accepte plus de se faire battre par Sébastien, qui en a assez de cette vie et qui quitte son mari, sa maison et sa fille, tout en laissant de faux messages sur Facebook pour couvrir sa fuite avant qu'on ne la recherche…

Mais si c'est le cas, où est Sébastien ?

Au moment où elle se formule mentalement cette question, Légaré surgit dans la cuisine, fiévreux, tout en parlant dans l'émetteur sur son épaule :

— … oui, c'est au coin de la rue des Peupliers… Exact… OK !

Puis, livide, il dévisage Josée. Et celle-ci sent la boule dans son estomac remonter le long de sa gorge jusqu'à lui couper le souffle.

Journal intime
de
Florence Roberge

On est lundi. Papa est très, très fâché. Il est dans le salon et il fouille dans une boîte pleine de papiers. Je vais en profiter pour écrire mon journal.

Ce matin, maman a dit qu'elle irait se faire couper les cheveux chez mononcle Hubert. Elle a dit qu'elle avait peut-être envie de les colorer plus foncés et elle m'a demandé ce que j'en pensais. J'ai dit que moi, je trouvais ça beau ses cheveux blonds. Elle a dit t'as raison, j'ai déjà été brune il y a des années et j'avais eu un peu moins de travail. Je lui ai dit que ça ne changerait rien aujourd'hui parce qu'elle n'avait plus de travail du tout. Elle a eu l'air triste et elle a dit que je n'étais pas gentille de dire ça. Je ne comprenais pas pourquoi. Je n'ai pas été méchante, j'ai juste dit la vérité. Là, elle a changé de sujet et elle m'a demandé si je m'étais excusée à Mégane vendredi et je lui ai dit non. Elle a dit qu'il fallait que je le fasse aujourd'hui. J'ai dit OK même si ça ne me tentait pas plus que l'autre jour.

En allant à l'école, j'ai vu une madame marcher dans la rue avec un masque sur sa bouche, comme les docteurs dans les films. J'ai trouvé bizarre. Peut-être qu'elle était un docteur et qu'elle s'en allait travailler. À l'école, pendant la récréation de l'après-midi, je parlais avec mes amies quand j'ai vu la fatigante à Mégane qui était toute seule et qui regardait vers moi. Alors je suis allée la voir et je lui ai dit que je m'excusais. Ça me faisait chier d'être hyprokite, mais maman m'a dit que ça m'aiderait à ne pas avoir de problèmes, alors je l'ai fait. Mégane avait l'air contente. Elle a dit c'est correct, il paraît que t'as pas fait exprès, et de toute façon, j'ai presque plus mal. J'ai dit tant mieux et je suis allée rejoindre mes amies et je leur ai dit que je m'étais excusée. Félix est venu jouer avec nous et des fois, il me tenait la main. J'aimais ça. À la récréation de l'après-midi, je suis allée aux toilettes et quand je suis sortie dehors, la fatigante à Mégane m'attendait proche de la porte. Elle m'a dit veux-tu qu'on joue ensemble ? J'ai dit non, je m'en vais rejoindre mes amies. Elle a demandé si elle pouvait venir avec moi ? J'ai ri et j'ai dit ben non. Elle a dit on est pas des amies, maintenant ? Je ne comprenais pas pourquoi elle pensait ça. J'ai dit non. Elle avait l'air déçue. J'ai voulu partir, mais elle m'a dit que si je ne voulais pas être son amie, elle irait voir le directeur pour lui dire que j'avais fait exprès pour l'enfermer dans la poubelle. Ça, ce n'était pas vrai. J'ai peut-être fait exprès pour lâcher le couvercle, mais je n'ai pas fait exprès pour l'enfermer dans la poubelle. Je voulais lui montrer que j'étais très fâchée alors j'ai parlé comme mon père quand il est en maudit. J'ai dit t'es vraiment une criss de trou de cul de vouloir faire ça. Elle a ouvert les yeux grands grands et la bouche aussi, elle n'en revenait pas que je parle de même et j'étais très contente. J'ai dit ça aurait été plus le fun si t'étais morte pour vrai. Là, elle est venue les yeux pleins d'eau, elle a crié t'es méchante, et elle m'a poussée. Elle ne m'a pas poussée très fort, mais je ne m'y attendais pas alors je suis tombée par terre et mon coude a frotté par terre, sur le ciment de l'entrée qui n'a pas de neige. Même si j'avais un manteau, ç'a frotté fort et j'ai commencé à pleurer. Mégane s'est sauvée en courant. Moi, j'ai crié je vais te faire sortir toute le sang du corps, ma maudite! Mais elle était rendue trop loin alors je pense qu'elle n'a pas entendu.

Denis le surveillant est venu m'aider et il m'a demandé ce qui s'était passé. Mais je ne l'ai pas dit. Parce que si je le disais, Mégane pourrait elle aussi raconter les affaires pas fines que j'avais dites et je serais punie. Il m'a amenée dans l'école et on a enlevé mon manteau. Mon coude était tout éraflé et ça saignait un peu. Le surveillant m'a amenée au directeur. Je lui ai dit que j'avais glissé et là, je ne pleurais presque plus. Il m'a demandé si j'étais capable de rester à l'école ou si j'aimais mieux retourner chez nous. C'est sûr que j'aimais mieux manquer de l'école, alors je me suis forcée pour pleurer plus et j'ai dit que je voulais retourner chez nous. Le directeur a appelé à la maison, mais ça ne répondait pas parce que maman était chez mononcle Hubert. Il a appelé au dépanneur. Je l'ai entendu expliquer ce qui se passait à papa. Quand il a raccroché, il a dit qu'il fallait que papa trouve quelqu'un pour le remplacer et qu'il viendrait me chercher après. En attendant, on est allés chez l'infirmière et elle m'a mis quelque chose sur le bobo, ça s'appelle du désinfectant, et après elle a mis un pansement. Ça piquait un peu, mais pas beaucoup. Elle m'a dit que j'étais courageuse. J'ai dit que je savais que je n'allais pas mourir parce qu'il n'y avait pas assez de sang qui sortait, ce n'était pas comme quand on se fait ouvrir le ventre par une hache ou couper un bras. L'infirmière a ri, mais elle avait un drôle de rire. Le directeur me regardait beaucoup. Après, je suis allée chercher mes affaires dans ma classe, je suis retournée dans le bureau du directeur et j'ai lu mon livre.

Papa est arrivé un peu plus tard, il a regardé mon bobo et il a dit en riant que j'étais une tough. Juste avant qu'on parte, le directeur a demandé à mon père si maman et lui avaient pris une décision sur la spychologue. Mon père a demandé de quoi il parlait. Le directeur a dit votre femme ne vous a pas dit ce qui s'est passé l'autre jour? Mon père a dit non, il avait l'air mêlé. Là, le directeur m'a dit d'aller attendre dans le corridor, alors je suis sortie. Ce coup-là, je ne pouvais pas écouter proche de la porte parce que la secrétaire me voyait. Après quelques minutes, mon père est sorti et le directeur lui disait qu'il ne voulait pas faire de chicane entre lui et maman. Papa a dit inquiétez-vous pas, je vais la convaincre. Il était fâché même s'il ne parlait pas fort. Il m'a pris la main et on est partis. Il la serrait un peu trop fort et je lui ai dit. Il a serré un peu moins fort, mais il était encore fâché. Dans l'auto, pendant qu'il conduisait, il a dit t'as vraiment fait ça? T'as laissé une de tes amies dans une poubelle sans rien dire à personne parce que tu pensais qu'elle était morte? J'ai dit que ce n'était pas mon amie, c'est la fatigante à Mégane. Papa a crié criss, Florence, c'est pas, mais il n'a pas fini sa phrase, il s'est frotté la face avec une main et il a dit que j'allais voir la spychologue de l'école une fois par semaine. Je lui ai dit que maman ne voulait pas. Papa a encore crié, il a dit elle va vouloir, compte sur moi, ça va faire le niaisage! Ça m'énerve quand il crie comme ça. J'ai eu envie de lui dire de fermer sa gueule, mais quand je lui avais demandé ça, l'autre jour, il m'avait frappé, alors je ne l'ai pas dit. À la place, j'ai demandé c'était quoi une spychologue. Il a dit que c'était quelqu'un qui allait m'aider. Il ne criait plus, mais sa voix tremblait et ses yeux étaient encore pleins de colère. J'ai dit m'aider à quoi ? Là, il n'a rien dit pendant quelques secondes, après il a dit il est temps qu'on fasse notre job de parents et qu'on s'occupe de toi. Je ne comprenais vraiment rien, mais je sentais qu'il se passait quelque chose de grave. Rendus à la maison, papa m'a dit de rester dans l'auto, qu'il revenait dans deux minutes. Il est allé dans la maison et il est revenu assez vite dans l'auto, mettons environ trois minutes après. Puis on est repartis. Il m'a dit qu'on allait chercher mes médicaments. J'ai demandé quels médicaments ? Il m'a dit ceux que j'aurais dû prendre depuis un an. J'ai dit que maman a dit que je n'en avais pas besoin. Papa a crié elle est dans le champ, ta mère, tu comprends-tu ça ? Non, je ne comprenais pas. En plus, maman n'était pas dans le champ, elle était chez mononcle Hubert. Papa s'est calmé et il a dit Florence, le docteur a dit l'an passé que tu en as besoin, alors il faut l'écouter, tu penses pas ? J'ai demandé si ça voulait dire que j'étais malade même si je ne me sentais pas malade du tout. Papa n'a rien dit, sa bouche bougeait bizarre, il a fini par dire que ce n'était pas une maladie comme le rhume ou le cancer, que c'était quelque chose qu'on ne sent pas. Je comprenais de moins en moins. Il a dit que lui et maman allaient m'expliquer tout ça ce soir.

À la pharmacie, papa a donné un papier au monsieur, mais le monsieur a dit que ça faisait trop longtemps et que le papier n'était plus bon. Il fallait que le docteur lui en fasse un autre. Alors papa s'est encore beaucoup fâché, il a frappé tellement fort sur le comptoir qu'il y a des affaires dessus qui sont tombées. Le monsieur lui a dit de se calmer, mais papa ne se calmait pas du tout. Il a pris le pharmacien par son linge et il l'a tiré fort en criant tu vas me donner ces médicaments-là, OK, pis tout de suite !! Là, il y a une femme qui a crié lâchez-le tout de suite sinon j'appelle la police. Alors papa a lâché le monsieur, il m'a pris par la main et on est partis. Pendant qu'on s'en allait, papa criait ostie de système pourri, c'est de votre faute si tout va mal, allez chier ! Alors comme papa leur criait des noms, je me suis dit que je pouvais moi aussi alors j'ai crié ouin, allez chier ! C'était drôle de crier des gros mots comme ça, c'était le fun, mais papa n'avait pas l'air de trouver ça le fun. Dans l'auto, je lui ai demandé pourquoi le monsieur ne voulait pas nous donner les médicaments. Papa a dit qu'il allait appeler le docteur pour qu'il fasse une autre proscrition. J'ai demandé c'était quoi une proscrition, mais il n'a rien répondu. Il regardait la route avec une drôle de face et ses mains tremblaient sur le volant. Même s'il regardait en avant, c'était comme s'il ne voyait rien, un peu comme s'il était dans la lune. Là, il y a un monsieur qui a traversé la rue et papa ne ralentissait pas, même s'il y avait un stop. J'ai crié attention papa et papa a freiné de toutes ses forces et l'auto a arrêté très proche du monsieur. Le monsieur n'était pas content et il a commencé à crier après papa. Papa est sorti de l'auto en criant encore plus fort et le monsieur a eu tellement peur qu'il est parti vite vite. Il y avait beaucoup de monde sur les trottoirs et ils regardaient papa d'un drôle d'air. Papa leur a crié qu'est-ce que vous voulez, mêlez-vous de vos affaires! Il a remonté dans l'auto et on est repartis. Je ne disais rien. Je trouvais ça moins drôle que tantôt. J'avais aussi un petit peu peur, je ne sais pas pourquoi. À la maison, papa a appelé quelqu'un et je l'entendais se chicaner avec la personne à qui il parlait. Il disait il travaille où, maintenant? Et il disait aussi qu'il ne savait pas c'était quoi son nom parce qu'il n'était pas capable de lire le nom sur le papier. Il a crié fuck you, et il a raccroché. Il était vraiment en maudit. Là il s'est pris une bière et il est allé s'asseoir au salon. Il essayait de lire le morceau de papier qu'il avait donné au monsieur de la pharmacie et il grognait c'est quoi, son ostie de nom, c'est pas lisible, câlice! Il disait beaucoup de gros mots. Un moment donné, il est allé dans sa chambre et il est revenu avec une petite boîte pleine de papiers. Il a commencé à fouiller dedans, mais il n'avait pas l'air content de ce qu'il trouvait. Je suis allée dans ma chambre parce qu'il ne s'occupait pas de moi et j'ai écrit mon journal intime.

Là, je n'entends plus papa. Je suis pas mal mêlée. Est-ce que je devrais avoir des médicaments ou pas ? Papa dit que j'ai une maladie qu'on ne sent pas. Mais si on ne le sent pas, ça donne quoi de prendre des médicaments ? On va voir ce que maman en pense ce soir, mais je pense que elle, elle va encore dire que je n'en ai pas besoin. Là, je vais aller voir ce que papa fait.

On est encore lundi. Il s'est passé quelque chose de très spécial. Je suis allée dans le salon voir ce que faisait papa et il fouillait encore dans la boîte. Il y avait plein de papiers partout à terre. Il disait des affaires en fouillant, mais il ne parlait pas fort, il avait l'air très énervé, il avait des yeux comme s'il était fou. Je lui ai demandé ce qu'il cherchait. Papa a crié câlice et il a lancé sa bouteille de bière sur le mur. Elle était presque vide et elle n'a pas cassé, mais il y a quand même eu de la bière qui a renversé par terre. Je n'étais pas contente parce que si moi j'avais fait ça, je me serais fait chicaner en maudit. Là, il a crié ah, c'est lui! Il a crié ça en regardant un papier qu'il venait de sortir de la boîte.

Là, quelqu'un est entré. C'était maman. Elle a crié il y a quelqu'un? J'ai crié que j'étais ici. Je l'ai entendue enlever son manteau et ses bottes, et elle est arrivée dans le salon. Ses cheveux étaient hyper beaux et en plus, elle avait mis sa belle robe blanche. Elle m'a dit papa t'as laissé monter en haut toute seule? Là, elle a vu papa et elle lui a demandé pourquoi il ne travaillait pas. Là, papa l'a chicanée très fort, il lui a dit que le directeur lui avait raconté toute mon affaire et il a crié tu m'as rien dit, pis tu m'as pas dit qu'il voulait que Flo voie la spychologue! Au début, maman avait l'air bizarre, je pense qu'elle était mal à l'aise, mais quand papa a eu fini, elle a fait comme si tout était normal et elle a dit que ce n'était pas important. Papa a crié je peux pas croire que tu veux pas qu'elle la voie après ce qui s'est passé! Là, maman a crié tais-toi, parle pas de ça devant elle! Je pense qu'elle voulait dire moi. Là, maman a dit on n'en parle plus, je vais nous préparer un bon gros souper pour ce soir. Elle est allée dans la cuisine et elle a commencé à couper des légumes. Là, papa était encore plus en maudit. Il n'arrêtait pas de répéter la même affaire en criant, et maman disait non, non, et elle restait calme, mais même si j'étais dans le salon, je voyais qu'elle coupait ses légumes super vite. Papa a levé le morceau de papier et il a dit j'ai retrouvé le nom du docteur, je vais l'appeler et Florence va prendre ses médicaments ! Il est allé chercher le téléphone sur le mur et là, maman a arrêté de couper les légumes et elle a crié elle aussi. Elle criait que non, pas question, elle criait que c'était la seule affaire qu'elle n'acceptera jamais, et d'autres affaires de même. Ils se sont mis à crier tous les deux et là, ça me faisait chier et j'étais découragée. Je me suis assise dans le divan et j'ai commencé à chanter une chanson de Katy Perry, mais j'entendais quand même. Là, maman a crié si tu l'obliges à prendre des médicaments, je crisse mon camp avec elle et tu la reverras plus ! Là, je ne comprenais plus rien parce que l'autre jour, maman a dit qu'il fallait que papa reste avec nous parce qu'elle ne pourrait pas s'en sortir sans lui, même si je ne sais pas de où elle voudrait sortir. Papa n'a pas dû la croire parce qu'il a ri, mais un rire pas gentil, et il a encore crié, il disait à maman qu'elle racontait n'importe quoi et là, il a dit qu'il appelait tout de suite le docteur. Il est revenu dans le salon et il a commencé à faire un numéro sur le téléphone. Là, maman a capoté pas mal. Elle a marché vers papa et elle criait appelle pas, je te l'interdis, t'as compris, appelle pas ! Elle essayait d'enlever le téléphone des mains de papa, mais elle utilisait juste une main parce qu'elle avait son couteau dans l'autre. Papa la repoussait en criant arrête, es-tu virée folle ? Maman a réussi à lui enlever le téléphone et là, papa a voulu le reprendre, mais maman lui a donné un coup de téléphone dans le front en criant t'appelleras pas, j'ai dit ! J'ai été tellement surprise que j'ai arrêté de chanter. Là, papa a eu ses yeux de fou et il a frappé maman. Il lui a donné un coup de poing direct dans la face. Maman a échappé le téléphone et elle a reculé un peu. Papa a crié touche-moi pas, ma tabarnac, as-tu compris ? Après, il lui a donné un autre coup de poing très très fort. Je pense que c'était le plus gros que je l'ai vu donner. Les beaux cheveux de maman ont bougé partout autour de sa tête. J'ai vu du sang sortir de sa bouche et elle a reculé encore plus. Là, ses pieds sont arrivés dans la bière qui avait été renversée par terre, alors elle a glissé et elle a vraiment revolé dans les airs, comme quand quelqu'un glisse sur une pelure de banane dans les petits comiques à la télévision. Elle est tombée sur le dos et sa tête est tombée sur la petite table du salon. J'ai entendu un bruit qui ressemblait à une branche qui casse. Là, j'ai ri, parce que c'était vraiment drôle de voir maman revoler dans les airs comme dans les petits comiques. Mais là, elle ne se relevait pas. Papa a cligné des yeux et il a commencé à s'excuser, comme d'habitude, et là je ne riais plus parce que je trouve ça toujours fatigant quand il s'excuse de même. Il s'est penché sur maman, il lui a flatté la face en disant je m'excuse, je m'excuse. Mais maman ne bougeait pas, elle restait étendue sur le plancher sans parler. Elle avait les yeux fermés alors j'ai pensé qu'elle avait perdu connaissance, comme la fatigante à Mégane l'autre fois dans la poubelle. J'ai dit tu l'as frappée trop fort, papa, elle a perdu connaissance. Papa ne s'occupait pas de moi, il donnait des petites tapes sur la joue de maman en disant Maryline, Maryline, je m'excuse. Après, il a commencé à la brasser un peu par les épaules. Maman ne se réveillait pas et sa tête bougeait beaucoup plus que d'habitude, elle était toute molle. Papa a lâché maman et il a eu une face de peur. J'ai demandé pourquoi elle ne se réveillait pas. Papa ne disait rien, il ouvrait et fermait ses mains tout le temps. Il avait l'air d'avoir de plus en plus peur et il respirait fort fort. Il a dit fuck plusieurs fois. Là, il a couru aux toilettes et j'ai entendu des sons quand on vomit. Je me demandais pourquoi il était malade.

Je ne savais pas quoi faire. J'ai dit maman, maman, réveille-toi. Je l'ai prise par l'épaule et je l'ai un peu brassée moi aussi. Sa tête était vraiment toute molle. Il y avait du sang sur son nez et sa bouche, mais il y en avait aussi sur le plancher, mais pas beaucoup. C'est du sang qui venait de sa tête. Là, je me suis demandé si elle était morte. Parce qu'elle ne se réveillait pas et il y avait du sang. Quand papa m'a vue avec maman, il avait encore plus une face de peur et il a dit non, non, touche-la pas, et j'ai reculé. Papa s'est mis à genoux devant maman, il n'avait pas l'air de savoir quoi faire. J'ai demandé est-ce qu'elle est morte? Là, il a eu l'air en maudit et il a dit très fort ben non, elle est pas morte, voyons, Florence! Il s'est calmé et il a dit elle dort parce que le coup sur sa tête l'a beaucoup étourdie. Il m'a dit d'aller faire mes devoirs. Je suis allée dans ma chambre et j'ai essayé de les faire. Mais ça ne me tentait pas et je n'étais pas capable de penser à mes devoirs. Alors j'ai écrit mon journal à la place. Pendant que j'écrivais, le téléphone a sonné et il a répondu. Je l'ai entendu dire dans le téléphone non, je reviendrai pas aujourd'hui, j'ai des problèmes, peux-tu rester jusqu'à l'arrivée de Kevin? Après, papa a dit merci, et c'est tout. Il avait vraiment une voix bizarre pendant qu'il parlait au téléphone.

Là, je vais aller voir si maman s'est réveillée parce que je commence à avoir faim et que j'ai hâte qu'on soupe.

Je pense que c'est la première fois que j'écris trois fois dans mon journal durant la même journée. Mais là, je sais que maman est morte, alors il faut que je l'écrive.

Quand je suis allée dans le salon, maman était toujours sans connaissance par terre. Papa était assis dans un fauteuil et il ne bougeait pas. Il faisait juste regarder maman, mais avec une face bizarre. Il n'y avait aucune lumière d'allumée et comme il commençait à faire noir dehors, il commençait à faire noir aussi dans la maison. Mais je voyais quand même que papa avait une drôle de face, j'avais même de la misère à le reconnaître tellement sa face n'était pas comme d'habitude. Peut-être parce qu'il commençait à faire noir. J'ai dit maman est encore sans connaissance? Papa n'a pas réagi. J'ai encore posé ma question. Là, papa m'a regardée avec sa drôle de face. Il a pris une grande respiration et il y a des larmes qui ont coulé de ses yeux. C'était bizarre parce qu'il ne pleurait pas, il y avait juste des larmes qui coulaient. Il a dit maman est morte, Florence. Il n'a rien dit pendant longtemps et moi non plus. Après, il a encore dit elle est morte. Et là, il a pleuré pour vrai. Il a mis ses deux mains sur sa face et il a pleuré. Je l'ai déjà entendu pleurer, mais je l'avais jamais vu. Là, il pleurait vraiment fort, comme un enfant, comme quand je me fais mal, et je n'aimais pas ça voir ça, c'était trop bizarre. Il n'avait pas l'air d'un papa. Là, j'ai regardé maman. Même s'il n'y avait pas beaucoup de sang, elle était morte. C'est vrai que dans les films d'horreur, des fois, il y a des gens qui se font tuer et qui ne saignent presque pas, des fois ils ne saignent pas du tout. Pas souvent, mais des fois. Quand le méchant étrangle quelqu'un, ça ne saigne pas. Ou quand il tire un coup de fusil, des fois, ça ne saigne presque pas. Je regardais maman et je me sentais très bizarre. Là, j'ai dit à papa c'est de ta faute si maman est morte. Papa a arrêté de pleurer. J'ai dit c'est pas bien de tuer du monde. J'ai dit ça d'une voix un peu fâchée, c'est sûr. Dans les films, quand les gentils tuent du monde, ils tuent juste des méchants, et ça, c'est correct. Et maman n'était pas une méchante. Papa s'est mis à genoux devant moi, il a pris mes mains et il a dit non, non, je l'ai pas tuée, c'est un accident. Là, il m'a expliqué que ce n'était pas ses deux coups de poing qui avaient tué maman, c'était quand sa tête était tombée sur la table. Si elle était tombée à côté, sa tête n'aurait pas brisé. C'est ça que papa disait. J'ai dit alors c'est de sa faute à elle si elle est morte? Papa a encore dit non, non, non, il a dit qu'elle n'avait juste pas été chanceuse. Et il pleurait encore en disant ça. Je me souviens que Ling nous avait raconté que son cousin était mort en grimpant dans une montagne dans un autre pays. Il y a eu plein de neige qui a déboulé la montagne et son cousin avait été enterré par la neige et il était mort. Ling avait dit qu'il n'avait pas été chanceux. J'ai expliqué ça à papa et je lui ai demandé si c'était la même affaire. Papa a serré mes mains et il a pleuré encore plus fort. Il ne répondait pas à ma question et ça m'achalait, alors j'ai répété c'est la même affaire, papa? Il a dit oui, oui, c'est la même affaire. Il m'a serrée dans ses bras et il pleurait en même temps. D'habitude, j'aime ça quand il me serre dans ses bras, mais là, ça ne me tentait pas et je trouvais ça même un peu achalant. J'ai dit, mais si tu l'avais pas frappée, elle serait pas tombée sur la table, alors elle serait pas morte. Papa m'a regardée pendant très longtemps. Il pleurait encore, mais moins, il avait une face de monsieur qui a peur. Là, il a dit Flo, c'était un accident, je voulais pas que maman meure, tu me crois, hein? Je le croyais. Papa ne voulait pas que maman meure, c'est certain. C'est vrai qu'elle n'a pas été chanceuse de tomber sur la table. J'ai dit oui, je te crois. Il m'a encore regardée beaucoup. Il m'a demandé es-tu correcte? Il avait l'air de me trouver bizarre. C'est vrai que je me sentais bizarre. Alors je lui ai dit je me sens bizarre et j'ai faim. Papa a lâché mes épaules et il m'a encore regardée sans rien dire. Sa face était toute mouillée. Après, il a dit je vais te préparer à manger, je vais, mais il n'a pas fini sa phrase parce qu'il a recommencé à pleurer. Je n'aimais vraiment pas ça quand il pleurait alors je suis retournée dans ma chambre.

Là, j'ai recommencé à écrire. Je suis mêlée, mais mononcle Hubert a dit qu'écrire, ça pouvait nous aider à comprendre nos émotions et je pense que c'est vrai un peu. Parce que je comprends que papa ne voulait pas tuer maman. Alors je ne pense pas qu'il est méchant. Et aussi, je trouve ça plate que maman soit morte. On dirait que ça ne se peut pas. Peut-être parce qu'elle est encore dans le salon. Quand on meurt, on est supposés être enterrés pour disparaître. Mais maman est encore dans le salon, alors ça, c'est mêlant. Quand maman va être disparue, peut-être que je vais y croire plus.

On est mardi. C'est le matin et je ne suis pas à l'école. Je vais expliquer pourquoi.

Hier, dans ma chambre, je me suis endormie sans faire exprès. Quand j'ai eu fini d'écrire mon journal, je me suis couchée sur mon lit en attendant que le souper soit prêt, mais je me suis endormie. Je me suis réveillée et il était dix heures le soir. J'étais toute endormie mais j'avais vraiment faim. J'étais fâchée parce que papa avait oublié de faire le souper. Alors je suis sortie de ma chambre. Papa était encore assis dans le fauteuil et il regardait toujours maman sur le plancher. Là, j'étais surprise parce que maman était encore là. Je me suis approchée et j'ai dit est-ce qu'on va l'enterrer? Papa a fait un gros saut, je pense qu'il n'avait pas vu que j'étais là. J'ai dit est-ce qu'il faut attendre aussi après l'hiver pour l'enterrer, comme grand-maman Laura ? Il n'a rien dit au début, après il a dit que des fois, on n'avait pas besoin d'enterrer les gens morts, que des fois ils disparaissaient tout seuls un moment donné. Il voulait que je retourne me coucher, mais j'ai dit que j'avais trop faim. Alors il s'est levé et il est allé me préparer un sandwich. Je me suis assise et j'ai regardé maman. C'est de valeur qu'elle soit morte après qu'elle soit allée chez le coiffeur, elle a tout fait ça pour rien. Elle était très belle, avec sa belle robe blanche, elle n'avait même plus de sang sur le visage, ça doit être papa qui l'a essuyé. Sa bouche était un peu enflée, mais pas beaucoup. Elle était plus belle que grand-maman quand elle était morte. Après, j'ai mangé le sandwich. Je trouve ça plate manger un sandwich pour souper, mais comme il était tard, je pense que papa n'avait pas le goût de préparer un vrai souper. Pendant que je mangeais, papa est retourné s'asseoir dans le salon et il a continué de regarder maman sans rien faire. Je ne sais pas pourquoi il fait ça, ça doit être plate.

Quand j'ai eu fini de manger, je suis allée m'asseoir dans le divan et j'ai demandé à papa tu as de la peine parce que maman est morte ? Il est venu les yeux pleins d'eau et il a dit oui, c'est sûr. Il a dit que même s'il la frappait des fois, il l'aimait. Il a dit tu me crois, hein ? J'ai dit oui. C'est vrai que je le croyais. Il m'a demandé si moi, j'avais de la peine. J'ai dit oui. Il m'a encore regardée beaucoup et il a dit t'es sûre? J'ai dit oui. Je disais ça, mais je ne savais pas trop. C'est sûr que j'ai de la peine, c'est ma mère, mais je n'avais pas envie de pleurer. Peut-être que je ne pleurais pas parce qu'elle n'avait pas encore disparu. Papa m'a dit de retourner me coucher. J'ai dit non, je veux la voir disparaître. Papa s'est levé, il m'a pris la main et il a dit non, non, viens te coucher. J'ai répété que je ne voulais pas et là, j'ai crié fort fort, comme je le fais des fois. Je ne sais pas pourquoi, le cri est sorti tout seul, c'est toujours comme ça quand ça arrive. J'ai crié fort et papa a dit chut, chut, c'est correct, c'est correct, tu peux rester. Il s'est rassis et il me regardait un peu comme s'il était inquiet. Moi, j'ai regardé maman et j'ai attendu qu'elle disparaisse.

Mais je me suis endormie encore sans m'en rendre compte. Je le sais parce qu'un moment donné, j'ai ouvert les yeux et j'étais étendue dans mon lit mais toute habillée. Il faisait clair dans la maison parce que le soleil entrait par la fenêtre. Je suis allée dans le salon. Maman n'était plus sur le plancher. Et les papiers et la boîte ne traînaient plus. Et il n'y avait plus de sang non plus sur le plancher. Papa était dans la cuisine et il préparait des toasts. Il avait l'air super fatigué. J'ai pensé qu'il ne s'était peut-être pas couché, mais il n'avait pas le même linge qu'hier, alors il s'était sûrement couché. Il m'a dit qu'il m'avait transportée dans mon lit pendant que je dormais. Il souriait en disant ça, mais ce n'était pas un beau sourire. Il avait les yeux tout rouges. J'ai dit maman a disparu et je ne l'ai pas vue disparaître. Papa a dit moi non plus, je ne l'ai pas vue disparaître. J'ai dit alors elle est vraiment morte, maintenant? Papa a dit oui et il a recommencé à pleurer. Moi je ne pleurais pas, mais je trouvais ça plate quand même que maman soit morte.

Pendant qu'on mangeait notre déjeuner, papa a dit que je n'irais pas à l'école aujourd'hui. Il a dit que c'était normal qu'on reste à la maison quelques jours quand un de nos parents meurt. J'étais contente et j'ai crié yé. Mais papa m'a donné une claque dans la face et il a crié ta mère est morte, Florence, comprends-tu ça, y a rien de le fun là-dedans, elle est morte! Là, je pleurais parce que même si ce n'était pas une grosse claque, j'avais mal. J'ai dit je suis pas contente parce qu'elle est morte, je suis contente parce que j'irai pas à l'école! Il m'a pris dans ses bras et il s'est excusé, mais je l'ai poussé parce que j'étais fâchée contre lui. On n'a pas parlé pendant quelques minutes et là, il m'a dit qu'il devait descendre travailler au dépanneur parce que le dépanneur ouvrait à huit heures et il était huit heures moins dix. J'ai dit toi, tu travailles même si maman est morte? Il a eu l'air un peu mêlé et il a dit oui parce que lui, il n'avait pas le choix. Il a dit que s'il ne travaillait pas, on n'aurait pas d'argent. J'ai dit je vais rester toute seule à la maison? Il m'a expliqué qu'il me faisait confiance et que si j'avais besoin de quelque chose, j'avais juste à descendre. Il a dit que je ne devais pas sortir de la maison toute seule. Il m'a dit aussi de ne pas utiliser le four toute seule. Il m'a demandé as-tu compris? J'ai dit oui. J'étais vraiment excitée de rester toute seule dans la maison comme une grande personne. J'étais contente qu'il me fasse confiance. Quand je vais raconter à mes amies que j'étais restée toute la journée toute seule chez nous, elles vont être surprises. Emma va être super jalouse, je suis sûre, ah-ah! Là, il m'a dit d'aller brosser mes dents. Je l'ai fait et après, je me suis changée parce que j'avais la même robe qu'hier et elle était toute fripée. J'ai regardé mon pansement sur mon coude, mais je ne l'ai pas enlevé parce que mon bobo n'était peut-être pas encore complètement guéri. J'ai mis des jeans parce que je n'allais pas à l'école. Quand je suis revenue dans le salon, papa parlait au téléphone. Il m'a dit qu'il avait appelé l'école pour leur dire que je ne serais pas là. Après, il a voulu descendre en bas, mais il avait toujours le téléphone de la maison avec lui alors je lui ai demandé pourquoi il l'amenait avec lui au dépanneur. Il a répondu qu'il y avait quelqu'un qui voulait l'appeler avec le numéro de la maison. Il a flatté ma joue en me regardant avec une face très triste et il a dit tout va bien aller. Je n'ai rien dit parce que je ne comprenais pas trop ce qu'il voulait dire. Après, il est descendu. Et là, je suis allée écrire mon journal.

Alors maman a disparu, ça veut dire qu'elle est morte pour vrai. J'essaie de comprendre que maman est maintenant nulle part pour toujours, comme si elle dormait, mais je trouve ça très difficile à comprendre. Là, je vais m'amuser toute la journée toute seule dans la maison, ça va être le fun. Bye.

On est encore mardi. Ç'a été une journée le fun. J'ai lu mon roman et après, je suis descendue au dépanneur. Papa parlait au téléphone et il se chicanait avec la personne avec qui il parlait. Il disait je le sais que c'est plate, mais j'ai plus les moyens d'ouvrir le dépanneur le soir, alors je n'ai plus besoin de toi. Quand il a raccroché, je lui ai dit le dépanneur va fermer le soir ? Il n'a pas répondu tout de suite. Après, il a dit oui, parce que c'est juste moi qui va travailler au dépanneur, maintenant. Il a dit qu'il travaillerait le samedi dans la journée, mais que ce serait fermé le samedi soir. Et ça va être fermé aussi le dimanche. Il a dit qu'il avait appelé Kevin et Juliette pour leur dire qu'il n'avait plus besoin d'eux autres. J'ai demandé pourquoi il ne voulait plus qu'ils travaillent au dépanneur. Il ne répondait pas. Il regardait partout en frottant ses mains. Je lui ai dit que je voulais faire de la caisse avec lui. Il a hésité et il a dit OK. C'est moi qui ai servi les six ou sept clients qui sont venus après et je faisais presque tout toute seule. Il y a juste quand les clients payaient avec une carte qu'il fallait que papa m'aide avec la machine. Je lui ai dit je m'en viens bonne, hein ? Il a dit oui, mais il continuait à être bizarre. Il était sûrement comme ça parce que maman était morte. Là, il y a un monsieur qu'on voit souvent qui est venu acheter des cigarettes et il a demandé à mon père pourquoi je n'étais pas à l'école. J'ai voulu répondre que ma mère était morte et que j'avais le droit de ne pas aller à l'école, mais mon père a répondu vite vite qu'il y avait une journée pédagogique. J'ai voulu dire que ce n'était pas vrai, mais papa m'a regardée avec des yeux tellement gros que je n'ai rien dit. Quand le monsieur est parti, papa m'a dit qu'il ne fallait pas que je dise aux clients que maman était morte parce qu'ils allaient poser plein de questions et qu'il n'avait pas envie de répondre à ça pendant qu'il travaillait. Il a aussi dit que même quand on était juste tous les deux dans le dépanneur, c'était mieux qu'on ne parle pas de maman au dépanneur. Je ne comprenais pas pourquoi.

Quand il a été midi, il a fait venir de la poutine italienne et j'étais super contente parce que c'est mon repas préféré. Il y a un client qui est venu et qui avait un masque sur la bouche, comme la madame de l'autre jour. Il a dit à papa je le sais que je fais rire de moi et que tout le monde trouve que j'exagère, mais je prends pas de chance. Quand le client est parti, j'ai demandé à papa pourquoi il avait un masque. Mais papa n'avait pas envie d'en parler. Après dîner, j'ai encore fait la caisse avec environ vingt clients. Il y a un monsieur qui a fait la baboune une fois parce qu'il ne pouvait pas acheter de la bière froide. C'est parce que le frigo à bière est brisé et papa l'a barré avec un cadenas. Il disait aux clients qu'ils pouvaient juste acheter de la bière pas froide. Ça ne dérangeait pas les clients, sauf ce monsieur-là qui a bougonné. Il paraît que ce n'est pas bon de la bière chaude. Mais il a juste à la mettre dans son frigo en arrivant chez lui, franchement. Aujourd'hui, papa n'avait pas le goût d'imiter les clients, comme il le fait souvent pour me faire rire. Je lui demandais, mais il disait qu'il n'avait pas envie. Il l'a fait une fois, pour me faire plaisir, mais il n'a pas été très bon et ça ne m'a pas fait rire. À un moment donné, papa s'est fâché après moi et je ne sais pas pourquoi. Je lui avais demandé si je pouvais aller me chercher une liqueur et il a dit oui. C'est rare qu'il veut que je prenne de la liqueur pendant la journée alors j'étais contente. Je suis allée en chercher dans le frigo. Le frigo à liqueur, il n'était pas brisé. J'ai passé devant le frigo à bière et j'ai vu le gros cadenas. J'ai essayé d'ouvrir la porte pour le fun et c'est là que papa s'est fâché. Il a crié touche pas à ça, viens ici! Je suis revenue à la caisse vite vite. Après papa s'est calmé.

Plus tard, je suis remontée et j'ai écouté un film d'horreur, parce que je sais comment faire marcher Netflix toute seule. Ça faisait drôle d'écouter un film d'horreur sans maman. En même temps, je me sentais grande. Après, j'ai fait un peu de bricolage. Après, j'ai joué à Candy Crush sur le iPad de maman. Maman voulait toujours me prêter son iPad, alors je suis sûre qu'elle aurait voulu si elle avait été encore en vie. De toute façon, elle ne pourra plus utiliser son iPad. Je me suis rendu compte qu'il y a plein d'affaires que maman ne fera plus. Elle ne fera plus rien. C'est ça, quand on est mort. On ne fait plus rien. Ça doit être ennuyant. Mais si papa a raison et qu'on ne se rend pas compte qu'on est mort, ça ne doit pas être si pire.

À six heures, papa a fermé le dépanneur, comme il a dit qu'il le ferait, et il est monté faire le souper. Il a fait des hamburgers. C'est rare que papa fait à manger. J'ai trouvé ça bizarre que maman ne mange pas avec nous, ça n'arrive presque jamais. Et là, elle ne mangerait plus jamais avec nous. Ç'a m'a fait un peu de peine parce qu'elle faisait bien à manger. Je racontais à papa mon après-midi, mais il n'avait pas l'air de m'écouter, il était dans la lune. Là, il m'a regardée et il m'a encore demandé si j'avais de la peine que maman soit morte. J'ai dit oui. C'est normal d'avoir de la peine quand notre maman meurt, alors je suis sûre que j'en ai. Mais papa me regardait comme s'il ne me croyait pas.

Après souper, papa est allé dans son bureau. Je l'ai entendu pleurer. Ça veut dire qu'il a encore beaucoup de peine. Mais si il n'avait pas frappé maman, elle ne serait pas tombée et elle ne serait pas morte. C'est quand même un peu tant pis pour lui. Là, j'écris mon journal et c'est bizarre parce que d'habitude, maman vient voir ce que je fais et elle me fait des minouches dans les cheveux. Là, personne ne vient me voir et personne ne me fait de minouches. C'est plate. Mais ce n'est pas grave, je vais m'habituer. Bye.

On est mercredi. Mais là, je n'écrirai pas grand-chose parce que la journée d'aujourd'hui a beaucoup ressemblé à celle d'hier. C'est cool de faire ce qu'on veut toute la journée. Il y a juste papa qui n'est vraiment pas en forme. Même pendant que j'étais au dépanneur avec lui, il y a deux clients qui le connaissent un peu et qui lui ont dit qu'il n'avait pas l'air très en forme. Il a dit qu'il avait un rhume. Mais je ne pense pas que c'est vrai. Il y a une madame qui lui a dit tu fermes ton dépanneur le soir, maintenant? Il a dit oui, pour un petit bout, mais il avait une drôle de face. Avant le souper, j'ai pratiqué mon piano pendant longtemps et je me suis trouvée bonne. Après le souper, papa m'a dit qu'il avait envie d'écouter un film avec moi. Je pouvais choisir, mais pas un film d'horreur. J'ai choisi une comédie. C'était bizarre parce que le film était drôle, mais papa ne riait pas beaucoup. Là, le cellulaire de maman a sonné. Il était dans sa sacoche dans la cuisine et il sonnait. Papa a eu sa face de peur. Quand le téléphone a arrêté de sonner, j'ai demandé pourquoi il n'avait pas répondu et papa m'a dit que c'était un appel pour maman, pas pour lui. J'ai dit oui, mais maman est morte, alors elle pourra jamais répondre. Là, il est allé chercher la sacoche de maman et il est allé la mettre dans son bureau.

Après le film, j'ai lu mon livre dans mon lit. C'est cool parce que depuis deux jours, papa ne me dit pas que c'est l'heure de me coucher, je me couche quand je veux. Là, pendant que je lisais, je n'entendais rien et je me suis demandé ce que papa faisait. J'ai ouvert la porte de ma chambre et j'ai vu que papa était assis à la table de la cuisine et qu'il écrivait sur le iPad de maman. Après, il est allé dans son bureau et là, je l'ai encore entendu pleurer. Je commençais à être tannée de l'entendre pleurer. Je suis allée prendre le iPad de maman parce que je voulais savoir ce que papa avait fait dessus. J'ai entré le mot de passe et c'est Facebook qui est apparu sur l'écran. Là, j'ai été super surprise parce qu'il y avait un nouveau message de maman sur sa page. Elle disait qu'elle ne pourrait pas répondre à ses messages Facebook ni répondre à son cellulaire pendant quelques jours parce qu'elle partait au chalet de sa sœur et qu'il n'y avait pas de réseau. Je suis allée dans le bureau de papa. Il était assis dans sa chaise et il pleurait avec les mains sur la face. Je lui ai dit papa, regarde, il y a un message de maman sur Facebook même si elle est morte ! Comment ça se fait ? Je lui ai montré le message et papa a hésité beaucoup beaucoup avant de me répondre. Il a dit que c'était lui qui avait écrit ça. Je lui ai demandé pourquoi. Il a dit qu'il ne fallait pas que le monde sache tout de suite que maman était morte. Et il a dit que matante Josée n'avait pas Facebook alors elle ne verrait pas le message. Il a écrit ça pour que le monde pense que maman est encore en vie. J'ai demandé quand est-ce qu'on pourra le dire au monde que maman est morte ? Il a dit qu'il ne le savait pas et là, il s'est fâché et il m'a dit laisse-moi tranquille. Je suis sortie un peu fâchée. Je n'aime pas ça quand il ne veut pas répondre à mes questions. Alors j'ai décidé d'écrire mon journal. Et là, j'ai fini. Bye.

C'est encore mercredi, mais dans la nuit. Je me suis réveillée en plein milieu de la nuit parce que j'avais envie de faire pipi. C'est spécial parce que ça ne m'arrive jamais de me réveiller la nuit. En plus, je pense que j'ai fait un drôle de rêve, mais je ne me souviens plus c'était quoi. Quand je me suis réveillée, je me suis rappelé que maman était morte. Ça m'a fait bizarre.

Je suis allée à la toilette et j'ai remarqué que la porte de l'escalier intérieur était ouverte et que la lumière était allumée. Je suis allée voir dans la chambre de papa et il n'était pas là. Ça devait être lui qui était en bas. Peut-être qu'il était allé chercher quelque chose. J'aurais pu attendre qu'il remonte, mais j'étais trop endormie, alors je suis allée faire pipi et je suis retournée me coucher. Là, j'ai entendu papa qui est remonté en haut et qui est retourné dans sa chambre. Mais là, je ne sais pas pourquoi je ne me rendormais pas. Je pensais beaucoup à maman. Alors j'ai décidé d'écrire un peu mon journal, pour m'endormir. Et ça marche parce que même si j'ai presque rien écrit, je suis super endormie et je vais me coucher. Bonne nuit.

On est jeudi. Aujourd'hui, c'était pas mal plus plate. Je pense que je commence à m'ennuyer d'être toujours toute seule. J'ai hâte de jouer avec mes amies. Le matin, j'ai joué du piano. Après dîner, je suis allée au dépanneur avec papa, mais ce n'était pas le fun. Il n'a pas voulu imiter les clients, même pas un, même pas pour me faire plaisir. Un monsieur lui a demandé pourquoi il fermait le dépanneur le soir et papa a répondu que ce n'était pas de ses affaires. Après, il y a une madame qui a essayé d'ouvrir la porte du frigo à bière et papa lui a crié après, il a dit vous voyez bien qu'il y a un cadenas! La madame est partie en beau maudit. Je ne comprenais pas pourquoi papa se fâchait comme ça.

À quatre heures, j'ai voulu appeler Charlie parce que je m'ennuyais, mais je n'ai pas trouvé le téléphone. Ça devait être papa qui l'avait encore descendu. Je suis allée lui dire que je voulais appeler mes amies, mais il n'a pas voulu. Il a dit que je ne pouvais pas l'utiliser parce que quelqu'un pouvait l'appeler. J'ai dit pourquoi les personnes t'appellent pas sur le téléphone du dépanneur? Il a crié que j'étais fatigante et il m'a dit de monter en haut. Je suis remontée en boudant. Papa commence à me faire chier pas mal. J'ai voulu sortir dehors pour aller chez Charlie mais la porte d'en avant était barrée et celle d'en arrière aussi. Et il fallait la clé pour les débarrer. J'ai voulu passer par le dépanneur. Papa m'a demandé pourquoi j'avais mon manteau et ma tuque. J'ai dit que je voulais aller jouer avec Charlie. Il a capoté un peu, il m'a dit non, non, je t'ai dit que tu peux pas sortir toute seule. Je lui ai dit que j'allais souvent chez mes amies toute seule, même après l'école, mais il a dit non, pas aujourd'hui. Là, j'étais vraiment tannée, j'ai pleuré parce que je trouvais que ce n'était pas juste, mais quand papa a vu une cliente entrer dans le dépanneur, il m'a presque crié monte en haut tout de suite sinon ça va aller mal! Je suis montée en pleurant. J'ai failli crier à papa va chier, mais je me suis retenue sinon il m'aurait frappée ou punie. Alors j'ai décidé d'écrire mon journal.

Si demain je suis encore toute seule toute la journée, ce ne sera vraiment pas cool. Je vais dire à papa que j'aime mieux retourner à l'école si je ne peux pas voir personne. L'école, c'est plate, mais au moins, je peux jouer avec mes amies pendant les récréations et à l'heure du dîner. Et si je voyais Félix, il me donnerait peut-être un bec. Je ne comprends pas pourquoi papa m'empêche de toute faire. C'est sûrement parce que maman est morte. Mais ce n'est pas une bonne raison. Moi aussi, je trouve ça plate que maman soit morte, mais je ne fais pas ma bizarre pour ça.

Nouveau mot : supplier. Je n'avais pas envie de demander à papa ce que ça voulait dire alors j'ai essayé de comprendre toute seule. Je pense que c'est quand on n'arrête pas de demander quelque chose à quelqu'un parce qu'on veut vraiment vraiment que la personne dise oui. Je pense que c'est ça que j'ai fait avec papa tantôt, je le suppliais de me laisser jouer avec mes amies. Mais ça n'a pas marché.

On est encore jeudi, mais là, j'ai compris pourquoi papa ne veut pas que je voie personne. Pendant qu'on soupait, j'ai dit à papa que je voudrais retourner à l'école demain. Là, il a eu l'air très triste. Il m'a pris la main et il a dit qu'on ne pourra jamais dire à personne que maman est morte. J'ai été très surprise et j'ai demandé pourquoi. Là, ses explications ont été compliquées, mais en gros, il a dit que si la police savait qu'il avait tué maman, il irait en prison. Et s'il allait en prison, moi, je devrais aller vivre dans une autre famille, on appelle ça une famille d'accueil, avec des gens que je ne connaissais pas. J'ai dit qu'il avait juste à dire à la police qu'il n'avait pas fait exprès pour tuer maman et ils comprendraient. Il a dit que non, même si c'était un accident, il irait en prison quand même. J'ai dit alors on peut le dire aux autres, mais pas à la police. Mais il a dit que si on le disait à d'autre monde, ils le diraient à la police. Je lui ai dit non, non, l'autre fois, moi et mes amies, on a parlé de confiance et on s'est dit qu'on garderait nos secrets. Mais papa a dit que ça, c'était un trop gros secret et que le monde ne serait pas capable de ne pas le dire à la police. J'ai dit non, non, mes amies garderaient le secret. Mais il disait que c'était trop risqué. Je lui ai demandé ce que ça voulait dire, risqué. Il m'a dit que ça veut dire qu'il y a trop de chance que ça ne marche pas. Il a dit imagine, toi, si une de tes amies te disait que son père avait tué sa mère par accident, tu le dirais à personne? J'ai réfléchi et j'ai dit si c'est une amie qui me fait confiance, je le dirais pas. Il a encore dit que les gens ne comprendraient pas que c'était un accident. Plus il parlait de ça, plus il avait l'air fâché. Il a crié les gens, dehors, on ne peut pas leur faire confiance, et en plus, avec le maudit virus, c'est pire parce que c'est de la faute au gouvernement. Je ne comprenais vraiment rien, il était de plus en plus bizarre. Là, il s'est un peu calmé, il a frotté sa face très fort et il m'a dit que si je le disais à quelqu'un, on aurait des gros problèmes. J'ai dit alors je vais juste dire à mes amies que maman est morte, je dirai pas que tu l'as tuée par accident. Papa a dit que c'était pareil parce que le monde poserait des questions et la police finirait par le savoir. J'ai dit d'abord, je dirai pas que maman est morte, je dirai rien, c'est tout. Ou je dirai des menteries parce que maintenant, j'ai le droit d'en conter. Je le suppliais, même, comme mon nouveau mot. Mais papa disait que je pouvais le dire un moment donné par erreur, sans faire exprès, il a dit que j'étais trop petite pour garder un si gros secret devant tout le monde. Là, je me suis fâchée parce que papa ne me faisait pas confiance, il ne voulait pas changer d'idée. J'ai demandé combien de temps on allait rester dans la maison sans voir personne et il a dit qu'il ne le savait pas, qu'il fallait qu'il réfléchisse. Il avait l'air très mêlé et très triste. Il m'a dit plusieurs fois qu'il m'aimait et qu'il s'excusait pour tout ce qui se passait. Mais moi, j'étais fâchée après lui, alors je suis allée bouder dans ma chambre.

Plus tard, il m'a dit d'aller prendre mon bain. Je l'ai fait, mais en boudant. Je ne voulais pas qu'il me lave les cheveux parce que j'étais fâchée après lui alors je les ai lavés toute seule et je me suis trouvée pas mal bonne. J'ai aussi enlevé mon pansement sur mon coude parce que mon bobo était guéri. Pendant que j'écrivais mon journal, je l'ai entendu parler dans la cuisine. J'ai ouvert la porte doucement pour ne pas qu'il m'entende et j'ai regardé. J'ai vu qu'il était assis à la table, qu'il avait les deux mains dans la face et qu'il parlait tout seul. C'était vraiment bizarre.

Papa ne me fait pas confiance, ce n'est vraiment pas cool. Je vais rester fâchée après lui tant qu'il ne voudra pas que je voie mes amies. Tant pis pour lui. Là, je pense à la journée de demain et je me dis que ça va être plate. Ce n'est pas cool.

On est vendredi. La journée a encore été longue et plate.

Quand je déjeunais, je trouvais qu'il y avait quelque chose de pas comme d'habitude et à un moment donné, j'ai compris c'était quoi. D'habitude, le matin, maman chantait en préparant le déjeuner et là, personne ne chantait depuis qu'elle était morte. J'aimais ça quand maman chantait. Avant, je ne le savais pas que j'aimais ça, mais là, comme je ne l'entends pas, je m'ennuie de ça. Avant de descendre au dépanneur, papa m'a embrassée en disant qu'il m'aimait. J'ai fait ma face de baboune.

J'ai joué du piano. Ensuite, j'ai regardé un film d'horreur. Il y avait une scène où la femme qui s'était fait tuer au début du film se faisait enterrer et toute sa famille pleurait autour du cercueil, surtout les enfants. Je ne comprenais pas pourquoi moi, je ne pleurais pas. Je pensais que je pleurerais quand maman serait disparue, mais ce n'est pas ça qui est arrivé. Peut-être qu'on a plus de peine quand on voit notre mère se faire enterrer. Je ne sais pas. Mais j'ai remarqué que c'était moins le fun de regarder un film d'horreur sans maman, elle faisait toujours des commentaires drôles pendant le film, sauf quand elle était trop soûle. Maintenant, elle ne regarderait plus jamais de films d'horreur avec moi et ça, ça m'a fait de la peine. Après le film, j'ai encore essayé de sortir, mais les deux portes étaient encore barrées. J'ai cherché les clés et je ne les ai pas trouvées. Papa les avait sûrement avec lui. Et pas de téléphone non plus. Alors, j'ai crié très très fort parce que j'étais vraiment en colère. Papa est monté vite vite. Quand il a vu que j'avais crié juste parce que j'étais tannée, il m'a chicanée. Plus tard, je suis allée jouer à Candy Crush sur le iPad de maman et j'en ai profité pour aller regarder son Facebook. J'ai encore lu le message que papa avait écrit à la place de maman. Il y a du monde qui avait répondu au message. Ils disaient que c'était une bonne idée, ils disaient que ça lui ferait du bien. Véronique aussi a écrit ça. Mononcle Hubert a écrit tu pars maintenant ? J'ai eu très envie d'écrire c'est pas vrai, maman n'est pas partie avec sa sœur, elle est morte. Mais je ne l'ai pas fait parce que papa le verrait et il me ferait encore moins confiance. En plus, il me punirait. Et peut-être que la police l'arrêterait.

Quand papa est revenu à la maison, il est allé mettre les enveloppes d'argent dans son bureau et il est venu me demander comment j'allais. J'étais encore fâchée et je lui ai demandé pourquoi lui avait le droit de voir plein de gens au dépanneur. Il a dit c'est juste des clients, je ne leur dirai jamais rien. Il a dit qu'il aimerait bien mieux rester avec moi ici toute la journée, pas juste le soir, mais qu'il fallait qu'il travaille quand même un peu. Il a dit je vois personne d'autre que mes clients, même les gars de mon équipe de quilles je ne les vois plus, je me suis chicané avec eux autres l'autre jour. Il m'a encore dit qu'il m'aimait, mais moi, j'ai dit je t'aime pas, t'es pas gentil avec moi ! Et je suis allée pleurer dans ma chambre.

C'est lui qui a tué maman par accident alors pourquoi c'est moi qui ne peux plus rien faire ? Quand il a dit que le souper était prêt, je lui ai crié que je n'avais pas faim. Ce n'était pas vrai, mais je savais qu'il aurait de la peine si je ne mangeais pas avec lui. J'ai lu mon livre, mais j'avais de la misère à me concentrer. C'était vraiment une journée de marde. Maman disait ça, des fois. Là, si maman était encore vivante, elle viendrait sûrement me faire des minouches dans les cheveux pour me consoler. Mais là, elle ne m'en fera plus jamais. C'est plate.

Et c'est là qu'on a eu de la visite. Parce que plus tard, comme j'avais vraiment faim, je suis allée à la cuisine pour prendre quelque chose à manger et pendant que j'ouvrais le frigidaire, ç'a frappé à la porte. Papa était dans son bureau et il n'a pas entendu, alors je suis allée voir à la porte. J'ai vu par la vitre que c'était mononcle Hubert. J'étais super contente de le voir. J'ai voulu lui ouvrir la porte, mais elle était barrée. Je suis allée prévenir papa dans son bureau. Là, il a capoté pas mal. Il a dit on lui ouvre pas, on fait comme si on était pas ici. Mais je lui ai dit qu'il m'avait vue, alors il a capoté encore plus. Il m'a pris par les épaules et il avait la face super inquiète. Il a dit que je devais dire que maman était au chalet de matante Josée. J'ai dit qu'on pourrait dire la vérité à mononcle Hubert parce qu'il était super gentil et qu'on pouvait lui faire confiance. Papa a paniqué, il m'a dit non, non, non, et il m'a serré le bras tellement fort que ça m'a fait mal. Là, ça cognait encore plus fort et papa est allé répondre même si ça paraissait que ça ne lui tentait pas du tout.

Mononcle Hubert est entré et il a dit ouin, vous barrez la porte à sept heures du soir, vous êtes peureux quand Maryline est pas là! Et il a ri. Il m'a fait un câlin et il m'a donné trois bonbons-tire Sainte-Catherine. J'étais hyper contente. Je lui ai même fait un câlin et c'est rare que moi, j'en donne, des câlins. J'aime mieux quand le monde m'en donne. Papa n'a pas dit à mononcle Hubert qu'il pouvait venir s'asseoir, mais c'est normal parce qu'ils ne sont pas tellement amis.

Mononcle Hubert a demandé pourquoi le dépanneur était fermé et papa a répondu qu'il faisait des rénovations. Après, mononcle Hubert a demandé à papa s'il allait bien parce qu'il trouvait qu'il avait l'air à ne pas filer. Papa avait les yeux rouges. Ça, c'est quand on ne dort pas bien, il paraît. Papa a dit qu'il faisait une petite indigestion. Ce n'était pas vrai, mais je n'ai rien dit. Mononcle Hubert était surpris que maman soit partie chez matante Josée sans lui en parler et il voulait savoir pour combien de temps elle était partie. Papa a dit qu'il ne savait pas trop, sûrement une semaine, peut-être plus. Mononcle Hubert était encore surpris, il a dit tu vas t'occuper de Florence tout seul pendant une semaine? Papa s'est fâché un peu, il a ben oui, je suis son père, franchement. Mononcle Hubert a dit qu'il pourrait m'amener au cinéma ce soir et j'ai crié oui, oui! Mais papa a dit que j'avais des devoirs. Mononcle Hubert a dit qu'on était vendredi. Il s'est un peu obstiné avec papa, mais papa a dit non, pas ce soir. Moi, je ne disais rien parce que je savais pourquoi papa ne voulait pas, il ne me faisait pas confiance. Alors j'ai crié c'est pas juste et je suis allée dans ma chambre en fermant la porte très fort. J'ai entendu papa et mononcle Hubert se chicaner un petit peu et je me suis collée sur la porte pour entendre ce qu'ils disaient. Un moment donné, mononcle Hubert a dit que s'il apprenait que papa nous traitait mal maman ou moi, ça irait très mal pour lui. Papa a eu l'air super fâché. Il a dit mêle-toi de tes affaires, criss de fif. Je ne sais pas c'est quoi, un fif, mais ça doit être quelque chose de pas gentil. Là, mononcle Hubert a fait un drôle de rire, il a dit que même s'il était fif, il pourrait sacrer une volée à papa sans problème. C'est vrai que mononcle Hubert est plus grand et plus musclé que papa. Papa est mince, mais il n'a pas des gros bras comme mononcle Hubert. Papa a dit c'est pas parce que t'as été en dedans pendant six mois que tu me fais peur. Je ne comprenais pas en dedans de quoi mononcle Hubert avait été. Après, mononcle Hubert a dit t'es chanceux que la petite soit ici, puis je l'ai entendu partir. Après, papa a voulu me consoler, il m'a encore dit qu'il trouverait quelque chose pour que ça aille mieux. Il a voulu qu'on regarde un film ensemble et je lui ai crié de sortir de ma chambre et de me laisser toute seule.

C'est décidé, je ne l'aime pas, papa. Il me fait chier. En plus, c'est de sa faute si je ne pourrai plus regarder de films d'horreur avec maman et c'est aussi de sa faute si maman ne m'embrassera plus jamais dans le cou et qu'elle ne me fera plus de minouches. Et je m'en fous qu'il soit triste et qu'il pleure. Qu'il aille chier.

Là, c'est la nuit, mais il faut que j'écrive tout de suite parce que je viens de découvrir quelque chose de très très spécial. Tantôt, je me suis réveillée même si c'était la nuit parce que j'avais super faim parce que je n'avais pas soupé ni pris de collation. Je me suis levée pour aller me chercher des biscuits et j'ai vu que la porte de l'escalier intérieur était encore ouverte et avec de la lumière, comme l'autre fois. Papa était peut-être encore descendu pour se chercher quelque chose. J'ai décidé de descendre moi aussi pour aller me chercher une tablette de chocolat. J'ai mis mes pantoufles et je suis descendue en bas. Tout le dépanneur était dans le noir. Je ne voyais rien et je ne voyais pas papa non plus, mais je voyais qu'il y avait de la lumière au fond du dépanneur parce que la porte du frigo à bière était ouverte et la lumière dedans était allumée. Peut-être que papa voulait réparer le frigo, mais c'était bizarre qu'il fasse ça la nuit. Mais là, j'ai entendu du bruit et c'était comme si papa pleurait et parlait en même temps. Je me demandais à qui il parlait. J'ai marché vers le frigo et là, je l'ai entendu dire ici, tu vas être bien, tu vas rester belle. Je suis entrée dans le frigo et là, j'ai vraiment été super surprise parce que maman était là. Elle était au fond du frigo couchée par terre, avec les caisses de bière autour d'elle. Elle était comme l'autre fois quand elle était morte, elle avait la même robe blanche et elle avait les yeux fermés et elle ne bougeait pas. Mais elle était plus blanche que l'autre fois et ses lèvres étaient bizarres. Mais elle était encore belle. Papa était à genoux à côté d'elle, il lui faisait des minouches dans les cheveux et il pleurait. Il disait des mots pas fort, des affaires comme je m'excuse, mon amour, je t'aime, je voulais pas, je veux que tu restes belle, je m'excuse. J'ai rien fait pendant dix ou vingt secondes parce que j'étais vraiment surprise et je ne comprenais plus rien. Après, j'ai dit maman n'est pas morte? Là, papa a fait un super gros saut, tellement gros que normalement j'aurais ri, mais là, ça ne me tentait pas. Là, il capotait, il me demandait ce que je faisais ici, il a voulu me sortir, mais je ne voulais pas, il me poussait, mais moi je forçais pour pas qu'il me sorte et je lui demandais en criant si maman était morte ou pas morte. Il a crié oui, elle est morte, voyons, tu le sais, tu l'as vue l'autre jour! Là, je ne comprenais plus rien. J'ai demandé pourquoi elle est ici, dans le frigo à bière? Pourquoi elle n'avait pas disparu?

Là, il a réussi à me faire sortir. Il m'a dit qu'il ne pouvait pas la laisser dans la maison alors il a aimé mieux la mettre quelque part de tranquille. Et il m'a dit qu'il ne pouvait pas aller l'enterrer lui-même dans le cimetière sinon tout le monde le verrait et il se ferait prendre par la police. J'ai dit tu m'as dit l'autre jour qu'il y a des morts qui disparaissent même si on les enterre pas. Il a dit qu'elle allait peut-être disparaître un moment donné, il ne savait pas trop. Il avait vraiment une drôle de face pendant qu'il disait ça. J'ai voulu retourner dans le frigo pour voir maman, mais il n'a pas voulu, il a dit que ça ne donnait rien parce qu'elle était morte. Je lui ai demandé pourquoi lui venait la voir, d'abord. Là, il a crié retourne te coucher ou je te crisse une volée ! C'est bizarre, parce qu'il était fâché, mais il avait une face triste. J'ai monté en haut parce que je ne voulais pas qu'il me frappe, mais je faisais beaucoup de bruit dans les marches parce que j'étais en maudit. Je me suis enfermée dans ma chambre et j'ai écrit mon journal. Tout à l'heure, j'ai entendu papa remonter. Je n'avais pas envie qu'il vienne dans ma chambre et il n'est pas venu, alors tant mieux.

Je pense que papa me conte encore des menteries. Il a dit qu'il ne peut pas enterrer maman parce qu'il se ferait prendre par la police. Mais s'il l'enterrait la nuit, personne ne le verrait. Alors pourquoi il la garde en bas ? Et pourquoi il va la voir et qu'il lui parle si elle est vraiment morte ? Il conte des menteries à tout le monde depuis que maman est morte, même à moi, alors je ne le crois plus. Peut-être qu'il va voir maman parce qu'il sait qu'elle va revenir en vie. Mais il paraît qu'on ne peut pas revenir en vie quand on meurt. Sauf si on n'est pas enterré, peut-être ? Peut-être que tant qu'elle n'est pas enterrée, ça se peut qu'elle revienne en vie ? Comme les zombies, mais en gentil. Peut-être que c'est pour ça que papa ne l'enterre pas. Mais si c'est ça, pourquoi il ne me le dit pas ? Et pourquoi il ne la laisse pas dans le salon ? Je suis toute mêlée et j'ai mal à la tête. Je pleure même un petit peu et je ne sais pas pourquoi. Je ne veux plus parler à papa tant qu'il ne voudra pas me laisser sortir de la maison et qu'il ne me dira pas la vérité.

On est samedi. Là, il faut que je trouve un plan. Parce que papa a eu une idée, mais son idée n'est pas bonne. Mais là, je vais écrire ce qui s'est passé.

Papa a décidé d'ouvrir le dépanneur à midi aujourd'hui pour rester avec moi. Il m'a dit je vais perdre encore plus d'argent, mais je veux m'occuper plus de toi. Je ne lui ai rien dit parce que je boudais encore. Il est sorti pour enlever la neige sur le balcon et après, il a enlevé la neige sur les marches de l'escalier et après, il est descendu en bas pour enlever la neige sur son auto qui est dans la cour. Moi, je le regardais par la fenêtre. Pendant qu'il enlevait la neige, je l'ai vu parler avec Richard, notre voisin qui reste en face. Je ne sais pas ce qu'ils se disaient, mais c'est sûr que papa ne disait pas que maman était morte. J'avais envie d'ouvrir la porte et de crier à Richard ma mère est morte et c'est de la faute à mon père, mais je ne l'ai pas fait. Sinon, papa m'aurait punie et il m'aurait encore moins fait confiance.

Mais là, il avait complètement oublié que madame Lemaire viendrait pour mon cours de piano à 11:00. Moi aussi, j'avais oublié. Quand madame Lemaire a frappé à la porte, papa était dans la douche et là, je me suis demandé si je devais lui répondre. Mais là, elle est entrée. Elle fait toujours ça quand on ne lui répond pas tout de suite, elle entre et elle crie bonjour. Elle n'est pas gênée. Et là, papa avait oublié de rebarrer la porte après qu'il a descendu pour enlever la neige de l'auto, alors elle a pu entrer et elle a crié bonjour. Je lui ai dit bonjour. Pendant que madame Lemaire enlevait son manteau et ses caoutchoucs sur ses souliers, papa est arrivé en courant, juste avec son pantalon, et je voyais qu'il capotait en voyant madame Lemaire. Il lui a dit que j'étais malade et que je ne pouvais pas suivre le cours, mais moi j'ai dit non, non, je vais mieux, je vais être capable de suivre mon cours. Alors madame Lemaire a marché vers le salon avec sa canne. Elle bouge toujours sa canne parce que c'est avec elle qu'elle peut savoir s'il y a des affaires devant elle ou non. Mais elle est bonne quand même parce qu'elle ne se cogne jamais. Elle a dit qu'il faisait super beau dehors et c'était une belle température pour prendre une marche. Une chance qu'elle était aveugle parce qu'elle aurait vu que papa capotait. Il ne disait plus rien, il avait peur. Mais on a fait le cours comme d'habitude. Je voulais montrer à papa que j'étais capable de ne pas dire au monde ce qui s'était passé. On a pratiqué Ode à la joie de Bétovune. J'étais pas mal bonne et je réussissais bien mes accords. Madame Lemaire m'a même dit que j'étais bonne aujourd'hui et j'étais contente parce qu'elle est sévère d'habitude. Papa nous a regardées pendant tout le cours et je voyais qu'il avait peur. À la fin, il a payé madame Lemaire et elle lui a demandé s'il allait bien. Il a dit qu'il était juste fatigué. Madame Lemaire lui a dit de dire bonjour à maman, elle m'a dit de bien pratiquer puis elle est partie. Là, j'ai dit à papa tu vois, j'ai rien dit! Papa m'a regardée d'un drôle d'air, il ne savait pas quoi dire. Je lui ai dit est-ce que je peux aller jouer avec mes amies, maintenant? Il a encore dit non. Là, je lui ai dit que j'allais crier jusqu'à ce qu'il accepte que je sorte. Il n'a quand même pas voulu, il capotait, il a même frappé dans le mur en criant qu'il capotait lui aussi. Il a barré les portes de la maison et il est descendu ouvrir le dépanneur. J'ai jeté les chaises par terre, j'ai enlevé tous les coussins dans le salon et je les ai jetés partout, et je criais tout le temps.

J'ai arrêté un moment donné parce que j'étais fatiguée. J'ai pleuré un peu.

Après, je suis descendue au dépanneur. Quand je suis arrivée en bas, papa parlait au téléphone et il disait non, elle est encore malade, elle va t'appeler quand elle va aller mieux. Quand il a eu fini, j'ai demandé si c'était une de mes amies qui avait appelé. Il ne voulait pas me le dire, mais je suis sûre que oui. Je lui ai dit que je dirais au prochain client que maman était morte et qu'elle était dans le frigo à bière et je dirais aussi que c'était de sa faute si elle était morte. J'ai dit que je m'en foutais si la police l'arrêtait. Moi, ça ne me dérangeait pas qu'il aille en prison. Alors il m'a dit qu'il avait eu une idée et il voulait m'en parler ce soir après son travail. J'ai voulu qu'il me le dise tout de suite, mais il a dit que c'était long et compliqué et que ce serait mieux qu'on en parle ce soir. Il a dit que si j'attendais jusqu'à ce soir, j'aurais une belle surprise. Je ne savais plus trop quoi faire. Peut-être que son idée serait bonne. Et là, pendant que je réfléchissais, il y a un monsieur qui est entré et il a dit tu ouvres à midi le samedi, maintenant? Papa a dit oui. Et il me regardait d'un drôle d'air, en mettant son doigt sur sa bouche. Il voulait que je me taise. Le monsieur est allé au bout d'une rangée et il a appelé papa pour qu'il l'aide à trouver quelque chose. Papa est allé l'aider. Là, j'ai vu le trousseau de clés dans le fond du comptoir. Je l'ai pris et je l'ai caché en dessous de mon chandail. Après, je suis montée en haut.

J'étais bien énervée. J'ai réussi à débarrer la porte d'en avant, je pouvais sortir ! Je me suis habillée pour jouer dehors, avec mes pantalons de neige et mes grosses bottes. C'est sûr que mes amies devaient jouer dehors en ce moment, j'avais super hâte de les voir. Et je reviendrais à la maison avant six heures, avant que papa ferme le dépanneur, et je ne dirais rien à mes amies. Comme ça, papa verrait bien qu'il peut me faire confiance. Là, j'étais toute habillée, mais j'ai entendu des pas dans l'escalier intérieur. J'ai ouvert vite vite la porte de notre entrée, j'ai eu le temps de sortir, mais juste un petit peu parce que papa m'a attrapée par le capuchon et il a tiré fort pour que je rentre dans la maison. Ça m'a étranglée un peu et j'ai voulu crier qu'il me faisait mal, mais là, il a fermé la porte et il m'a donné une grosse claque dans la face. C'était une claque vraiment grosse, plus que d'habitude, et je suis presque tombée. Il a crié qu'est-ce que tu fais ? T'as volé mes clés ! Tu m'as désobéi ! Et là, il m'a donné une autre claque, aussi forte que la première, et là, je suis tombée en plein milieu du corridor. J'étais étourdie. J'ai craché et il y avait un peu de sang. Papa continuait de crier que j'étais folle, qu'on risquait de se faire arrêter par la police à cause de moi. Papa ne me frappe pas souvent et quand il me frappe, c'est jamais deux fois.

En plus, il avait une face vraiment épeurante, comme dans les films quand les méchants deviennent fous. Alors je pleurais un peu en me cachant la face. Mais il a arrêté de crier, il ne disait plus rien, alors je l'ai regardé. Il avait sa face qu'il a toujours quand il a fini de frapper et qu'il a des regrets. Il m'a pris dans ses bras et il s'excusait. Là, je n'avais plus peur. J'étais juste tannée. Il a regardé ma bouche, il m'a donné de l'eau, il m'a aidée à enlever mon manteau et mes bottes. Je le laissais faire et je ne disais rien. Il a dit que je ne pouvais pas faire confiance aux gens dehors de la maison, jamais, que tout le monde jouait dans le dos de tout le monde, même le gouvernement. Il avait dit la même affaire l'autre jour. Je ne disais toujours rien parce que j'étais fâchée mais aussi parce que je ne comprenais rien de quoi il parlait. Il a repris ses clés et il a barré la porte. Il a dit qu'il devait retourner au dépanneur. Il pleurait en même temps qu'il parlait et il s'excusait. Il disait que j'allais être contente ce soir de son idée et de sa surprise. Moi, je ne le regardais presque pas. Il a descendu et je suis allée dans mon lit dans ma chambre. Ça goûtait un peu le sang dans ma bouche. C'est bizarre parce que je n'haïssais pas ça. Je pensais à papa, et mes images étaient toutes rouges dans ma tête, et papa était plein de sang aussi. J'espérais que l'idée de papa serait bonne ce soir et que tout irait mieux après.

Mais ce n'est pas ça qui est arrivé. Quand il est revenu à la maison, il a regardé ma bouche, elle était un peu enflée. Là, il m'a dit tiens, ta surprise. Et il m'a donné deux barres Mars. Il a dit d'habitude, je veux pas que tu manges du chocolat le soir, mais là, tu pourras en manger deux si tu veux! J'étais un petit peu contente, mais je ne voulais pas lui montrer, alors j'ai juste dit merci pas fort. Après, il a fait des pizzas maison. Moi, je ne l'aidais même pas, j'étais assise à la table et j'attendais parce que j'avais hâte qu'il m'explique son idée. Quand on a commencé à manger, il a expliqué son idée. La première idée que papa avait eue, c'est qu'on se sauve dans un autre pays. Là, j'ai dit que je ne voulais pas, que je voulais rester dans notre maison et que je ne voulais pas aller ailleurs parce que je ne pourrais plus voir mes amies. Il a dit que de toute façon, ce n'était pas une bonne idée parce qu'il était sûr que le virus deviendrait de plus en plus dangereux et que si on allait dans un autre pays, on ne serait pas protégés du virus. Là, il a fait un drôle d'air, comme si il me racontait un secret. Il a dit que depuis longtemps, il avait arrangé la cave du dépanneur en sorte de cachette pour qu'on puisse rester dedans très longtemps sans être obligés de sortir. Il a dit qu'il avait fait ça avant même que le virus commence parce qu'il savait que quelque chose de grave pouvait arriver n'importe quand dans le monde. Il a dit maman riait de moi pendant que je préparais cette cachette-là, elle me trouvait panaro, mais tu vois, j'ai eu raison. J'étais surprise. J'ai dit que la cave était comme d'habitude. Il a dit pas la cave principale, une autre plus petite que tu connais pas. Il a dit que quand le virus avait commencé, il était bien fier parce que sa cachette pourrait servir à quelque chose. Il a dit que les gouvernements avaient inventé le virus dans des laboratoires mais qu'il allait devenir plus dangereux qu'ils le pensaient. Il a dit que quand les gens commenceraient à mourir, ce serait le bordel. Ça, je pense que ça veut dire que ça irait très mal. Alors il a dit que nous deux, on a juste à aller se cacher dans la cave. Il disait que comme ça, on se protégerait de la police et du virus, les deux en même temps. Et il a dit que quand on sortirait de la cave, le monde aurait tellement changé que plus personne ne s'occuperait de la mort de maman. Il avait l'air très fier, mais c'était bizarre, il avait des drôles de yeux quand il parlait. Il faisait un peu peur. C'était compliqué son affaire, je n'étais pas sûre si je comprenais. J'ai dit tu veux qu'on aille se cacher dans ta cachette ce soir? Il a dit non, pas ce soir parce qu'il manquait encore des matelas dans la cave, mais il en achèterait deux petits demain et on pourrait se cacher dans sa cachette à partir de demain ou après-demain. En plus, il était sûr que le virus commencerait à tuer des gens bientôt et nous, on serait protégés. J'ai demandé combien de temps il faudrait rester dans ta cachette ? Il a dit qu'il ne le savait pas, mais sûrement quelques mois. J'ai demandé si j'allais pouvoir jouer dehors des fois ou voir mes amies. Il a dit que ce serait trop dangereux. Il a dit qu'il y avait tout ce qu'il fallait dans sa cachette pour qu'on soit bien. Il a dit viens, je vais te la montrer, il manque juste les matelas. Mais je ne voulais pas la voir parce que je capotais trop. J'ai dit que je ne voulais pas être dans une cachette dans la cave pendant des mois sans voir mes amies et sans sortir. Là, papa est devenu comme fou. Il a dit plein d'affaires, il parlait fort et il n'arrêtait pas de bouger, c'était tout mêlé et c'était compliqué. Il disait qu'on n'avait pas le choix, que ce n'était pas juste maman, mais que c'était aussi le virus, que c'était la faute du gouvernement, il disait que le monde aurait changé quand on sortirait de la cave, il a dit qu'il ne se ferait pas avoir parce qu'il avait tout compris. Il avait l'air tellement fou que j'avais un peu peur. Mais j'étais aussi très fâchée alors j'ai crié que non, je ne voulais pas vivre dans la cave avec lui. Là, il s'est mis à pleurer, comme un bébé. Il a dit qu'on n'avait pas le choix, que le monde finirait par découvrir ce qu'il avait fait. Il disait qu'il ne savait plus quoi faire, qu'il m'aimait et qu'il voulait juste me protéger, il a dit il faut qu'on se cache, il faut qu'on se cache de tout le monde.

Et il pleurait de plus en plus et il voulait que je mange mes chocolats. Il a voulu me prendre dans ses bras, mais moi, je l'ai poussé, j'ai crié j'ai pas envie de me cacher, je veux pas! Je me suis sauvée dans ma chambre et j'ai pleuré moi aussi.

Là, je capote pas mal. Pendant que j'écrivais mon journal, j'ai entendu le téléphone sonner. J'ai entendu papa répondre et là, il a crié que non, il ne retournerait jamais jouer et qu'ils pouvaient tous aller chier. Et il a raccroché. Après, je l'entendais parler tout seul avec une voix bizarre. Et moi je capote. Il dit qu'il veut me protéger, mais il dit juste ça pour que j'aille dans la cachette avec lui. Mais moi, je n'irai pas, c'est sûr. Il faut que je trouve un plan. Il faut que je fasse quelque chose ce soir parce que papa a dit qu'on irait sûrement dans la cachette demain. Je ne vais pas dormir tant que je n'aurai pas trouvé un plan.

J'ai trouvé mon plan et je l'ai fait. C'est encore la nuit, mais je vais quand même écrire tout de suite ce qui s'est passé parce que je pense que je ne serai pas capable de dormir de toute façon.

Quand papa est allé se coucher, il est venu me dire bonne nuit, mais je ne lui ai rien dit car je boudais encore. Il avait encore l'air bizarre. Je l'ai entendu parler tout seul dans son lit, mais à un moment donné, il a arrêté parce que je pense qu'il s'est endormi. Moi, je continuais à penser à un plan et je ne me suis pas mise en pyjama pour ne pas m'endormir et en plus, je restais assise dans mon lit. Mais à un moment donné, je me suis endormie quand même. Je me suis réveillée parce que j'ai entendu du bruit. C'était encore la nuit et je me suis traitée de niaiseuse parce que je m'étais endormie sans avoir trouvé de plan. Après, le bruit a arrêté. Je pense que c'était papa qui était descendu au dépanneur. J'ai attendu un peu et après, je suis descendue moi aussi, mais sans faire de bruit. J'ai vu la lumière au fond, dans le frigo à bière, et j'entendais papa qui pleurait et qui parlait à maman, comme l'autre fois. J'ai encore pensé qu'il lui parlait parce qu'il veut qu'elle revienne en vie et que c'est pour ça qu'il ne l'enterre pas. Mais si c'est ça, pourquoi il ne me le dit pas ? Je suis remontée dans ma chambre et j'ai recommencé à penser à un plan. Là, j'ai entendu papa revenir dans sa chambre. Moi, je continuais de réfléchir. Pour ne pas m'endormir, je me mettais debout et je marchais dans ma chambre. Là, j'ai eu une idée. Je pourrais me sauver de la maison tout de suite, pendant que papa dormait. Je pourrais voler ses clés et m'en aller. Alors j'ai pris mon sac à dos et j'ai mis un pantalon et un t-shirt dedans, avec des bobettes et des bas.

Je suis allée chercher des barres tendres dans la cuisine et j'ai pris une canette de coke dans le frigo et je les ai mis dans mon sac. Ça, c'est pour quand j'aurais faim et soif. Là, je me suis rappelé que j'avais déjà vu dans des films qu'il y avait des filles toutes seules qui se faisaient attaquer des fois et qu'il fallait qu'elles se défendent. Des fois, c'était par des zombies. Je le sais que les zombies, ça n'existe pas, mais des fois, dans les films, elles se faisaient attaquer aussi par des personnes normales. Alors, j'ai pris dans la cuisine le couteau que maman prenait pour couper toutes sortes d'affaires et je l'ai mis dans mon sac. Ensuite, j'ai mis dans mon sac mon pot de slime, parce que j'aime ça jouer avec ça. Là, j'ai réfléchi à ce que je pourrais amener d'autre, mais j'ai pensé que si je me faisais attaquer, je ne serais sûrement pas capable de me défendre comme il faut même si j'avais un couteau, parce que j'étais trop petite. Je suis grande, mais je suis quand même plus petite que les adultes. En plus, si je me sauvais, je n'aurais plus de maison du tout et je ne pourrais plus voir mes amies, parce qu'il faudrait que je me sauve loin. Ça m'a fait peur. Alors j'ai trouvé que mon idée n'était pas bonne. J'ai remis mon sac à dos dans mon garde-robe, mais je ne l'ai pas vidé, au cas où il faudrait que je me sauve quand même plus tard, même si j'espérais que non. Là, j'étais découragée. Il fallait que je trouve une autre idée. J'ai réfléchi pendant longtemps, presque une heure je pense, et je ne trouvais pas de plan.

Là, je me suis ennuyée de maman. Si elle était vivante, tout ça ne serait pas arrivé. Là, j'ai eu envie de la voir. Si papa pouvait la voir, je pouvais moi aussi. Mais papa avait sûrement barré le cadenas de la porte du frigo. Les clés étaient sûrement dans la chambre de papa. Je suis allée dans sa chambre sans faire de bruit, mais je ne voyais rien, j'entendais juste papa ronfler. Et je ne pouvais pas allumer de lumière dans la chambre sinon ça aurait réveillé papa. Je suis allée ouvrir une lampe dans le salon pour que je sois capable de voir un peu dans la maison et je suis allée chercher une lampe de poche dans le tiroir de la cuisine. Je le savais qu'il y en avait une là parce que l'autre jour, il a manqué d'électricité et maman avait pris la lampe de poche là. Je suis retournée dans la chambre. Je faisais bien attention pour ne pas envoyer la lumière dans la face de papa. Mais même si je n'envoyais pas la lumière direct sur lui, je voyais qu'il était couché et qu'il dormait. Avec la lampe de poche, j'ai vu sur son bureau qu'il y avait du change, le téléphone de la maison et son portefeuille. Ses clés n'étaient pas là. Son pantalon était par terre alors j'ai fouillé dans ses poches en essayant de ne pas faire de bruit. J'ai trouvé son trousseau de clés et je suis sortie sans faire de bruit. Je me trouvais pas mal bonne.

Après, je suis descendue au dépanneur et j'ai trouvé la clé dans le trousseau pour débarrer le frigo à bière. Maman était encore morte. Elle était couchée sur le dos comme l'autre fois. Elle avait vraiment l'air de faire dodo. Je lui ai touché la face. C'était très froid et très dur. Je me suis assise sur une caisse de bière et je l'ai regardée. Elle était encore belle. J'ai vu souvent dans les films d'horreur du monde qui était mort, mais que plus les jours avançaient, plus ils devenaient dégueu. Maman dit qu'ils pourrissent et que c'est normal quand on est mort. Mais maman ne pourrissait pas du tout. Peut-être parce qu'elle n'est pas complètement morte et que c'est pour ça que papa veut qu'elle revienne en vie. Je suis toute mêlée. Je me sens un peu triste. J'aurais aimé mieux que papa meure que maman. Papa était plus drôle que maman, il me laissait travailler à la caisse du dépanneur, mais maman me laissait plus faire ce que je voulais, elle écoutait des films avec moi, elle me faisait des bons repas, et elle me faisait toujours des câlins et des minouches partout, plus que papa. Et maman ne m'aurait pas empêchée de sortir de la maison ou de voir mes amies, je suis sûre de ça. Et elle n'aurait pas voulu qu'on vive dans une cachette pendant super longtemps. J'ai regardé maman et j'ai dit c'est papa qui aurait dû mourir, pas toi. Et là, quand j'ai dit ça, j'ai trouvé mon plan. Il fallait que papa meure. S'il mourait, on ne se cacherait pas dans une cave. Et je pourrais rester dans la maison et en plus, je pourrais sortir et voir mes amies. Mais pour qu'il meure, il fallait que je le tue. Ça faisait bizarre de penser à ça parce que ce n'est pas bien de tuer du monde, sauf des méchants. Et papa n'est pas un méchant. Sauf qu'il est un peu méchant avec moi parce qu'il ne veut pas que je sorte et il ne me fait pas confiance. S'il continue à être en vie, je vais continuer à être triste. Alors je n'ai pas le choix. Mais c'est quand même bizarre de penser à ça. Est-ce que je serais triste s'il mourait? Je serais triste parce qu'il ne me ferait plus rire et qu'il ne me ferait plus faire la caisse au dépanneur, mais de toute façon, il ne fait déjà plus ça, alors ça ne changerait pas grand-chose. Alors je pense que je ne serais pas très triste. En plus, je vais pouvoir continuer à vivre dans la maison et voir mes amies. Il faut que je le fasse pendant qu'il dort. Il faut que je le fasse cette nuit, parce que sinon on va aller vivre dans sa cachette demain. Là, je me demandais comment faire pour le tuer. Dans les films d'horreur, les tueurs prennent des fois des fusils ou des grosses scies, mais on n'a pas ça. Ils prennent aussi des couteaux. Ça, on en a. Mais papa est grand, il est beaucoup plus fort que moi, ça va être difficile avec un couteau. L'autre soir, quand j'ai tué Tiroux, c'était avec la pelle. Ça n'avait pas été difficile. Alors j'ai décidé de prendre la pelle. Là, j'ai dit bye à maman et suis sortie du frigo parce qu'il fallait que je fasse ça pendant que papa dormait et en plus, je commençais à avoir froid.

Je suis remontée en haut. La pelle était sur le balcon parce que papa avait pelleté ce matin, alors j'ai juste eu à débarrer la porte d'entrée et à prendre la pelle qui était juste sur le bord. Mais c'était une pelle en plastique, ou en quelque chose de même. Je n'étais pas sûre que ce serait assez dur pour tuer quelqu'un. Ça avait marché avec un chat, mais peut-être pas avec une vraie personne. J'ai remis la pelle dehors et j'ai réfléchi. Pendant l'été, papa prend une autre pelle pour creuser dans la cour dehors et c'est une pelle en métal. Je suis allée voir dans le garde-robe de l'entrée, mais la pelle n'était pas là. J'ai regardé dans le débarras et je l'ai vue, elle était en arrière de deux boîtes, accotée sur le mur du fond. Je l'ai sortie sans faire de bruit. Là, je suis rentrée dans la chambre de papa avec la pelle et je marchais lentement. Je n'avais pas la lampe de poche et la lampe allumée dans le salon était trop loin pour éclairer jusqu'ici alors je ne voyais pas super bien, mais je voyais que papa était sur le dos. Je ne voyais pas bien son visage, mais je savais qu'il dormait parce qu'il ronflait. J'étais proche du lit et je me disais que je devais le frapper dans le cou, comme dans les films, avec le côté coupant de la pelle. J'étais super nerveuse.

Si le monde me voyait, ils diraient que ce n'est pas bien de faire ça, mais moi, je suis tannée de papa. Et le monde ne savent pas que c'est à cause de papa que maman est morte. Alors, j'ai levé la pelle très haut. Là, j'ai encore entendu le grondement dans ma tête, c'était un peu plus fort que les autres fois. Et là, j'ai encore plus trouvé que ça ressemblait à de l'eau, comme des vagues. Je sais quel bruit ça fait les vagues parce que j'en ai vues dans des films. Après, j'ai frappé fort fort. Mais c'est difficile de viser avec une grosse pelle, et en plus je ne voyais pas super bien. Je n'ai pas réussi à pogner le cou. La pelle est rentrée dans la face de papa. Ç'a tellement tremblé dans mes mains que j'ai lâché la pelle. Là, papa est devenu tout raide et il a fait un drôle de son, comme s'il avait avalé quelque chose tout croche, après il a crié. Moi, j'ai reculé et je ne savais pas quoi faire parce qu'il n'était pas mort et que ç'a avait pas marché. Papa a encore crié et il a pris la pelle et il l'a enlevée tellement vite qu'elle a frappé le mur super fort. Moi, j'ai eu peur et je me suis sauvée. J'ai couru dans le salon et là, j'étais comme perdue. J'ai voulu retourner dans ma chambre, mais j'ai entendu papa qui se levait en criant. Alors j'ai viré de bord et je suis allée dans le divan du salon et je me suis mise en petite boule, parce que je savais que papa serait en maudit et qu'il allait sûrement me frapper. Il me frapperait peut-être très, très fort. Ça ferait mal et j'allais sûrement pleurer. Alors j'attendais et j'avais peur et je me traitais de niaiseuse de ne pas avoir été capable de le tuer.

Là, j'ai vu papa arriver dans le salon. Il était en bobettes parce qu'il dort toujours en bobettes. Je pouvais voir sa face avec la lampe du salon allumée. Il y avait tout un côté de sa face qui était plein de sang, il y avait une grosse fente dans son front et on ne voyait plus son œil. Il ressemblait vraiment à ceux qui se font tuer dans les films d'horreur, mais là, c'était vrai. Il a mis sa main sur sa face, il a crié comme si ça faisait mal et il m'a crié à moi pourquoi t'as fait ça ? Je ne répondais rien parce que j'avais trop peur. Il a marché vers moi et il avait les mains en avant comme pour me prendre, mais là, il a commencé à marcher tout croche. Il avançait et il reculait, comme s'il ne savait pas quoi faire. Il regardait ses jambes et il clignait des yeux. En fait, il clignait juste un œil parce que je ne voyais pas l'autre, il y avait trop de sang. Même ses bras ont fait des drôles de gestes. Il avait l'air d'un robot qui marche mal. Il a dit ben voyons, criss, ben voyons. Il disait juste ça. Et là, il est tombé, mais pas d'un coup. Il est tombé juste sur un genou au début. Il a mis sa main sur le piano et ç'a fait un accord pas beau, une sorte de klang qui a sonné fort fort dans ma tête. Il a voulu se relever, mais il n'a pas été capable et il est tombé sur le dos. Je ne comprenais pas ce qui se passait. Peut-être qu'il allait mourir là ? Je suis allée proche de lui, même si j'avais peur. Il bougeait un peu ses mains et ses jambes, mais pas beaucoup, comme si c'était difficile. Il avait très peur et il n'arrêtait pas de dire qu'est-ce qui se passe, qu'est-ce que j'ai ? Là, j'ai pu mieux regarder sa face et j'ai vu que son œil était crevé. Et la fente dans son front était pas mal grosse. Là, il m'a regardée et il a dit Florence, appelle le 9-1-1, vite ! Le 9-1-1, je pense que c'est le numéro quand on a besoin d'aide. Mais tout de suite après, il a dit non, non, appelle pas là ! Il a fait un son de quelqu'un qui a mal, ça s'appelle un gémissement, je pense. Il a gémi et il a dit Flo, il faut que tu m'aides, je suis pas capable de me lever ! Moi, je ne savais pas trop quoi faire. J'étais déçue parce qu'il n'était pas mort. Mais là, j'ai pensé à Tiroux. Il n'était pas mort du premier coup non plus, mais après le deuxième, oui. Je suis allée dans la chambre de papa pour prendre la pelle. Elle était fendue, mais je pense que je pouvais encore frapper avec.

Je suis revenue proche de papa mais pas trop pour ne pas qu'il me prenne par une jambe et j'ai levé la pelle. Là, papa a capoté. Il essayait de bouger, mais c'était bizarre parce que ses bras et ses jambes bougeaient, mais presque pas et ils bougeaient d'une drôle de manière. Papa a parlé vite vite. Il m'a dit de ne pas faire ça. Il me demandait pourquoi je voulais le tuer. J'ai dit t'es pas gentil avec moi, je t'aime plus, alors tant pis pour toi. Il a dit que si je ne le tuais pas, on resterait dans la maison et que je pourrais voir mes amies comme avant. J'ai dit tu vas pas me punir ou me frapper ? Il a dit non, non, promis. Je ne savais pas si je devais le croire ou ne pas le croire. J'ai dit je peux te faire confiance ? Il a encore dit oui, oui. Il me suppliait pour pas que je le frappe encore. Il avait tellement peur qu'il disait sûrement la vérité. J'ai dit OK et j'ai lâché la pelle. Papa avait moins sa face de peur, mais il avait l'air d'avoir très mal. Alors il m'a dit d'aller dans la chambre de bains pour ramener la trousse de premiers soins. Je ne savais pas c'était quoi, alors il m'a dit qu'il y avait une croix rouge dessus. Je suis allée voir et j'ai cherché dans toutes les armoires. J'ai trouvé un petit sac avec une croix. Je suis revenue avec et là, papa était en train de se relever. Ça avait l'air super difficile, il grognait tellement il forçait, mais il était debout quand même et il se tenait après le piano. Je suis allée proche de lui en disant tiens, j'ai ce que tu voulais. Mais là, il m'a attrapé le bras et j'ai eu peur. Il a essayé de me frapper, mais il a complètement manqué son coup parce que son poing ne bougeait pas vite et il a passé très loin de ma face. Et là, il est encore tombé. Papa regardait ses deux mains qui bougeaient bizarre et il disait, mais qu'est-ce que j'ai, je peux plus bouger comme je veux, qu'est-ce que j'ai ? Moi, j'ai crié tu voulais me frapper, t'es un menteur, je peux pas avoir confiance en toi ! J'ai repris la pelle et papa a encore capoté. Il a dit que s'il mourait, je ne pourrais pas me débrouiller toute seule. Il a dit qu'il y avait toutes sortes d'affaires que je ne savais pas comment faire marcher dans la maison. Il a dit que je ne savais pas comment marchait le chauffage, ni le four, ni plein d'autres choses. Il parlait super vite. Il a dit que j'étais trop petite pour tout faire toute seule ou pour tout comprendre. Il a dit que j'avais besoin de lui, même s'il était blessé. Là, j'hésitais beaucoup parce que ce qu'il disait, c'était vrai, même si c'était plate. J'étais fâchée. J'ai jeté la pelle par terre et là, elle a cassé en deux parce qu'elle était beaucoup fendue. Là, je réfléchissais beaucoup beaucoup. Il fallait qu'il reste en vie, mais il fallait que je trouve un moyen pour pas qu'il se lève parce que je ne lui faisais pas confiance. Je ne suis pas assez bonne avec les nœuds et les cordes pour l'attacher comme il faut. Et je ne sais même pas s'il y a de la corde dans la maison. Là, je me suis souvenue d'un film que j'avais écouté l'autre jour avec maman. Une madame méchante avait un prisonnier dans sa maison et elle ne voulait pas qu'il se sauve. Alors elle lui avait cassé les pieds avec une sorte de gros marteau. Je ne pense pas qu'on avait un gros marteau comme ça chez nous. Mais il fallait que je casse les jambes de papa pour ne pas qu'il se lève et m'attrape. La pelle était cassée en deux, alors il fallait que j'utilise autre chose.

Je suis retournée voir dans le garde-robe de l'entrée et dans le débarras pour voir si je pourrais trouver quelque chose, mais je n'ai rien vu. Je suis allée dans le bureau de papa. J'ai ouvert la lumière et j'ai regardé dans le garde-robe. J'ai vu la boule de quilles de papa dans son étui et j'ai eu une idée. Je l'ai sortie de l'étui et je l'ai amenée dans le salon. C'était pas mal pesant. Une fois, papa m'avait amenée aux quilles et j'avais essayé de lancer sa boule, mais c'était trop pesant, je l'avais lancée pas fort et tout croche. Mais là, c'était correct parce qu'il fallait justement que ce soit pesant. Papa a eu peur quand il m'a vue avec sa boule et il m'a demandé ce que je voulais faire. J'ai dit je m'excuse papa, mais je veux pas que tu te lèves parce que tu as trahi ma confiance. Là, je me suis mise loin de ses bras, pour pas qu'il m'attrape, et en forçant, j'ai levé la boule très haut en haut de ses jambes. C'était vraiment pesant. Papa s'est mis à crier non, non, fais pas ça, il me suppliait, et il essayait encore de bouger, surtout ses jambes, mais elles ne bougeaient presque pas. Quand j'ai laissé tomber la boule, j'ai aussi donné un élan, pour que le coup soit plus fort. Elle est tombée entre les deux jambes parce que papa les bougeait un petit peu. Là, j'ai encore levé la boule, papa me suppliait encore de ne pas faire ça, il pleurait même, et ce n'était pas beau de voir sa face pleine de sang pleurer avec son œil crevé. Là, la boule est tombée sur une de ses jambes, entre le pied et le genou. Papa a crié fort fort parce qu'il avait très mal. J'ai relevé la boule et pendant que papa criait encore, je l'ai laissée tomber sur l'autre jambe, sur le genou. Papa a encore crié, il criait tellement fort qu'on dit hurler dans ce temps-là, comme dans les films. C'était vraiment fatigant de l'entendre hurler, mais il avait très mal, alors c'était un peu normal. Mais tant pis pour lui parce c'était de sa faute. Là, ses jambes ne bougeaient plus, mais je voulais être sûr qu'il ne pourrait plus marcher. J'ai encore levé la boule très haut, même si je trouvais ça de plus en plus pesant. La boule est encore tombée sur une jambe et cette fois, j'ai entendu un gros craquement. Papa criait tellement qu'il s'étouffait presque, et ses bras bougeaient tout croche. Là, il a crié je le savais que t'étais folle, une criss de folle, une ostie de malade mentale, je le savais! Il m'avait jamais dit des affaires de même. La boule est encore tombée sur une de ses jambes et là, j'ai vu quelque chose de pointu passer à travers sa peau et je pense que c'était un os. En même temps que l'os a sorti, papa a arrêté de crier. Il n'était pas mort parce que je le voyais respirer. Il avait perdu connaissance. J'étais contente parce que ça faisait moins de bruit. J'ai encore lâché la boule sur ses jambes deux autres fois et j'ai arrêté parce que je n'avais plus de force. En plus, je pense que c'était assez. Les deux jambes de papa étaient vraiment toutes croches et toutes enflées, et ça saignait à des places. Il ne pourrait sûrement pas se lever comme ça. Là, j'étais vraiment fatiguée alors je suis allée me coucher. J'ai vu qu'il y avait un petit peu de sang sur mon linge alors je l'ai mis dans le panier à linge et j'ai mis mon pyjama. J'ai aussi lavé mes mains parce qu'il y avait aussi un petit peu de sang dessus, mais pas beaucoup.

Je n'étais pas capable de m'endormir. Je pensais à tout ce qui s'était passé et j'étais très énervée. Je me demandais si j'avais des regrets et je n'en avais pas. Parce que je n'avais pas eu le choix. À un moment donné, j'ai entendu papa pousser des petits gémissements, parce qu'il n'était plus sans connaissance, après il s'est mis à crier. Après, il a appelé mon nom. Au début, il était en maudit, il criait viens ici, criss de folle, viens ici tout de suite! Après, il pleurait et il criait par pitié, Flo, viens me voir, j'ai trop mal. Mais moi, je ne voulais pas aller le voir, il me faisait un peu peur. Alors j'ai écrit mon journal. Là, j'ai presque fini et papa ne fait plus de bruit. Il a dû s'endormir. Et moi, je suis super fatiguée alors je pense que je vais enfin m'endormir. Je me sens bizarre, mais je suis quand même contente parce que demain, je n'irai pas vivre dans la cachette de papa. Et je vais pouvoir voir mes amies. Bye.

À treize heures cinquante-neuf, Jean-François, la main posée sur la jambe de Florence, étudie l'enfant en silence. Cette dernière fixe toujours son livre, dont elle n'a pas tourné de page depuis cinq minutes, et même si elle ne dit rien, l'intervenant devine son envie de parler. Il regarde autour de lui.

— T'as pas de toutous, de poupées ?

— Non.

— T'aimes pas ça ? T'occuper d'un toutou, lui faire des câlins, c'est agréable, non ?

Elle hausse une épaule.

— Qu'est-ce que ça donne de faire des câlins à des toutous si eux autres, ils t'en font pas ?

Jean-François plisse les yeux. Il réfléchit, puis :

— T'aimes ça, recevoir des câlins ?

— Oui. C'est le fun.

— Est-ce que t'en reçois beaucoup ces temps-ci ?

Florence fait toujours mine de s'intéresser à son roman, mais la tristesse altère soudain ses traits.

— Non, pas beaucoup.

— Est-ce que ça te ferait du bien que je t'en fasse un, en ce moment ?

La fillette cligne des yeux, prise au dépourvu. Sans attendre sa réponse, l'intervenant se penche vers elle et l'enlace doucement contre lui. Il la sent d'abord toute raide tandis qu'elle garde ses bras le long de son corps, mais elle ne résiste pas ; peu à peu, elle s'amollit contre lui. Ils demeurent ainsi un long moment et, avec émotion, Jean-François réalise à quel point il aimerait pouvoir serrer un enfant, son enfant, tous les jours en rentrant chez lui.

La porte s'ouvre et Légaré apparaît, nerveux.

— Faut que je vous parle.

Jean-François dit à Florence qu'il revient tout de suite. La fillette le regarde enfin, désorientée par cet élan d'affection, puis l'intervenant sort en refermant derrière lui. Il entend des pleurs provenant du salon, sans doute ceux de cette Josée. Que s'est-il passé ?

— J'ai trouvé le corps de Maryline Roberge dans le frigo à bière du dépanneur. C'est bien elle, sa sœur l'a identifiée.

Jean-François chancelle d'étonnement. Celle-là, il ne l'avait pas vue venir du tout.

— Est-ce qu'elle... a été tuée ?

— On sait pas encore, mais... C'est sûr qu'on va chercher le père. Écoutez, j'ai appelé un enquêteur, il va arriver d'une minute à l'autre. On a aussi demandé un mandat pis on va pouvoir entreprendre une vraie fouille en règle, ici pis en bas. Mais là, il faut pas que la petite reste ici.

— D'accord. Je vais l'emmener au Centre.

— Parfait. L'enquêteur va vouloir lui parler plus tard, c'est sûr.

— Est-ce que je dois lui dire qu'on a trouvé sa mère morte ?

— Je... je sais pas... Vous en pensez quoi ?

Jean-François n'a pour l'instant aucune opinion claire sur la question. En huit ans, il n'a jamais vécu une situation pareille. Les pleurs de Josée continuent de planer dans la maison. Légaré lui met la main sur l'épaule.

— Allez-y avant que les autres agents arrivent.

L'intervenant approuve en silence et retourne dans la chambre. Florence, toujours sur le lit, le considère avec curiosité, une mèche de ses cheveux roux barrant son visage.

— Il faut... il faut qu'on s'en aille parce qu'il va y avoir plein de monde qui vont fouiller ta maison. Alors, on va aller ailleurs.

Une lueur de peur traverse l'œil de Florence, mais une peur fataliste, comme si ce qui se produisait était inévitable.

— Dans une autre famille ?

— Hein ? Non, non, dans un endroit où on va prendre soin de toi en attendant que... que les choses se règlent.

— Est-ce que tu vas être avec moi, là-bas ?

— Oui, je te le promets. Je vais rester avec toi.

Elle paraît rassurée, et cette réaction touche Jean-François. La petite se lève et fait des yeux le tour de la pièce, perplexe. Jean-François lui propose d'emporter des trucs avec elle, quelques jouets ou des livres. Il devrait peut-être lui dire d'apporter des vêtements, mais comme ils doivent partir vite, on s'occupera de cet aspect plus tard. Florence extirpe de son garde-robe un sac à dos fleuri et tout à coup, l'intervenant entend la sonnette d'entrée. Il entrouvre la porte de la chambre et voit une femme, entre trente-cinq et quarante ans, se précipiter dans la maison, en mode presque panique, tandis que Légaré marche vers elle.

— J'ai appelé tout à l'heure, explique-t-elle d'une voix apeurée et trop rapide. J'ai parlé à la sœur de Maryline mais ç'a raccroché pis je comprends pas. Qu'est-ce qui se passe, au juste ? Est-ce que c'est c'est... il se passe quelque chose de grave ?

— Véronique, c'est ça ? demande le policier d'un ton neutre. Venez avec moi, madame.

La nouvelle venue le suit sans cesser de le bombarder de questions.

— Je suis prête, dit Florence.

Jean-François se retourne. La fillette, sac à dos enfilé, arbore un air résigné. Il lui sourit.

— OK, on y va.

Elle hésite toujours, craintive. Il lui tend la main.

— Fais-moi confiance, Florence.

Elle le dévisage, un brin méfiante, mais elle finit par lui prendre la main. Il la serre pour la rassurer, puis ils sortent. En provenance de la cuisine, on entend des voix alarmées et des pleurs, mais Florence, tandis qu'elle enfile son manteau et ses bottes, ne jette aucun coup d'œil dans cette direction.

Dehors, la pluie a débuté, encore légère pour l'instant. Tandis que Jean-François installe la petite sur la banquette arrière de son Subaru, deux véhicules s'arrêtent devant la maison, dont une auto-patrouille. Deux policiers et une femme en veston surgissent des voitures. La femme observe

Jean-François puis s'approche au moment où l'intervenant referme la portière.

— Le gars de la DPJ, c'est ça ? Sergente-enquêtrice Martine Coupal.

— Enchanté, Jean-François Chiasson. Oui, j'amène la petite au Centre…

Il s'assure que la portière est bien close afin que Florence ne les entende pas, puis il explique à la policière que pour l'instant l'enfant refuse de partager ce qu'elle sait, même si elle ne semble pas particulièrement traumatisée par quoi que ce soit. Du moins, en apparence. Coupal paraît désappointée.

— Bon. Je viendrai la voir plus tard. D'ici là, essayez de la faire parler.

— Vous voulez que je l'interroge ?

— C'est vous le spécialiste, non ? Voici ma carte, appelez-moi s'il y a du nouveau. Laissez-moi votre numéro aussi.

Il lui donne sa carte sous la pluie qui s'intensifie, puis l'enquêtrice, accompagnée des deux agents, monte à l'étage. Jean-François remarque que deux voisins sont sortis de leur maison et, protégés par le toit de leur balcon, observent la scène avec curiosité.

À quatorze heures onze, l'intervenant s'installe derrière le volant de sa voiture et démarre. À la radio, on parle encore des mesures sanitaires prises au Québec en lien avec la pandémie et Jean-François coupe le son. Puis, il se met en route. Il ignore toujours s'il doit révéler à la petite la mort de sa mère.

Mais peut-être le sait-elle déjà…

Journal intime
de
Florence Roberge

On est dimanche. Ce matin, quand je me suis levée, papa dormait encore. Avec le soleil, j'ai mieux vu sa face. Ce n'était vraiment pas beau. Il y avait beaucoup de sang qui avait coulé de la fente dans son front, mais là, ça ne saignait plus et sa face était pleine de sang séché. Son œil était crevé, il y avait du sang, mais aussi un liquide jaune pas mal dégueu. Ses jambes étaient toutes enflées, toutes bleues et rouges, et il y avait un os qui sortait d'une jambe. C'était bizarre parce que ce n'était pas comme dans les films. Ça ressemblait à ça, mais pas complètement, je ne sais pas pourquoi. En tout cas, il était vraiment magané, mais comme il dormait, ça devait être moins pire pour lui. Il était dix heures. Quand il a été dix heures et demie, je suis allée chercher le téléphone dans la chambre de papa et j'ai appelé Charlie. Elle était super contente de mon appel et elle m'a dit qu'elle et les autres allaient glisser au parc des Voltigeurs après dîner. J'ai dit que je n'étais plus malade et que j'irais avec elles. Là, Charlie m'a dit que Félix leur avait demandé plusieurs fois à l'école si j'allais mieux. J'étais contente de savoir ça parce que ça voulait dire qu'il était encore mon amoureux. Là, pendant que je parlais au téléphone, j'ai entendu papa m'appeler. J'ai dit à Charlie que j'irais chez elle après dîner et j'ai raccroché vite vite.

Papa avait peur. Il m'a demandé qui j'avais appelé. J'ai dit Charlie. J'ai dit que je ne lui avais pas dit ce qui s'était passé. J'ai dit tu vois, tu aurais dû me faire confiance. Il avait toujours sa face de monsieur qui a peur et il avait l'air d'avoir mal en même temps. Il avait l'air d'avoir beaucoup chaud aussi, même s'il faisait un peu froid dans la maison. Il a dit qu'il avait changé d'avis et qu'il fallait appeler la police. Il savait que si la police venait, elle découvrirait maman dans le frigo et que lui, il serait arrêté, mais ça ne le dérangeait pas, il n'avait pas le choix sinon il allait mourir. J'ai dit pourquoi tu vas mourir, il n'y a presque plus de sang qui sort de toi. Il est devenu plus énervé, il a dit qu'il ne pouvait plus bouger du tout ses bras et ses jambes. C'est vrai qu'il ne les bougeait pas du tout. Il a dit que la pelle avait fait quelque chose dans son cerveau, quelque chose qui empirait et que si on ne le soignait pas, il allait sûrement mourir. Alors il m'a dit appelle la police. J'ai dit toi, ça ne te dérange pas d'être arrêté par la police, mais moi, j'ai pas envie de quitter la maison et de vivre chez des gens que je ne connais pas et de ne plus voir mes amies. En plus, je me disais que peut-être la police m'arrêterait moi aussi à cause de ce que j'avais fait à papa. Alors j'ai dit non, je peux pas appeler la police. Il s'est fâché, il a crié que j'étais folle, que je n'avais pas le droit de le traiter comme ça. Moi, ça ne me tentait pas de l'entendre encore crier tout ça, alors je suis allée à la cuisine pour me faire un déjeuner. Mais c'était fatigant de manger en l'entendant crier comme ça.

Après déjeuner, je lui ai dit qu'il faisait froid et je lui ai demandé comment on faisait pour qu'il fasse plus chaud. Il ne voulait pas me répondre, il a dit qu'il répondrait juste si j'appelais la police. Là, j'étais fâchée, je lui ai dit si tu m'aides pas, je te laisserai pas en vie parce que ça me donnera rien! Mais il ne voulait toujours pas me le dire. Je lui ai donné un coup de pied dans les jambes. Il a crié, puis il est devenu tout raide et il faisait des grimaces comme s'il forçait. Je pense qu'il essayait de m'attraper une jambe, mais qu'il n'était pas capable de bouger. J'en ai profité pour lui donner un autre coup de pied. Il a crié encore et il m'a dit qu'il y avait des petites boîtes sur les murs de la cuisine et du salon et que je devais appuyer sur les boutons pour que le chiffre monte jusqu'à 22. Je les ai trouvées et je l'ai fait. Ce n'était pas difficile. Il m'a dit aussi qu'il avait soif alors je lui ai versé un peu de jus dans la bouche. Il s'est étouffé, mais pas beaucoup. Là, sa voix était très triste, il m'a dit qu'on avait besoin d'aide tous les deux, lui et moi, et que c'est pour ça qu'il fallait qu'on appelle la police, il a dit qu'il m'aimait et qu'il me pardonnait parce qu'il savait que ce n'était pas de ma faute. Je ne voulais pas parler de ça alors je lui ai demandé si maman allait redevenir en vie. Il m'a demandé pourquoi je lui demandais ça. Je lui ai dit tu vas la voir et tu lui parles, pourquoi tu fais ça? Il a réfléchi longtemps, puis il a dit que oui, elle pourrait peut-être redevenir en vie si on était gentil avec elle et qu'on lui parlait. Et il a dit que si on appelait la police, on pourrait amener maman dans un meilleur endroit où on prendrait encore plus soin d'elle et que ça se pourrait encore plus qu'elle revienne en vie. J'ai demandé pourquoi on n'avait pas fait ça avec grand-maman Laura. Il a dit parce qu'elle était trop vieille et qu'il était trop tard avec elle. Là, je me demandais si c'était vrai, parce que c'était mêlant son histoire. Mais s'il contait des menteries, si maman ne pouvait pas vraiment revenir en vie, il n'irait pas la voir et lui parler comme il le faisait. Alors c'était peut-être vrai ce qu'il me disait. Mais je ne voulais pas appeler la police quand même.

Je suis allée dans le frigo à bière du dépanneur. Maman n'avait pas bougé. J'ai dit maman, t'es encore morte? Elle ne disait rien. Alors j'ai décidé de faire comme papa et de lui parler. Papa faisait ça pour qu'elle revienne en vie, alors je vais essayer moi aussi. Il pleurait aussi quand il venait lui parler, mais je n'avais pas envie de pleurer. Là, je me suis assise sur une caisse de bière et j'ai parlé à maman. J'ai raconté ce que j'avais fait à papa, mais que c'était de sa faute à lui et que je n'avais pas le choix. Je lui ai dit aussi que je m'ennuyais de regarder des films d'horreur avec elle et que je m'ennuyais aussi de ses minouches et de ses becs. Mais elle restait morte. Peut-être que papa se trompe et qu'il vient la voir pour rien. Je me sens pas mal mêlée. Là, je commençais à avoir froid alors je suis sortie du frigo. J'ai vu une madame à la porte du dépanneur qui me faisait signe d'approcher. Je suis allée la voir, mais je n'ai pas ouvert la porte parce que la clé était en haut. À travers la vitre, la madame m'a demandé en criant pourquoi c'était fermé. J'ai trouvé une réponse presque tout de suite et j'ai crié qu'on faisait des rénovations. J'avais souvent entendu papa parler des rénovations qu'il voulait faire. J'étais fière de moi d'avoir pensé à ça. Quand la madame est partie, j'ai pris une feuille de papier et j'ai écrit dessus fermé pour les rénovations. J'ai juste écrit ça parce que si j'écrivais trop de mots, il y aurait plus de fautes et ce serait bizarre. Mais je sais que papa et maman font des fautes quand ils écrivent alors ce n'est pas très grave. J'ai collé la feuille sur la porte avec du scotch tape et je suis remontée en haut.

Papa voulait encore me parler, mais moi, ça ne me tentait pas alors je suis allée dans ma chambre pour lire. Après, je suis allée me chercher un sandwich en bas. J'ai voulu en donner à papa, mais il n'en voulait pas. Pendant que je mangeais, il parlait beaucoup. Il disait qu'il fallait que j'appelle la police, qu'il allait mourir si ça continuait. Moi, j'ai mis de la musique pour ne pas trop l'entendre, mais à un moment donné, j'ai été tannée et j'ai crié très fort. Il a enfin arrêté de parler. Après, je me suis habillée pour aller rejoindre mes amies, mais juste avant que je sorte, papa a dit qu'il voulait me dire quelque chose d'important. Je me suis approchée de lui. Il était très blanc et plein de sueur, comme s'il était malade. Il avait aussi l'air triste. Là, il m'a dit des drôles d'affaires. Il a dit qu'il fallait que je sache que je n'étais pas une petite fille normale, que j'avais toujours été un peu différente des autres, mais que j'avais des agissements qui étaient étranges de plus en plus depuis une couple d'années. J'ai dit quels agissements étranges ? Il a dit que depuis l'année passée, j'aurais dû prendre des médicaments. Il a dit qu'il aurait dû plus convaincre maman. Il m'a dit que des docteurs pourraient m'aider. Franchement, c'est lui qui avait besoin d'un docteur avec toutes ses blessures, pas moi. Mais je ne voulais pas appeler de docteur sinon le docteur appellerait la police et je ne voulais pas aller vivre dans une autre famille ou être arrêtée. J'avais envie de lui demander des questions, mais là, il fallait que j'aille glisser avec mes amies. Je lui ai dit que je m'en allais et il m'a dit non, non, fais pas ça! Et là, il a dit une drôle de phrase. Il a dit fais pas ça, tu vas avoir le goût de leur dire la piscine. Lui aussi, il a eu l'air surpris de dire ça. J'ai demandé de quelle piscine il parlait. Il a dit c'est pas ça que je voulais manger. Je comprenais de moins en moins et papa a commencé à paniquer. Il a dit qu'il n'était plus capable de dire les bons mots, mais il disait ça en mélangeant plein de mots, c'était drôle et j'ai ri un peu parce que c'était comme s'il disait des niaiseries pour me faire rire. Ça faisait du bien que papa me fasse rire, mais il le faisait pas exprès parce que lui, il ne riait pas du tout. Il capotait même beaucoup. Je pense qu'il voulait dire que c'était à cause de sa blessure à sa tête qu'il disait des folies. Mais là, je devais partir pour ne pas être retard chez Charlie. J'ai amené les clés et dehors, j'ai barré la porte. Je me trouvais bonne d'avoir pensé à la barrer. Sur le balcon, j'entendais un peu papa crier, mais pas beaucoup. Quand je suis descendue en bas, je ne l'entendais plus crier. Soit parce qu'il avait arrêté, soit parce que c'était trop loin pour que je l'entende.

Moi, Charlie, Emma et Ling, on est allées glisser au parc des Voltigeurs avec le papa de Charlie. Elles ont vu ma bouche un peu enflée et elles m'ont demandé ce que j'avais eu. J'ai dit que j'étais tombée dans l'escalier hier. Elles m'ont aussi demandé pourquoi j'avais manqué de l'école et j'ai expliqué que j'avais eu un rhume, mais que là, j'étais guérie. Je n'ai pas dit ce qui était arrivé à papa et maman. Je me trouvais bonne parce que j'étais capable de garder mon secret. J'avais envie de leur raconter ce qui s'était passé parce que j'avais confiance en mes amies, mais j'avais promis à papa que je ne le dirais pas, et moi, je ne trahis la confiance de personne. Alors je n'ai rien dit et j'ai glissé et j'ai eu du fun. Plus tard, il y a d'autres personnes qui sont arrivées et il y avait Félix avec sa mère et d'autres de ses amis. Il était content de me voir et moi aussi. Je lui ai dit que j'avais été malade. Mes amies nous regardaient pendant qu'on parlait et elles riaient un peu. J'ai expliqué à Félix qu'elles riaient parce qu'on était amoureux. Il a dit alors on l'est encore ? J'ai dit oui, pourquoi on le serait plus ? La maman de Félix est venue me voir et elle a dit ah, c'est toi Florence. Elle a dit que Félix se demandait pourquoi je n'étais pas à l'école cette semaine. Elle me disait ça comme si elle trouvait ça drôle, même si je ne comprenais pas ce qu'il y avait de drôle. Elle m'a dit donne-moi ton numéro de téléphone, comme ça il pourra t'appeler. Je l'ai donné. Félix avait une face gênée. On a continué à glisser les deux gangs ensemble et à un moment donné, Félix a voulu qu'on se mette à deux sur sa luge. J'ai dit oui. On a glissé comme ça trois ou quatre fois, c'était vraiment le fun d'être collée sur lui. Une fois, on a chaviré rendu en bas, on était un par-dessus l'autre et plein de neige et on riait. Alors il m'a donné un bec sur la bouche, mais un bec vite vite. Après, il est devenu tout rouge. Moi, j'avais aimé ça. Quand on est remontés, je ne sais pas si mes amies nous avaient vus, mais elles riaient.

Là, le papa de Charlie a dit qu'on faisait tous une dernière glissade avant de repartir et il allait nous attendre en bas. J'étais un peu déçue, mais c'est comme ça. La dernière glissade, je l'ai faite toute seule. Quand je suis arrivée en bas, je me suis relevée et j'ai regardé en haut de la côte. J'ai vu Charlie et Ling qui se mettaient dans la même luge et qui ont commencé à glisser. Elles s'en venaient vers moi. J'aurais dû me tasser, mais je ne le faisais pas. Je les entendais crier tasse-toi, Flo, tasse-toi ! Mais je restais là et je ne bougeais pas. Je ne sais pas pourquoi je restais là. C'était bizarre, comme si ce n'était pas Charlie et Ling qui s'en venaient vers moi, mais quelque chose d'autre, je ne sais pas quoi. Ça s'en venait vite vite, ça allait me rentrer dedans et ça ne me donnait rien de me tasser. En tout cas, ça ressemblait à ça, ce qui se passait dans ma tête. Et je n'avais pas peur. C'était juste de même. Là, le papa de Charlie m'a prise dans ses bras et m'a enlevée de là. La luge est passée super proche de nous autres. Le papa de Charlie m'a dit qu'il fallait que je fasse attention. Je ne disais rien, je me sentais juste bizarre. Après, on est partis.

Papa faisait dodo. Il y avait du liquide en dessous de lui. Ce n'était pas du sang et ça ne sentait pas bon. Il avait fait pipi dans ses bobettes. C'était dégueulasse. En plus, son œil crevé avait l'air tout gluant. Quand j'ai allumé la télévision, ça l'a réveillé. Il a recommencé à me supplier d'appeler la police et plein d'affaires de même, sauf que ce n'était pas clair parce qu'il mélangeait encore tous les mots qu'il disait. Je lui ai demandé pourquoi il disait que je n'étais pas une petite fille comme les autres. Mais il ne me répondait pas, il faisait juste se plaindre et me demander d'appeler la police et il mélangeait tous ses mots. Alors j'ai regardé un film. Mais papa n'arrêtait pas de parler et, des fois, il pleurait. Je lui ai dit tais-toi, t'es fatigant. Mais il n'arrêtait pas. J'ai arrêté le film et je suis allée chercher toutes sortes d'affaires au dépanneur pour le souper: du chocolat, des muffins, de la liqueur et des chips. Ce serait cool de manger ça pour souper. Papa n'arrêtait pas de parler, de pleurer, il disait qu'il m'aimait et qu'il voulait m'aider, je lui disais tout le temps de se taire, mais il n'arrêtait pas. À un moment donné, il a dit maman serait pas contente de voir ce que tu dessines, mais comme il mêlait ses mots, il a sûrement voulu dire autre chose. Là, je suis allée le rejoindre en lui disant ferme ta gueule sinon moi, je vais te la fermer. C'était spécial que ce soit moi qui lui dise ça, alors que c'est lui qui disait ça à maman. Il a crié encore que j'étais folle. Alors j'ai ramassé la boule de quilles et je l'ai tenue au-dessus de sa face, pas trop haut, mais un peu. Si ça avait marché pour ses jambes, j'imagine que ça peut aussi marcher pour sa bouche. Et comme il ne pouvait plus bouger du tout, je n'avais pas peur de me tenir proche de ses bras. J'ai encore entendu les vagues dans ma tête, je les entends souvent ces temps-ci. Papa a eu sa face de peur, il a commencé à crier non, non, fais pas ça, mais j'ai laissé tomber la boule de quilles parce que je l'avais déjà prévenu. Il a bougé la tête et la boule est tombée sur le côté de sa bouche. Ç'a fait un gros craquement. Il a hurlé beaucoup. Sa bouche était pleine de sang et elle bougeait toute croche en faisant des drôles de bruits. Pendant qu'il criait, il crachait des petits morceaux durs, et j'ai vu que c'était des dents. Mais ça n'a pas vraiment marché mon affaire parce qu'il criait encore plus. J'ai fait un gros soupir parce j'étais vraiment tannée. En plus, je n'entendais pas ce qu'il disait parce qu'il parlait tout croche avec sa bouche toute brisée. Maman aurait dit qu'il n'articulait pas bien. En pensant à maman, j'ai décidé de descendre pour aller la voir. En plus, je n'étais plus capable d'entendre papa crier et pleurer.

Dans le frigo à bière, maman n'était pas encore pourrie. Il y avait une petite tache brune dans son cou et une sur son front, mais c'était tout. Si elle ne pourrit pas, c'est peut-être parce qu'elle va redevenir en vie. Mais grand-maman non plus n'était pas pourrie dans le cercueil. J'étais mêlée. Je me suis assise sur une caisse de bière et je lui ai encore parlé. Je lui ai demandé si c'était une bonne idée que je garde papa en vie parce qu'au fond, il ne m'aidait pas vraiment et que je me débrouillais sans son aide. Il était même fatigant. Je lui ai aussi demandé si c'est vrai que je n'étais pas une petite fille comme les autres et si j'avais des agissements étranges. Mais maman ne répondait pas. J'étais déçue. Mais de toute façon, je suis sûre que papa me conte des menteries. Il me dit juste ça parce qu'il veut que j'appelle un docteur. J'ai pris la main de maman et j'ai levé son bras. Il était un peu raide mais pas trop. J'ai passé sa main dans mes cheveux, mais ce n'était pas comme quand c'est elle qui le faisait pour vrai. C'était plate.

Là, j'écris mon journal dans ma chambre. Il faut que je retourne à l'école demain. Même si je n'aime pas l'école, j'ai hâte d'y retourner quand même. J'ai mis mon cadran, je sais comment faire ça. Là, papa ne crie plus. Il fait juste gémir. Je pense que le bon mot est râler, j'ai déjà vu ça dans un livre. Je pense que demain, avant d'aller à l'école, je vais tuer papa. Il ne sert à rien, il est juste fatigant. De toute façon, je ne l'aime plus, alors qu'est-ce que ça donne ? Il va falloir que je trouve un moyen de le tuer, je ne sais pas encore comment. Là, comme il ne peut plus m'attraper avec ses mains, je pourrais peut-être prendre un couteau. Je verrai ça demain. Bye.

Je me suis réveillée cette nuit. C'est rare que je me réveille dans la nuit, mais là, ça fait une couple de fois que ça m'arrive. Là, j'entendais papa parler tout seul, mais vraiment pas fort. Ça m'achalait quand même. Je suis allée le voir et j'ai dit tais-toi, je veux faire dodo. Mais il continuait à parler pas fort et il n'avait pas l'air de me voir. Je me suis penchée pour mieux entendre. Mais il articulait tout croche et il mélangeait encore des mots, alors je ne comprenais pas. Là, papa a eu l'air de me voir parce qu'il m'a regardée. Il avait une face de peur et de monsieur triste en même temps. Il y a une larme qui a coulé de son œil pas crevé et là, j'ai compris ce qu'il a dit. Il a dit t'es un monstre, Florence, t'es un monstre. Après, son œil pas crevé s'est fermé. Il n'a plus rien dit et il a arrêté de respirer, alors il était mort. C'était correct parce que je ne serais pas obligée de le tuer demain, mais en même temps, je me sentais toute drôle. Je le regardais et je me disais que je n'avais plus de papa ni de maman. Il n'y avait plus personne pour s'occuper de moi. J'étais vraiment toute seule. Je suis retournée dans ma chambre pour écrire ça dans mon journal, parce que j'avais besoin de l'écrire. C'est bizarre que papa ait dit que j'étais un monstre. Je ne suis pas un monstre, je suis une personne. Mais je pense qu'il mêlait encore ses mots quand il a dit ça. Là, je vais me recoucher. Bonne nuit.

On est lundi. C'était spécial de voir papa mort dans le salon. Au moins, il ne criait plus et ne pleurait plus. J'ai décidé de me mettre en jeans pour aller à l'école, même si maman voulait toujours que je mette des robes ou des jupes. Dans le miroir, j'ai vu que ma bouche n'était plus enflée. Là, je ne savais pas comment me faire un lunch pour ce midi alors je devais manger à la cafétéria de l'école. Mais je n'avais pas d'argent. Alors j'ai pensé aux enveloppes pleines d'argent du dépanneur que papa mettait dans son bureau le soir. Je suis allé fouiller dans son bureau et j'ai trouvé les enveloppes dans un tiroir. J'étais super contente et j'ai pris de l'argent. C'était le fun parce que je ne mange jamais à la cafétéria, maman me faisait toujours des lunchs. Mais là, je vais en profiter. C'est cool parce qu'à la cafétéria ils font du spaghetti, du pâté chinois et des affaires de même. Ça, c'est une des affaires le fun que maman soit morte. Il n'y en a pas beaucoup, mais ça, c'en est une.

C'était encore madame Charlotte qui remplaçait madame Valérie. Elle a dit que toute la classe était contente que je sois guérie. Mégane parlait pas mal moins souvent qu'avant pendant les cours. Et je pense que je lui faisais peur parce que chaque fois que je la regardais, elle tournait la tête et elle avait l'air d'avoir peur. C'était drôle, ça. Ça fait mon affaire, je vais avoir la paix. Pendant les deux récréations et pendant l'heure du dîner, Félix était avec moi et mes amies. Là, papa est mort, alors je pense que je ne serai plus obligée de tenir ma promesse de ne rien dire à personne. Je pense que je pourrais leur dire ce qui s'est passé, mais j'ai un peu peur quand même que mes amies le disent à d'autre monde et que ça me mette dans le trouble. Alors je ne leur dis rien, mais j'ai beaucoup envie de leur dire. Dans les livres ou les films, il y a des personnes qui disent qu'ils ne peuvent pas garder pour eux autres des secrets graves, qu'il fallait qu'ils en parlent. Je n'avais jamais compris pourquoi, mais là, je pense que je comprends un peu. C'est vrai que j'aurais besoin d'en parler, je ne sais pas pourquoi, comme si mon secret me remplissait trop et que ça voulait déborder, comme quand j'ai trop mangé. Surtout qu'Emma m'avait dénoncée l'autre jour et qu'elle avait dit à ses parents que j'avais tué Tiroux. Mais après, je l'avais punie et on s'était juré de se faire confiance. Alors je ne savais pas trop quoi croire. Après, pendant l'heure du dîner, le directeur m'a dit que je commencerais à voir la spychologue de l'école demain. J'avais oublié que mon père avait dit au directeur qu'il acceptait que je la voie. Mais ça ne me dérangeait pas. J'avais hâte de voir pourquoi maman ne voulait pas que je la voie.

Quand je suis revenue chez nous, j'ai trouvé que ça sentait un peu mauvais. J'ai pensé que c'était peut-être papa qui sentait ça. Ses jambes toutes cassées étaient encore rouges et bleues et sa face était pleine de liquide qui avait séché. Il y avait son ventre qui était un peu vert et un peu plus gros que d'habitude. Peut-être qu'il commençait à pourrir. Il y avait l'air d'avoir un peu plus de liquide en dessous de lui, mais ce n'était pas du sang et je ne pense pas que c'était du pipi non plus. J'ai encore pensé que je n'avais plus de parents et que c'était de ma faute si papa était mort. Mais tout ce qui est arrivé était de sa faute à lui, par exemple, alors tant pis pour lui.

J'ai voulu écouter la télévision, mais ça m'achalait que papa soit couché dans le salon. C'était comme si mes yeux ne pouvaient pas s'empêcher de le regarder des fois. Là, le téléphone a sonné et je suis allée répondre. Peut-être que je n'aurais pas dû, mais je n'y ai pas pensé. C'était un monsieur qui voulait parler à papa. J'ai dit qu'il n'était pas là. Il m'a dit de dire à papa de rappeler monsieur je ne me souviens plus qui, c'était pour les rénovations du dépanneur. J'ai dit OK. Là, je me suis dit que ce serait mieux que je ne réponde pas la prochaine fois que le téléphone sonne. J'aurais juste à écouter les messages si quelqu'un appelle, je sais comment. Après, je suis allée voir le Facebook de maman sur son iPad et je suis allée voir le message que papa avait écrit en faisant semblant que c'était maman. Il y avait encore deux ou trois autres personnes qui avaient répondu. Véronique avait écrit un autre message, elle disait j'espère que ce voyage avec ta sœur te fait du bien, je te l'écris même si t'as pas de réseau pour me lire, ah, ah, ah. Je ne sais pas pourquoi elle mettait des ah, ah, ah, je ne trouvais pas ça très drôle, mais des fois, les adultes font des blagues plates.

Pour le souper, je n'avais pas envie de manger encore des chips et du chocolat. Il faudrait que je fasse quelque chose de bon, mais facile. Alors je suis allée chercher du Kraft Dinner au dépanneur. J'essayais de me rappeler comment maman le faisait, me semble que c'était facile. J'ai été capable d'allumer le rond du four, j'ai attendu que ce soit rouge rouge et j'ai mis le Kraft Dinner dans le chaudron. Ça cuisait, mais ça collait tout le temps et ç'a fini par sentir le brûlé beaucoup. J'ai pensé que ça devait être prêt et j'ai éteint le rond. J'ai mélangé le fromage en mettant du lait parce qu'il me semble que maman mettait du lait. Mais ce n'était pas bon. Ce n'était pas assez cuit et ça goûtait le brûlé quand même, je ne comprenais pas pourquoi. J'ai tout jeté et j'ai pleuré un peu parce que j'étais en maudit. J'ai encore mangé des cochonneries pour souper. Dans la soirée, j'ai voulu pratiquer mon piano, mais là, j'ai vu qu'il y avait du sang sur le clavier. Ça devait être quand papa était tombé et que sa main avait accroché le piano. Je me rappelais l'accord pas beau que ça avait fait. J'ai pris une débarbouillette et j'ai nettoyé le sang. Mais après ça, je n'avais plus envie de jouer, je ne sais pas pourquoi.

Je trouvais ça bizarre de voir tout le temps papa dans le salon. J'ai voulu le tirer par les bras, mais ils étaient super raides et je ne pouvais pas les déplier. C'était spécial, ça. J'ai essayé de le tirer par les jambes. Elles étaient maganées et elles aussi elles étaient raides, mais je pouvais tirer quand même. Sauf que c'était super difficile, papa était trop pesant, même s'il n'est pas gros. En forçant beaucoup beaucoup, je l'ai fait bouger d'un tout petit bout, à peu près la longueur de mon bras. J'étais en maudit et j'ai crié t'es ben pesant, donc ! Alors, j'ai regardé un film d'horreur même si je n'étais pas de bonne humeur. Mais en même temps, c'était drôle parce que normalement, papa aurait chialé parce que je regardais un film d'horreur et là, il ne disait rien. Au milieu du film, je lui ai même dit ah, ah, je regarde un film d'horreur, ah, ah ! J'ai trouvé ça drôle.

Là, je finis d'écrire mon journal et il est neuf heures et demie. C'est un peu tard pour un jour de semaine. Ça, c'est le fun, de pouvoir se coucher quand je veux. Je pense que je vais même lire un peu avant mon dodo. Bye.

Nouveau mot : soulagé. Ça, je pense que je sais ce que ça veut dire parce que je l'ai entendu souvent, mais je vais quand même demander à madame Charlotte demain. Je pense que c'est comment on se sent quand il se passe quelque chose qui nous fait du bien et qui fait que ça va aller mieux après. Moi, je suis soulagée que papa soit mort parce que comme ça, je ne suis pas obligée de vivre dans une cachette.

On est mardi. Là, c'est l'heure du midi et j'écris mon journal à la bibliothèque. Je l'ai amené à l'école parce qu'il s'est passé quelque chose d'assez épeurant et je ne voulais pas attendre de revenir à la maison pour l'écrire. Pendant la nuit, j'ai entendu un drôle de son qui m'a réveillée. J'ai écouté comme il faut et c'était un accord de piano vraiment pas beau. Je l'entendais à toutes les cinq secondes environ. Je n'aimais pas ça du tout. Même si ça ne me tentait pas, je me suis levée pour aller voir dans le salon. Papa n'était plus couché par terre. Il était assis devant le piano. Même s'il faisait noir, je le voyais super bien. Avec sa main, il faisait sur le clavier le même accord qu'il avait fait en tombant l'autre jour. Et le son était très très fort. Là, je me suis dit ah ben maudit, il est revenu en vie. Et je n'aimais pas ça. Là, il a arrêté de faire l'accord et il m'a regardée. Il n'était vraiment pas beau avec son œil crevé et sa face pleine de sang. Il a dit t'es un monstre, Flo, t'es vraiment un monstre, il faut que tu le saches, il faut que tu le comprennes. Même si sa mâchoire était toute défaite, je comprenais ce qu'il disait. Et j'entendais encore l'accord sur le clavier même si papa ne le jouait plus. J'ai crié laisse-moi tranquille, je suis pas un monstre.

Là, il s'est levé et j'ai eu très peur. Je me suis sauvée dans ma chambre et je me suis cachée en dessous de mes couvertes. Peut-être que papa était devenu un zombie et qu'il voulait me manger. Alors je suis restée sous mes couvertes et j'ai fermé les yeux et j'ai demandé à maman de m'aider. Quand j'ai ouvert les yeux, j'étais couchée dans mon lit, mais je n'avais plus les couvertes par-dessus moi. Et je n'entendais plus le piano. Je me suis levée pour aller voir dans le salon. Papa était couché par terre à la même place qu'avant et il était encore mort. Je pense que j'ai juste fait un mauvais rêve. C'est pour ça que j'avais hâte d'écrire ça dans mon journal parce que ça m'a fait peur. Mais là, je vais en profiter pour écrire aussi le reste de ce qui s'est passé.

Quand le cadran a sonné ce matin, ç'a été très dur de me lever parce que j'étais fatiguée. J'ai failli rester couchée, mais si je n'allais pas à l'école, le directeur appellerait à la maison et j'aurais des problèmes. Alors je me suis levée. C'est la vie. J'ai décidé de mettre les mêmes vêtements qu'hier parce qu'ils n'étaient pas sales. À l'école, j'ai demandé à madame Charlotte ce que ça voulait dire le mot soulagé et j'avais raison. J'ai encore trouvé ça super difficile de ne pas raconter ce qui m'arrivait à mes amies et à Félix. Je me demandais encore si je pouvais vraiment avoir confiance en eux. Alors j'ai décidé de leur faire passer un test, mais un gros test, plus gros que celui de l'autre fois. Je ne savais pas encore ce serait quoi comme test, mais j'allais y penser.

Tantôt, j'ai vu la spychologue de l'école. Elle s'appelle Sophie. Je ne sais pas son nom de famille, elle voulait que je l'appelle Sophie. Elle était plus vieille que maman. Elle était gentille, elle souriait tout le temps. Elle m'a demandé de lui raconter ce qui s'était passé avec Mégane. Je lui ai tout raconté, sauf que j'avais fait exprès pour laisser tomber le couvercle. Elle m'a demandé quand tu as cru qu'elle était morte, pourquoi tu l'as dit à personne? Je ne savais pas quoi répondre. Elle m'a demandé si c'est parce que j'étais triste ou parce que j'avais peur de la mort, ou les deux. J'ai dit que je ne voulais pas avoir de punition. Elle m'a regardée longtemps sans rien dire et ça m'a rendue un peu mal à l'aise. Mais elle a souri et elle m'a posé plein d'autres questions sur autre chose. Sur papa et maman, surtout. Elle voulait savoir comment ça allait à la maison. Je lui ai dit que tout allait bien, qu'ils étaient gentils avec moi. Je contais des menteries parce que je ne voulais pas qu'elle appelle mes parents. En plus, j'étais rendue bonne pour conter des menteries, ce n'est vraiment pas difficile, surtout quand personne ne peut te punir. Elle continuait à me poser des questions. Elle me demandait ce que j'aimais de papa et maman. Elle était douce et gentille, j'avais vraiment envie de lui faire confiance, mais je n'osais pas. Elle m'écoutait beaucoup pendant que je parlais. Après, elle a dit si je me fie à tes réponses, tu aimes beaucoup tes parents pour les choses qu'ils font pour toi et qui te font plaisir. J'ai dit oui, c'est sûr. Elle m'a demandé ce que moi je faisais pour eux. J'ai dit que je faisais mes devoirs, que je mangeais tout ce qu'il y avait dans mon assiette, que je me couchais quand ils me disaient de me coucher. Elle a un peu ri. Elle avait un beau rire. Pas aussi beau que celui de maman, mais il était beau quand même. Elle a dit non non, je te demande ce que tu fais pour leur faire plaisir, pour leur montrer que tu les aimes. J'ai trouvé ça bizarre, comme question. J'ai dit il faut que je fasse des choses pour leur faire plaisir ? Elle m'a répondu juste si t'en as envie. J'ai dit que des fois, je faisais des câlins à ma mère parce qu'elle me le demandait. Elle m'a demandé si j'aimais ça. J'ai dit que j'aimais plus ça quand c'est elle qui m'en faisait. Là, on n'a rien dit pendant plusieurs secondes parce que je ne savais pas quoi dire. Après, elle m'a demandé quand tu as su que Mégane n'était pas morte, ça t'a fait quoi ? J'ai dit que ça ne me faisait pas grand-chose. Elle a demandé si j'aurais aimé mieux qu'elle soit morte ou vivante. J'ai dit morte parce qu'elle est bien fatigante quand elle parle tout le temps, mais là, elle parle moins depuis que l'accident est arrivé, alors elle peut rester vivante, ça ne me dérange pas. Là, Sophie n'a encore rien dit et elle m'a regardée beaucoup. Peut-être que je n'aurais pas dû lui dire ça. Elle m'a demandé si je prenais des médicaments et j'ai dit non parce que je n'étais pas malade et que maman dit que je n'en ai pas besoin. Elle m'a encore regardée, et après elle a souri. Elle a dit qu'on allait se revoir la semaine prochaine et je suis retournée dans la classe. Je ne comprenais pas trop à quoi ça avait servi que je la voie, on avait juste parlé. C'est peut-être pour ça que maman ne voulait pas que je la rencontre, parce qu'elle savait que c'était juste du temps perdu. Mais elle est gentille, Sophie, ça ne me dérange pas tellement de la revoir la semaine prochaine. Mais si j'ai manqué des affaires importantes en classe et que je poche un examen à cause de ça, ça va être de sa faute à elle, pas de la mienne.

Là, je vais aller voir mes amies parce que l'heure du dîner achève. Bye.

On est encore mardi. Après l'école, Félix m'a invitée à aller chez lui. Lui aussi reste proche de chez nous, à deux coins de rue. J'ai dit oui et mes amies ont demandé si elles pouvaient venir aussi, mais pas Ling parce qu'elle restait au service de garde aujourd'hui. Félix a eu l'air un peu déçu, je ne sais pas pourquoi, mais il a dit oui quand même. Chez lui, il nous a montré un jeu de société, ça s'appelle les Colons de Catane junior et on a joué tous les quatre. C'était un peu compliqué, mais c'était le fun. Des fois, pendant qu'on jouait, Félix me tenait la main et je trouvais ça le fun. Un moment donné, le papa de Félix est venu nous voir et là, on s'est toutes présentées parce qu'on ne l'avait jamais vu. Il a été très gentil avec nous. Il a demandé à Félix ce qu'il avait envie de manger pour souper, mais Félix lui répondait d'une drôle de façon, comme si ça ne lui tentait pas de parler à son père. Je ne comprenais pas pourquoi parce qu'il avait l'air gentil. Pendant qu'on jouait, je pensais beaucoup à ce que m'avait dit la spychologue et j'ai demandé à Félix et mes amies s'ils faisaient des choses des fois à leurs parents pour leur montrer qu'ils les aimaient. Ils ont tout de suite répondu ben oui, c'est sûr. Emma m'a dit qu'elle leur a fait une belle carte de fête à leur fête. Charlie a dit que des fois, le soir, elle fait des minouches longtemps dans les cheveux de sa maman pendant qu'elle regarde la télévision et que sa mère aime beaucoup ça. Félix a dit que l'autre jour, il a préparé le déjeuner de sa mère, sauf le café parce qu'il ne sait pas comment faire ça, mais elle était contente pareil. J'étais très surprise. Moi, ça ne me tenterait pas de faire tout ça.

Je leur ai demandé pourquoi ils faisaient ça. Félix a dit pour être fins. Je ne comprenais vraiment rien. J'ai demandé ça donne quoi? Emma a dit que quand on faisait plaisir à nos parents, après ils étaient contents, ils étaient de bonne humeur et après, eux aussi étaient fins avec nous autres. Là, j'ai pensé à quelque chose. Si je faisais quelque chose à maman qui lui ferait plaisir, peut-être qu'elle reviendrait en vie. C'est peut-être pour ça que papa ne l'a pas enterrée. Parce qu'il essayait de lui faire plaisir, comme quand elle était en vie. Et c'est peut-être pour ça que maman reste belle même si elle est morte, parce qu'elle attend qu'on lui fasse plaisir. Là, on a continué à jouer et c'était le fun, sauf une fois, quand Emma m'a dit que j'avais les cheveux sales. Je lui ai dit que elle aussi, même si ce n'était pas vrai.

Quand je suis arrivée à la maison, j'ai vu un camion qui était devant la maison. Il y a un monsieur qui était devant la porte du dépanneur et qui essayait de l'ouvrir. J'ai arrêté de marcher parce que je ne voulais pas que le monsieur sache que je restais là. Le monsieur est retourné dans son camion et il est parti. C'était un camion qui vient souvent chez nous, il vient pour porter du pain dans le dépanneur. Quand il a été parti, je suis rentrée dans la maison. Là, ça ne sentait vraiment pas bon. La peau de papa était plus foncée, c'était bizarre. En plus, il y avait du liquide un peu noir qui avait coulé de sa bouche et ça n'avait pas l'air d'être du sang. Je pense qu'il commençait à pourrir. Là, je n'étais pas contente. Si papa commençait à pourrir, ça ne serait vraiment pas cool pour moi. J'ai eu une idée et j'ai ouvert une fenêtre dans le salon. Ça ferait sortir les mauvaises odeurs. Mais il faudrait vraiment que je sorte papa du salon, sauf que je ne suis pas capable toute seule. Si je pouvais en parler à mes amies, elles m'aideraient peut-être à trouver une idée. Ç'a m'a rappelé qu'il fallait que je pense à un test pour voir si je pouvais leur faire confiance. Et ç'a m'a rappelé ce que mes amies et Félix m'avaient dit chez Félix tantôt. Alors je suis allée dans le frigo à bière et j'ai réfléchi à comment faire plaisir à maman. J'ai pris une bouteille de bière et j'ai réussi à l'ouvrir même si c'était vraiment difficile. J'ai versé de la bière dans la bouche de maman, mais elle ne l'a pas avalée et la bière a coulé dans son cou. Maman me demandait des fois de lui faire des câlins parce qu'elle aimait ça. Alors je me suis couchée à côté d'elle et je l'ai prise dans mes bras. En me collant sur elle, j'ai remarqué qu'elle ne sentait pas super bon, mais ce n'était pas si pire. Et elle était vraiment froide. Je la serrais dans mes bras, mais elle restait morte. Je suis restée quand même comme ça parce que c'était confortable d'être collée sur maman. Ça me rappelait quand elle me faisait des minouches et que j'aimais ça. Je suis restée comme ça cinq ou dix minutes. Tout était tranquille dans moi. C'était le fun et triste en même temps, je ne sais pas trop comment expliquer ça. À un moment donné, je me suis levée. Je ne savais plus quoi faire. Je me suis rappelé que maman aimait les fleurs et que quand papa lui en donnait, elle aimait ça beaucoup. J'ai pris de l'argent dans le bureau de papa et je suis allée acheter quatre roses dans un magasin. Ça m'a pris environ une demi-heure y aller et revenir, il commençait à faire noir quand je suis revenue. Je suis retournée dans le frigo à bière et j'ai mis les fleurs sur maman en disant tiens, maman, c'est pour toi. Mais il ne s'est rien passé, même si j'ai attendu dix minutes. Je suis remontée en haut. J'étais déçue et un peu triste.

En haut, ça sentait moins mauvais, mais il faisait froid. Alors j'ai fermé la fenêtre. Là, j'ai eu une idée. J'ai pris les parfums de maman et je les ai mis sur le corps de papa pour que ça sente meilleur. Je me suis fait un autre Kraft Dinner mais j'ai lu sur la boîte les instructions. Hier, j'avais oublié de mettre de l'eau, j'ai été un peu niaiseuse. Là, ç'a marché pas pire et c'était bon. J'étais fière de moi. Il fallait que je fasse un devoir pour l'école, mais ça ne me tentait pas. J'ai écouté un film d'horreur à la place. Mais j'avais de la misère à me concentrer. Je me demandais ce que j'allais faire si maman ne revenait pas en vie. C'est sûr que c'est le fun de faire tout ce qu'on veut et de ne pas être obligée d'écouter personne, mais je ne sais pas si je vais pouvoir tout le temps me débrouiller toute seule. Mais à date, je suis pas mal bonne. En plus, il y a de l'argent dans le bureau de papa. Là, j'ai ouvert la fenêtre encore parce que ça recommençait à sentir pas bon.

Un moment donné pendant le film, il y a deux amoureux qui ont fait du sexe. On ne voit jamais grand-chose dans les films. Là, le gars était par-dessus la fille pour lui faire du sexe et la fille criait oui, oui, j'aime ça, oui, oui, et là, je me suis rappelé la fois où j'avais vu papa et maman avoir du sexe. Après, dans le film, la fille s'est mise à genoux devant le gars et même si on ne le voyait pas pour vrai, je pense que la fille mettait le pénis du gars dans sa bouche. Ça, c'est vraiment dégueu parce que le pénis, ça sert à faire pipi, alors moi, jamais je ne mettrais ça dans ma bouche. Mais la fille faisait des sons comme si elle aimait ça et le gars aussi. Sauf que là, le tueur dans le film est entré dans leur chambre et il a commencé à tuer le gars et la fille avec une hache. Mais là, je ne regardais plus vraiment parce que je réfléchissais à tout ça. Quand j'avais vu maman et papa faire l'amour, maman disait à papa qu'elle aimait sa queue. Ça, c'est son pénis, je le sais. Peut-être que si papa avait fait du sexe avec maman dans le frigo, ça aurait fait plaisir à maman et elle serait revenue en vie. Dans Blanche Neige et dans La Belle au bois dormant, la princesse revient en vie quand le prince l'embrasse. J'ai vu un film aussi, La Matrice, où le héros revient en vie quand sa blonde l'embrasse. Avec du sexe, c'est peut-être encore mieux. Ça m'a donné une idée de comment faire plaisir à maman. Je ne peux pas descendre papa en bas, je ne suis pas capable. De toute façon, papa ne pourrait pas faire du sexe avec maman, il est mort. Mais maman aimait son pénis, c'est ça qu'elle disait l'autre jour. Je pourrais peut-être essayer quelque chose. Je suis allée chercher un gros couteau dans la cuisine, celui que maman prenait pour couper des légumes. Après, j'ai baissé les bobettes de papa. C'était difficile, mais pas autant que je le pensais parce que son corps était moins raide qu'hier, je ne sais pas pourquoi. Ses bobettes étaient toutes sales et ça ne sentait vraiment pas bon, j'ai fait un gros beurk, mais j'ai continué quand même. Je me sentais un peu gênée de voir le pénis de papa, mais ce n'était pas si pire parce que c'est mon père, c'est pas un monsieur que je ne connais pas. En plus, il est mort. Alors j'ai coupé son pénis. Ce n'était pas super facile, mais ce n'était pas si pire non plus. En plus, je pensais que ça saignerait beaucoup, mais ça non plus, ce n'était pas si pire. Mais ça saignait quand même assez pour que je salisse mes jeans et là, je me suis traitée de niaiseuse parce que j'aurais dû me changer avant. J'ai encore entendu le bruit des vagues dans ma tête, mais pas beaucoup. Des fois, pendant que je coupais, je regardais la face de papa juste pour être sûr qu'il ne se réveille pas ou qu'il ne se mette pas à crier. Mais il était vraiment mort. J'ai enveloppé le pénis dans une serviette pour pas que ça dégoutte trop et je suis descendue au dépanneur. Dans le frigo, j'ai levé la robe de maman, j'ai descendu ses bobettes et j'ai essayé de rentrer le pénis dans sa vulve. Mais ça ne rentrait pas. Là, j'ai pensé que du sexe, on fait ça quand personne regarde. Alors, j'ai laissé le pénis de papa entre les jambes de maman et je suis sortie du frigo.

J'avais amené la lampe de poche, alors j'ai regardé des magazines. Je ne voulais pas allumer la lumière du dépanneur pour pas que les gens dehors pensent qu'on était ouvert. Je me suis trouvée bonne de penser à ça. Après ça, je suis retournée dans le frigo à bière. C'est drôle, parce que pendant que j'y retournais, j'imaginais que maman serait en vie et elle me dirait en souriant un gros merci. Et là, je lui expliquerais pourquoi j'avais tué papa et elle comprendrait parce qu'elle ne l'aimerait plus de toute façon parce qu'il l'avait tuée. Là, on écouterait le reste du film ensemble, elle me ferait des minouches pendant qu'on le regarde et j'aurais des bons repas. Je ne pourrais plus faire ce que je voulais comme depuis quelques jours, mais ça ne serait pas très grave. Mais dans le frigo, maman était encore morte. Elle n'avait pas bougé. J'ai crié très fort maudit ! J'ai pris le pénis de papa et je l'ai frotté sur la bouche de maman. Peut-être qu'elle aimait ça elle aussi le mettre dans sa bouche, comme dans le film, même si moi je trouvais ça dégueu. Mais ça ne faisait rien, sauf mettre du sang sur la face de maman. J'ai encore crié parce que j'étais fâchée et j'ai lancé le pénis dans les caisses de bière. Pendant que je remontais à la maison, j'ai remarqué que j'avais des larmes qui coulaient de mes yeux. C'est bizarre, je ne m'étais pas aperçu que je pleurais. Sûrement parce que j'étais trop fâchée.

En haut, je suis allée dans le salon et j'ai donné un coup de pied à papa, je ne sais pas trop pourquoi. Après, j'ai remonté ses bobettes parce que je n'aimais pas ça le voir tout nu, même s'il n'avait plus de pénis. J'ai mis mon linge dans le panier à linge et j'ai décidé de prendre un bain et de laver mes cheveux, surtout qu'Emma avait dit que j'avais les cheveux sales. Ça faisait longtemps que je m'étais pas lavée. C'était spécial de prendre un bain toute seule dans la maison.

Voilà, j'ai encore écrit beaucoup dans mon journal. Ça me surprend d'écrire autant d'affaires. Mononcle Hubert dirait que c'est parce que ça me fait du bien, mais je ne le sais pas. Si ça me fait du bien, je ne le sens pas vraiment. Mais chaque fois que je commence à écrire, j'ai l'impression qu'il y a quelque chose qui sort de moi que je ne peux pas arrêter. Papa disait ça des fois, quand il pleurait après avoir frappé maman. Il disait que quand il se fâchait noir, ça sortait tout seul. Pas parce que ça lui faisait du bien, juste parce qu'il ne pouvait plus s'arrêter. Je ne sais pas si c'est pareil pour moi, ça m'a juste fait penser à ça. Et quand j'écris, on dirait que j'invente moi-même un roman. Parce que c'est quand même bizarre tout ce qui m'arrive, je le sais que ce n'est pas normal. C'est plate, mais en même temps, c'est pas si plate que ça. Et je sais que si les adultes savaient que j'ai tué papa, on viendrait me chercher. Mais je ne sais pas si j'irais en prison, parce que je suis une enfant. En tout cas, c'est sûr que j'aurais une grosse punition et que j'irais vivre dans une autre famille. Et ça, ça ne me tente pas. J'aurais tellement envie de parler de ça avec mes amies. Il faut que je trouve un bon test de confiance.

Ah, oui, j'ai lu un nouveau mot dans mon livre cet après-midi à l'école : perplexe. J'ai encore demandé à madame Charlotte ce que ça voulait dire et c'était pas mal compliqué. En gros, quand tu ne comprends pas trop ce qui se passe, mais que tu essaies quand même de comprendre, tu es perplexe. Des fois, quand je disais certaines affaires, papa avait l'air perplexe. Le directeur aussi, des fois, a l'air perplexe quand je dis des affaires. Des fois, mes amies aussi. Tantôt, la spychologue, vers la fin, a eu l'air perplexe un petit peu. Je pense que des fois, les gens sont perplexes quand je dis des affaires. Je ne sais pas pourquoi. Là, en ce moment, c'est moi qui suis perplexe, ah, ah, ah!

Là, ça ne sent pas encore bon alors je vais dormir la fenêtre ouverte et monter encore plus le chauffage. Après, je vais lire mon roman et me coucher après. Bonne nuit.

On est mercredi. Je me suis réveillée un peu avant que le cadran sonne parce qu'il faisait vraiment froid dans la maison. Comme ça ne puait presque plus, j'ai fermé les fenêtres. Là, ça tombe bien que je me sois levée plus tôt parce que je veux écrire quelque chose dans mon journal avant de partir. Cette nuit, j'ai encore entendu l'accord de piano qu'a fait papa en tombant. Ce coup-là, je ne me suis pas levée. Mais là, j'ai vu papa arriver à la porte de ma chambre. Il disait encore t'es un monstre, Florence. Là, il a commencé à marcher vers moi et son œil pas crevé brillait beaucoup beaucoup dans le noir. Je me suis cachée en dessous de mes couvertes en criant va-t'en, t'es mort, va-t'en! Quand j'ai regardé, il n'était plus là.

Je pense que j'ai encore rêvé. Ça m'a pris un petit peu de temps à me rendormir parce que j'avais peur. S'il vient me voir toutes les nuits, ce ne sera vraiment pas le fun.

Là, en me levant ce matin, j'ai remarqué que ça avait recommencé à ne pas sentir bon. Je suis allée voir papa. Il était encore à la même place. Son corps était plus foncé que hier et son ventre plus vert. Sa peau avait l'air plus molle. Je l'ai touchée et c'est vrai qu'elle l'était plus. Il commence à pourrir, mais pas maman. C'était dégueu de manger avec le corps de papa pas loin qui commence à pourrir. Il faut vraiment que je trouve un moyen de le sortir d'ici. Je me suis demandé combien de temps je pourrais cacher au monde que mon papa et ma maman étaient morts. Mais ça ne me tentait pas de penser à ça. J'ai mis de la musique forte dans la maison pour ne pas penser à ça. Ç'a marché parce que je me suis mise à chanter en même temps que les Cowboys Fringants. Et en plus, j'ai trouvé un test de confiance pour mes amis. Je suis pas mal excitée.

Bon, là, il faut que j'aille à l'école. Bye.

C'est encore mercredi. Quand je suis arrivée à l'école, j'ai amené Emma, Ling, Charlie et Félix dans un coin pour pas que d'autres personnes nous entendent et je leur ai dit j'ai un secret pour vous autres, allez-vous me jurer de pas le dire à personne? Ling et Charlie étaient super excitées, elles ont dit oui. Félix et Emma ont dit oui aussi. Je leur ai dit que j'avais pris du savon en poudre au dépanneur de mon père et que tantôt, en cachette, j'étais rentrée dans l'école et j'étais allée en mettre plein dans la soupe de la cafétéria. J'ai dit que ce serait drôle de voir le monde malade cet après-midi. Comme Félix et Ling mangeaient à la cafétéria, je leur ai dit de ne pas prendre de soupe. Évidemment, ce n'était pas vrai que j'avais fait ça, mais c'était ça le test. Ils étaient très surpris tous les quatre. Ling a demandé est-ce que c'est dangereux? J'ai dit ben non, ils vont juste être malades, ça va être drôle. Charlie a dit c'est vrai que ça va être drôle. Emma a dit qu'elle ne trouvait pas ça drôle. Félix a dit moi non plus, mais comme t'es mon amoureuse, je vais le dire à personne. Ling et Charlie ont hésité, mais elles aussi, elles ont promis de ne rien dire. Emma a fini par le promettre aussi, mais elle avait une face que je n'étais pas sûre. Après, on est retournés jouer avec d'autres amies. Dans la classe, madame Charlotte a dit que le virus était maintenant une pandémie. Ça, ça veut dire que c'est une maladie qui va partout sur la planète, dans tous les pays. À cause de ça, madame Charlotte a dit que ça se pouvait que les écoles soient fermées la semaine prochaine parce qu'il ne fallait pas que les enfants attrapent le virus. Dans la classe, on était bien excités parce qu'on aimerait ça beaucoup ne pas avoir d'école. Mais madame Charlotte a dit que ce n'était pas encore sûr.

À la récréation, on ne trouvait pas Emma et Ling. On ne savait pas où elles étaient, mais je m'en doutais un peu, même si je ne le disais pas à Charlie et Félix. Vers la fin de la récréation, Félix m'a dit à moi toute seule qu'il ne comprenait pas pourquoi j'avais fait ça avec la soupe. Il a dit qu'on peut faire des affaires pas gentilles à du monde qui ont été méchants, mais pas à des personnes qui n'ont rien fait. Il était très sérieux pendant qu'il me disait ça. J'avais envie de lui dire que c'était juste un test, mais je ne pouvais pas le dire tout de suite. Je lui ai juste dit tu vas comprendre plus tard. Il a dit OK, puis il m'a donné un bec sur la joue. J'étais contente.

Quand la cloche de la fin de la récréation a sonné, je n'ai pas pu retourner dans ma classe parce que Denis le surveillant est venu me dire que le directeur voulait me voir. Le directeur avait l'air bizarre, et je pense que c'est le bon moment pour utiliser le nouveau mot que j'ai appris : il avait l'air perplexe. Il m'a dit qu'il avait entendu des gens dire que j'avais mis du savon dans la soupe de la cafétéria et il voulait savoir si c'était vrai. J'ai dit non. En même temps, monsieur Coutu, le cuisinier de la cafétéria, est entré et il a dit qu'il avait vérifié et qu'il n'y avait pas de savon dans la soupe, après il est parti. Le directeur a dit qu'il savait que ça ne se pouvait pas. Mais il se demandait pourquoi des élèves étaient venus lui dire ça. J'ai dit je le sais que c'est Emma et Ling qui sont venues vous dire ça. Il m'a demandé pourquoi elles avaient dit ça. J'ai répondu que je voulais juste leur faire une blague. Le directeur m'a regardée sans rien dire et j'ai dit vous avez l'air perplexe. Il a ouvert les yeux grands grands et j'étais fière qu'il soit surpris avec mes grands mots. Il a demandé si j'avais vu la spychologue hier et j'ai dit oui. Il m'a demandé si ça avait bien été et j'ai dit oui, elle était gentille. Ensuite, il m'a dit qu'il ne fallait plus que je fasse de blagues comme ça parce que ça faisait perdre du temps à tout le monde. Ensuite, je suis retournée en classe.

Sur l'heure du midi, j'ai dit aux filles et à Félix que ce n'était pas vrai, je n'avais pas mis de savon dans la soupe. Emma n'avait pas l'air sûre, mais je lui ai dit regarde autour, le monde mange de la soupe et personne est malade. Je leur ai dit que c'était juste un test de confiance et maintenant, je savais qu'Emma et Ling étaient allées tout raconter au directeur. Je leur ai dit vous avez trahi ma confiance, comme madame Valérie nous l'a expliqué l'autre jour, alors je ne peux plus vous faire confiance. Ling avait l'air triste et elle a dit c'est Emma qui m'a dit qu'il fallait te dénoncer parce que tu faisais quelque chose de mal. Charlie a dit moi aussi, Emma m'a dit ça, mais moi, je ne voulais pas trahir ta confiance. Elle a dit ça d'un air très fier. Emma a dit que c'était vrai et qu'elle ne le regrettait pas et que mon test de confiance était complètement niaiseux. Je lui ai dit que c'était elle la niaiseuse. J'ai dit à elle et à Ling que je ne leur faisais plus confiance, et je suis partie. Félix est venu avec moi. Charlie m'a suivie aussi. Elle était bien fière et elle disait qu'elle était contente d'avoir réussi le test. Félix a dit qu'il était content que je n'aie pas mis de savon dans la soupe, mais il ne comprenait pas pourquoi je leur avais fait passer un test de confiance. Je leur ai dit qu'après l'école, on se parlerait tous les trois. Là, je voulais être toute seule. Alors je suis allée à la bibliothèque pour écrire mon journal.

Ça peut avoir l'air dangereux d'amener mon journal à l'école parce que si quelqu'un le trouvait et le lisait, je serais dans le trouble en maudit. Mais c'est écrit Journal intime de Florence dessus alors personne n'a le droit de le lire, maman me l'a dit. C'est pour ça que je ne suis pas inquiète. Bye.

Le Centre jeunesse de la Mauricie (qui est situé à Drummondville malgré son nom) se dresse tout au bout du boulevard Lemire. À quatorze heures vingt-deux, Jean-François se gare derrière, dans le stationnement qui, un dimanche, ne compte que trois autres voitures. Il défait la ceinture de Florence et l'aide à descendre du véhicule. La pluie est maintenant une véritable averse.

— C'est ici que je travaille. Viens.

Après hésitation, elle lui donne la main et tous deux courent sous le déluge vers le bâtiment, leurs pas éclaboussant la gadoue. À la réception, Diane, derrière le bureau d'accueil, salue l'intervenant et sourit à la fillette. Ils traversent ensuite un couloir flanqué de plusieurs portes. Ils ne croisent qu'une femme, qui glisse un rapide bonjour à Jean-François, puis ils entrent tous deux dans une pièce qui renferme trois fauteuils, un divan, une petite table à thé sur laquelle trône un gros pot rempli de tulipes et une plus grande entourée de quatre chaises droites.

— C'est la salle de repos, explique Jean-François en marchant vers le fond. Comme on est dimanche,

il n'y a presque personne au Centre, alors t'as la salle pour toi toute seule. T'es chanceuse, hein?

Il accroche son manteau à une patère et enlève les caoutchoucs sous ses souliers.

— Installe-toi où tu veux, propose-t-il.

Florence fait le tour de la pièce des yeux, dépose son sac à dos sur le divan et s'y assoit, les jambes ballantes dans le vide. Elle paraît fatiguée. Jean-François lui demande si elle veut quelque chose à boire. Elle aimerait bien du jus. L'intervenant va à la petite cuisine commune, fouille dans le frigo et rapporte un verre de jus de pomme. Florence, qui a enlevé manteau et tuque, l'avale d'un trait.

— Comme ça, les écoles vont fermer pendant deux semaines, fait remarquer Jean-François en souriant. Wow, tu dois être contente! Un beau congé!

Elle se borne à essuyer sa bouche. Jean-François s'installe dans un fauteuil près d'elle, soudain sérieux, en réfléchissant à la stratégie à adopter.

— Le policier a découvert quelque chose dans le dépanneur de ton père. Est-ce que tu sais c'est quoi?

Il attend la réponse presque avec crainte. D'un air morne, Florence considère son verre vide entre ses mains.

— Oui. Ma maman morte.

Jean-François frissonne. Seigneur! elle est au courant!

— Est-ce que tu sais pourquoi elle est morte?

Florence ne dit rien. Il ose demander:

— Est-ce que c'est ton papa qui lui a fait mal?

Il marche sur un terrain glissant, il en est bien conscient, mais il sent que cette petite réprime de lourds secrets et il voudrait tellement la soulager… Elle serre les lèvres et fixe toujours le verre qu'elle roule entre ses paumes.

— Florence, je t'ai dit tout à l'heure que mon travail, c'est d'aider les enfants comme toi.

« Mais c'est la première fois que je dois aider une gamine dont on a découvert la mère morte dans un frigo », songe-t-il.

Elle redresse la tête et examine l'adulte attentivement. Il sent qu'elle a envie de lui parler et, à nouveau, une grande bouffée d'affection lui comprime la poitrine.

Son cellulaire sonne. Agacé, il regarde l'afficheur : numéro masqué. Pas le choix, c'est peut-être la police. Il se lève.

— Je dois répondre au téléphone, je reviens dans deux minutes.

Elle ne réagit pas. Il sort de la pièce, referme la porte et fait quelques pas dans le couloir en portant l'appareil à son oreille.

— Monsieur Chiasson ? fait une voix féminine. Sergente Coupal. Alors, du nouveau avec la petite ?

— Pas vraiment, on vient juste d'arriver. Et… heu… Vous, de votre côté ?

Coupal explique qu'on ne peut pas encore affirmer avec certitude que Maryline Janelle a été assassinée, mais le fait qu'on ait caché son corps dans le frigo porte à croire que oui. Son sac à main était près d'elle et il contenait son cellulaire. Des spécialistes examinent le cadavre et s'il s'avère qu'elle a vraiment été tuée, il faudra appeler la section des Crimes contre la personne, à Montréal, pour qu'ils envoient quelqu'un. En ce moment, les policiers fouillent partout dans la maison. Le iPad et l'ordinateur sont dotés de mots de passe, alors impossible pour l'instant d'en explorer le contenu. Les voisins seront questionnés et des agents sont en route vers le club de quilles de Drummondville. La police a aussi trouvé les coordonnées de ce Hubert Godin, l'ami de Maryline. Il n'est pas chez lui et il ne répond pas à son cellulaire, mais un message a été laissé sur sa boîte vocale. Josée Janelle, la sœur de la victime, a fini par confier qu'elle s'est toujours demandé si Sébastien ne battait pas sa femme. Véronique Andrews, l'amie qui est arrivée sur ces entrefaites, a confirmé avec remords que Maryline avait effectivement été frappée à quelques reprises. Jean-François écoute tout cela avec découragement. C'est un cas classique : des proches se doutent que leur amie subit de la violence, en parlent une ou deux fois, mais sans insister parce qu'après tout, ce n'est pas de leurs oignons, puis se sentent coupables une fois qu'il est trop tard.

— L'hypothèse la plus plausible en ce moment, résume Coupal, c'est que Sébastien Roberge a tué sa femme, accidentellement ou volontairement, qu'il l'a ensuite cachée dans le frigo du dépanneur puis qu'il a fermé son commerce. Il a sûrement essayé de trouver une solution pendant une couple de jours, s'est rendu compte du cul-de-sac dans lequel il tournait en rond pis il a fini par se sauver en abandonnant sa fille.

Jean-François a de la difficulté à croire qu'il participe vraiment à ce genre de discussion. Il a l'impression d'avoir été propulsé dans un film policier.

— C'est… c'est complètement fou, commente-t-il bêtement.

— Pour l'instant, c'est juste une hypothèse. Vous, il faut que vous tentiez de faire parler la petite, voir si elle sait des choses. C'est pour ça que je vous ai expliqué où on en est, ça pourrait vous servir.

— Je vais quand même pas lui demander froidement si son père a tué sa mère.

— À vous de décider. Je vous tiens au courant s'il y a du nouveau. Hésitez pas à m'appeler.

Elle coupe. Jean-François se frotte les yeux, dérouté par la pression que lui met la policière. Il prend une grande respiration et retourne dans la salle de repos. Florence est maintenant assise à la table, son sac à dos sur une chaise. Un livre est ouvert devant elle et, stylo en main, elle semble réfléchir.

— Qu'est-ce que tu fais ? demande Jean-François.

Elle soupire. Avec précaution, elle dépose le stylo sur la page, comme s'il s'agissait d'un signet, et referme le livre.

— Rien.

Il remarque l'inscription : journal intime de Florence Roberge.

— Ho ! Tu as un journal intime. C'est bien, ça.

Elle hausse une épaule.

— Oui, mais là, je sais pas quoi écrire. On dirait que je suis pas capable.

Toujours ce contraste déroutant entre son attitude enfantine et sa voix mature. Mille questions se bousculent dans la tête de Jean-François, mais il doit intervenir avec doigté. Il remarque qu'il y a un autre livre identique au premier sur la table.

— T'as déjà fini un premier journal ?

Elle hésite un peu.

— Oui.

— Ça fait longtemps que tu l'écris ?

— Pas tellement, ça fait... hmmm... J'ai commencé à la Saint-Valentin.

— En un mois, t'as rempli un livre complet ?

— Oui, et j'ai la moitié du deuxième de finie.

Maintenant, elle répond avec une certaine fierté. Jean-François est impressionné. Et, surtout, il songe à tous les renseignements éparpillés dans ces centaines de lignes...

— Il a dû s'en passer des affaires pour que tu écrives autant...

Elle détourne les yeux.

— C'est parce que j'aime ça écrire. J'aime beaucoup lire des romans, alors quand j'écris, c'est comme si moi aussi j'inventais des histoires.

Silence. Jean-François s'assoit à la table.

— Parfois, c'est pratique un journal intime, parce que ça peut permettre aux autres de comprendre des choses qu'on a pas envie d'expliquer...

Elle se braque aussitôt.

— Quand c'est écrit journal intime sur un livre, on a pas le droit de le lire.

— Ça, c'est sûr.

Courte pause, puis l'intervenant ajoute, mine de rien :

— Sauf si la personne qui l'a écrit donne la permission à quelqu'un de le lire.

— Moi, je donnerais jamais la permission. À personne.

Jean-François se force pour sourire.

— Parfait. Tu en as bien le droit.

Bon. Oublier la piste du journal pour le moment. Florence paraît rassurée, puis réfléchit.

— T'as dit tantôt qu'il y avait une personne à qui t'avais fait confiance pis qu'elle t'avait trahi… Qu'est-ce qu'elle a fait ?

Il hésite. Jusqu'où peut-il aller ? Il songe à Coupal qui s'attend à ce qu'il réussisse à soutirer des renseignements de l'enfant…

Son cellulaire sonne à nouveau. Jean-François s'excuse et retourne dans le couloir. À l'autre bout du fil, la voix de l'enquêtrice est sombre.

— On a du nouveau sur Sébastien Roberge.

— Vous l'avez retrouvé ? demande Jean-François, soulagé à cette idée.

Brève silence de Coupal.

— On a trouvé son corps.

Journal intime
de
Florence Roberge

On est encore mercredi. Après l'école, mes amies et Félix voulaient qu'on fasse le chemin ensemble comme d'habitude. En plus, Ling ne restait pas au service de garde aujourd'hui. Mais j'ai dit que je voulais faire le chemin juste avec Charlie et Félix parce que j'étais trop fâchée après Emma et Ling. Ling était déçue. Emma, elle, était fâchée. Elle a dit à Charlie viens avec nous autres, mais Charlie a dit non, même si elle n'avait pas l'air de trouver ça le fun qu'on se chicane. Moi non plus, je ne trouvais pas ça cool, mais c'est la vie. Quand j'ai été toute seule avec Charlie et Félix, je leur ai dit que je voulais leur montrer quelque chose chez nous. On a pris un autre chemin que celui de d'habitude, parce que je ne voulais pas rattraper Ling et Emma qui marchaient en avant et qui faisaient exprès pour ne pas marcher vite. Rendus devant chez nous, il y avait un monsieur qui vient souvent au dépanneur qui regardait par la fenêtre de la porte et il m'a demandé si le dépanneur de mon père était encore en rénovations. J'ai dit oui et le monsieur a dit c'est bizarre, ç'a l'air comme avant quand on regarde en dedans. Je n'ai rien dit parce que je ne savais pas quoi dire. Je pense que j'étais perplexe. Puis, le monsieur est parti. Charlie a dit le dépanneur est fermé ? J'ai dit oui et je vais vous expliquer la vraie raison, mais c'est un gros secret. Je leur ai dit qu'avant que je leur dise mon secret, il fallait qu'eux autres m'en disent un très important. Ce serait la preuve qu'on peut se faire confiance. Ils n'avaient pas l'air sûrs, mais ils ont fini par dire OK. Mais Félix a dit qu'il me dirait le sien juste à moi, pas à Charlie. Charlie a dit OK, même si elle avait une face un peu déçue. J'ai dit que chacun son tour viendrait me dire son secret dans le dépanneur pendant que l'autre attendrait dehors. J'avais le trousseau de clés avec moi alors j'ai débarré la porte.

En premier, c'est Félix qui est entré. Il a dit c'est bizarre, il n'a pas l'air en rénovation le dépanneur. Après, il a pris le téléphone du dépanneur pour appeler ses parents et leur dire qu'il était chez nous. Après, je lui ai demandé c'était quoi son secret. Il a hésité. Il a pris un pot de confiture dans la rangée et il a commencé à jouer avec. Il m'a demandé si mon secret à moi, c'était un secret grave. Je lui ai dit oui, très très grave. Alors il m'a dit que j'étais la première personne à qui il racontait ça, et il le faisait parce que j'avais un secret grave moi aussi et aussi parce qu'on était des amoureux. Alors il m'a dit que son père l'obligeait des fois à faire des affaires de sexe avec lui. J'ai dit tu veux dire des affaires avec ton pénis et avec le sien ? Il a dit juste avec celui de son père, mais il ne voulait pas dire c'était quoi et je voyais qu'il était sur le bord de pleurer. Moi, je trouvais ça vraiment dégueu. J'ai demandé si ces affaires-là lui faisaient mal et il a dit non, mais j'aime pas ça, je me sens pas bien. J'ai dit pourquoi tu le dis pas à ta mère ? Il m'a dit que s'il le disait, son papa irait en prison parce que les autres ne comprendraient pas que c'était de l'amour. En plus, ça ferait de la peine à sa mère et à sa sœur. C'est ça que lui avait dit son père. Félix a dit que ça lui ferait de la peine à lui aussi parce que son père était gentil quand même. Son père lui disait qu'il l'aimait et que c'était pour ça qu'il lui faisait des affaires de sexe. Son père disait aussi que c'était leur jeu secret. Félix l'aimait pas tellement, leur jeu secret, mais ce que lui disait son père le mêlait beaucoup. Il a commencé à pleurer un peu. Je ne savais pas quoi dire. C'était un pas mal gros secret. J'imagine que si mon père ou ma mère m'avait fait des affaires de sexe, je n'aurais pas aimé ça. Et son histoire m'a fait penser à ce que papa m'avait dit. Lui aussi il m'avait dit qu'il irait en prison et qu'il aimait maman quand même. J'ai dit que ce ne serait pas grave que son père aille en prison. Il m'a regardée avec une drôle de face et il a dit qu'il ne voulait pas, parce qu'il aimait son père. Là, je ne comprenais pas trop. Il m'a dit de le dire à personne. Il a dit on est des amoureux, je te fais confiance. Je lui ai dit que c'est sûr que je le dirai à personne. Il a essuyé ses yeux et il pleurait moins. Je lui ai demandé comment il pouvait faire pour aimer son père même s'il l'obligeait à faire des cochonneries qu'il n'aimait pas. Il ne savait pas quoi répondre. Il jouait avec le pot de confiture sans rien dire. On a entendu du bruit à la porte: c'était quelqu'un qui essayait de rentrer, mais quand il a vu que le dépanneur était fermé, il est parti. Après, Félix m'a demandé c'était quoi mon secret. Je lui ai dit que j'allais lui dire en même temps qu'à Charlie.

Là, je suis allée chercher Charlie et j'ai dit à Félix de nous attendre dehors, mais Charlie a dit que ça ne la dérangeait pas que Félix entende son secret. Elle a dit qu'elle faisait confiance à Félix aussi. Et elle a dit qu'en plus, moi et Félix on était des amoureux et que des amoureux, ça se disait toute. Moi, papa et maman ne se disaient pas toute. Maman n'avait pas dit à papa ce que j'avais fait à Mégane. Peut-être qu'au fond, ils n'étaient pas si amoureux que ça. Des fois, ils avaient l'air à l'être beaucoup, comme quand ils faisaient du sexe, des fois, ils avaient l'air de ne pas s'aimer, comme quand ils se chicanaient ou quand papa frappait maman. C'était mêlant. Charlie a aussi appelé ses parents pour leur dire qu'elle était chez nous et après, elle nous a expliqué comment son grand-père était mort, l'été dernier. Son grand-père était dans une maison de vieux et Charlie et sa mère étaient allées le voir. Quand elles sont arrivées, il dormait. La maman de Charlie a dit qu'en attendant qu'il se réveille, elle allait au magasin en face pour acheter un sandwich ou quelque chose de même. Charlie est restée toute seule dans la chambre avec son grand-papa qui dormait. Elle était assise sur une chaise, elle lisait un livre, mais elle s'est endormie en lisant. Elle ne pense pas qu'elle a dormi longtemps parce que quand elle s'est réveillée, sa maman n'était pas revenue. Son grand-papa dormait encore, mais il avait un bras qui pendait du lit. Charlie a pris son bras et elle l'a remis comme il faut dans le lit. Elle trouvait qu'il y avait quelque chose de bizarre, mais elle ne savait pas quoi. Là, sa maman est revenue. Elle a dit il dort encore? Elle a dit on va le réveiller. Mais là, elle n'a pas été capable de le réveiller parce qu'il était mort. Sa maman a paniqué, elle a fait venir des infirmières, mais il était vraiment mort. Tout le monde a demandé à Charlie s'il s'était passé quelque chose pendant qu'il dormait, s'il avait bougé, ou s'il avait appelé à l'aide. C'est là que Charlie s'est sentie vraiment mal. Elle a dit qu'elle n'avait rien vu. Mais elle n'a pas dit qu'elle avait dormi un peu. Il paraît que le grand-père est mort parce que son cœur a arrêté de battre parce qu'il était vieux. Mais la raison pourquoi Charlie est mal à l'aise, c'est que peut-être que son grand-papa a demandé de l'aide pendant qu'elle dormait, peut-être qu'il a fait des signes ou quelque chose comme ça. En plus, son bras pendait du lit, pareil comme s'il avait bougé. Mais Charlie n'a pas pu le savoir parce qu'elle dormait. Elle a dit si je n'avais pas dormi, peut-être que j'aurais vu qu'il avait besoin d'aide et que j'aurais prévenu le monde et là, ils auraient pu l'empêcher de mourir. C'est pour ça qu'elle n'a jamais dit à personne qu'elle dormait parce qu'elle a trop peur de se faire chicaner. Mais elle, ça la fait un peu capoter. Elle pleurait un peu en disant ça. J'ai dit c'est quand même pas toi qui l'as tué, t'as rien fait de pas correct. Elle a dit que même si elle n'a rien fait, elle capotait de penser que c'était peut-être elle qui était responsable de la mort de son grand-père. Je ne comprenais pas trop ce qu'elle voulait dire par responsable et elle me l'a expliqué. Être responsable, ça veut dire que c'est un peu de notre faute. Moi, je ne trouvais pas que c'était un si gros secret, mais elle pleurait vraiment beaucoup. Elle n'arrêtait pas de pleurer et je commençais à trouver ça un peu long, mais là, Félix l'a serrée dans ses bras. Il avait une face gênée, mais il l'a fait quand même et Charlie a pleuré sur son épaule. J'ai dit qu'est-ce que tu fais là, c'est moi ton amoureuse ! Il m'a dit que ça n'avait pas rapport, qu'il voulait juste la consoler parce qu'elle était triste. Je n'aimais pas trop ça quand même. En plus, je ne savais pas trop quoi faire. Là, Charlie a fini par arrêter de pleurer et elle m'a demandé c'était quoi mon secret. J'hésitais encore parce que je trouvais que mon secret était bien plus gros que le leur, même plus gros que celui de Félix. Mais j'avais trop besoin d'en parler. En plus, je leur avais promis. Ils m'avaient fait confiance, alors il fallait que je leur dise. Je leur ai dit de venir avec moi et on est allés dans le frigo.

Quand ils ont vu maman, ils n'ont rien dit, mais ils avaient des faces bizarres. Là, Charlie a demandé si elle était morte. J'ai dit oui. Ils étaient surpris. Charlie a dit c'est pour ça qu'elle a du sang sur la face ? Là, j'ai dit oui parce que je ne voulais pas parler du pénis de papa, ça me gênait un peu. En pensant à ça, j'ai eu peur qu'ils voient le pénis, mais je ne le voyais pas, il a dû tomber entre les caisses de bière quand je l'ai lancé. Tant mieux. Félix a demandé pourquoi elle était morte. Là, je leur ai raconté ce qui était arrivé. Ç'a été un peu long, pas aussi long que la manière que je l'ai écrite dans mon journal, mais un peu long quand même.

Quand j'ai eu fini, Charlie avait les yeux ouverts grands grands et elle a dit ton père a tué ta mère? J'ai dit oui, mais il n'avait pas fait exprès et ça le rendait triste. Félix a demandé pourquoi il ne voulait pas le dire à la police s'il n'avait pas fait exprès? J'ai dit papa m'a dit que c'était compliqué et qu'il irait en prison quand même. Charlie a dit moi non plus, j'ai pas fait exprès de m'endormir quand grand-papa est mort, mais je suis sûre que je serais punie quand même si je le disais. On a encore regardé maman un peu. J'ai dit que papa ne l'avait pas enterrée parce qu'il a dit qu'il se ferait prendre, mais je pensais qu'il me mentait et que la vraie raison, c'est qu'il espérait qu'elle revienne en vie. En plus, elle ne pourrissait pas. Mais elle restait morte. Félix m'a dit tu dois être triste. J'ai dit des fois. J'ai dit qu'il y a des affaires que je m'ennuyais. Félix a dit t'es pas triste plus que ça? Il a dit moi, si ma maman mourait, je capoterais. Charlie a dit moi aussi. Je ne savais pas quoi dire. Charlie s'est approchée et elle a touché le bras de maman, mais lentement, comme si elle avait un peu peur. Elle a dit c'est pas pantoute comme quand j'ai touché grand-papa, elle est plus froide. J'ai demandé à Félix s'il voulait lui toucher. Il a dit non. Il a dit que c'est la première fois qu'il voyait quelqu'un de mort. Il avait l'air perplexe. Charlie m'a demandé pourquoi moi je ne le disais pas à la police. J'ai dit que mon père aussi était mort. Là, ils ont encore été plus surpris que tantôt, ils ont dit comment ça ? Je leur ai encore dit de venir avec moi et on a monté l'escalier intérieur.

Dans la maison, il faisait un peu froid parce que j'avais laissé les fenêtres ouvertes, mais j'avais aussi monté le chauffage beaucoup alors ce n'était pas si pire. Mais ça puait quand même pas mal. Charlie a dit ouach, ça sent ben pas bon ! Quand ils sont arrivés dans le salon et qu'ils ont vu papa, Félix a fait un petit cri. Charlie n'a pas crié, mais elle a fait une grosse face de peur. C'est vrai que papa faisait pas mal peur quand on n'est pas habitué. En plus, sa peau était encore plus foncée que ce matin, elle était de plus en plus noire. Là, je leur ai tout expliqué, il n'y a rien que je n'ai pas dit, parce que c'est ça, la confiance. Pendant que je leur expliquais, je leur montrais la pelle cassée en deux et la boule de quilles par terre. Des fois, ils voulaient parler par-dessus moi, mais je leur disais de m'écouter avant. Alors, j'ai tout raconté. Je leur ai dit qu'il fallait que j'en parle à du monde parce que je ne voulais plus être toute seule à savoir ce secret-là et comme ils avaient passé le test de confiance d'aujourd'hui, c'était à eux autres que j'en parlais. Félix avait de la misère à regarder papa. Quand il le regardait, il disait ark, c'est dégueu, et il tournait la tête. Charlie le regardait tout le temps, les yeux ouverts grands grands. Elle avait une face de fille qui a peur, mais elle le regardait quand même. Quand j'ai eu fini de parler, elle a dit que ce n'était pas bien de tuer du monde, surtout notre père, même s'il n'a pas été gentil. Félix a dit que c'était vrai, qu'il fallait le dire à la police. Là, j'ai eu un peu peur et j'ai crié vous m'aviez promis, j'ai eu confiance en vous autres ! J'ai dit à Félix que s'il le disait, je dirais son secret à tout le monde. Et j'ai dit à Charlie que si elle le disait, je dirais à tout le monde que c'était de sa faute si son grand-père était mort. Ils n'ont rien dit, ils avaient l'air d'avoir peur. Là, je me suis un peu calmée et j'ai encore dit qu'ils avaient promis de pas le dire. Et j'ai dit que papa avait tué maman, qu'il ne voulait plus que je voie personne et qu'il voulait qu'on vive dans une cachette dans la cave du dépanneur, alors tant pis pour lui. Et j'ai dit que même si je disais à la police que c'était la faute de mon père, ils me mettraient dans une autre famille dans une autre maison, et ça, ça ne me tentait vraiment pas. Charlie a dit, mais là, tu n'as plus de famille du tout. J'ai dit c'est comme ça. Félix continuait de capoter un peu. Il a demandé comment j'allais faire si je n'avais pas de papa et de maman. Je n'ai pas aimé ça qu'il pose cette question-là. J'ai dit à Félix que j'allais me débrouiller. Félix s'est assis et il avait l'air très découragé. Là, il regardait la pelle cassée en deux et la boule de quilles et il avait encore plus une face de peur. Il a dit qu'il ne trouvait pas ça correct ce que j'avais fait. Mais il a dit qu'il ne le dirait pas parce qu'on se l'était promis et parce qu'on était des amoureux. J'étais contente qu'il dise ça. J'ai dit tu m'aimes quand même? Là, il n'a rien dit. Mais il avait l'air très très perplexe. J'ai dit si tu aimes ton père même s'il te fait des affaires pas correctes, tu dois m'aimer moi aussi, non? Il a réfléchi et il a dit oui. Il ne l'a pas dit fort, mais il l'a dit. Charlie a demandé ce qu'il lui faisait, son père, mais j'ai dit que c'était son secret. Félix, lui, il ne m'a pas demandé si je l'aimais. S'il me l'avait demandé, j'aurais sûrement dit oui parce qu'on est des amoureux. En plus, Félix dit que des amoureux, ça se trahit pas.

Charlie a dit tu vas le laisser ici dans le salon tout le temps? J'ai dit que j'avais essayé de l'amener ailleurs, mais qu'il était trop pesant. Là, j'ai eu une idée. Je leur ai dit qu'ils pourraient m'aider. J'ai dit qu'il fallait qu'on l'enterre. Félix a dit qu'on ne serait pas capable de l'amener dans un cimetière. J'ai dit qu'on pourrait l'enterrer dans la cour en arrière, en dessous de la neige. L'important, c'était qu'il soit enterré parce que quand t'es enterré, tu disparais pour vrai. Même quand il n'y aura plus de neige, ce ne sera pas grave parce que papa va être disparu au complet avant que la neige fonde. Et quand tu es enterré, c'est la preuve que tu es vraiment mort alors comme ça, papa ne viendra plus me voir la nuit pour me dire que je suis un monstre. Mais ça, l'affaire de mon père qui vient me voir la nuit, je ne l'ai pas dite parce que ça me gênait. Là, j'ai dit que je voulais qu'on descende mon père jusque dans le dépanneur et qu'en bas, on l'amènerait dans la cour par la porte d'en arrière. Comme ça, personne dans la rue nous verrait. Ils n'avaient pas l'air d'avoir le goût du tout. J'ai dit si vous m'aidez, vous pourrez prendre comme récompense plein de bonbons dans le dépanneur. Charlie est devenue contente et elle a dit OK. Félix restait assis et il avait l'air de bouder un peu.

Charlie et moi, on a pris chacun une jambe de papa et on a commencé à tirer. On a réussi à le tirer plus que quand j'étais toute seule, mais c'était quand même super difficile. En plus, on avait chaud avec nos manteaux, mais au moins, on n'avait plus nos tuques et nos mitaines. Quand on traînait papa, ça laissait du liquide par terre et aussi des affaires molles, je pense que c'était de la peau. En plus, ça puait super gros, plus que les autres fois. Charlie a dit wouach, c'est dégueu, et elle a lâché la jambe. Je lui ai dit de continuer de tirer quand même alors elle a repris la jambe et elle a tiré même si ça ne lui tentait pas. Rendues dans le couloir, on a lâché les jambes parce qu'on n'en pouvait plus. Félix était debout dans le couloir et il nous regardait avec une drôle de face. J'ai dit Félix, viens nous aider. J'ai dit qu'on était des amoureux et que des amoureux, ça s'aidait. Je disais ça avec une voix fâchée, comme quand maman me donnait des ordres. Félix ne disait rien. Il regardait le liquide dégueu que papa laissait par terre quand on le traînait. Là, je me suis fâchée encore plus, j'ai dit que juste moi et Charlie, on ne serait sûrement pas capables de le traîner jusque dehors. Charlie a pleuré un peu, je ne sais pas pourquoi. Félix a fait un gros soupir, mais c'était un peu comme si c'était un gémissement de bébé. Il a dit OK. Il a enlevé son foulard et il a pris une jambe, même si ça paraissait qu'il trouvait ça dégueu. Charlie et moi, on a pris l'autre jambe. Là, on a tiré. À trois, ça allait pas mal bien, on le tirait assez facilement. On ne parlait pas pendant qu'on le traînait, c'était bizarre. Ça puait vraiment beaucoup beaucoup. Rendus à l'escalier, on ne pouvait pas être dans les marches tous les trois alors moi et Charlie on est passées en premier pour le tirer. Ce serait moins dur parce que l'escalier descendait. Félix restait en haut et il nous regardait et il ne disait rien. Mais papa a commencé à glisser très vite jusqu'en bas alors il a fallu qu'on se tasse sur les côtés. Charlie s'est cogné le bras sur le mur et elle a pleuré un petit peu parce que ça lui avait fait mal. Je la trouvais un peu bébé parce qu'avec son manteau, ç'a pas dû cogner très fort, mais Félix est venu la rejoindre dans l'escalier, il a dit c'est correct, ça va passer. Charlie avait l'air contente qu'il dise ça et elle a arrêté de pleurer. Là, papa avait glissé jusqu'en en bas, il était tout croche et dans les marches, il y avait du liquide et des morceaux de peau. Son corps était comme ouvert à une couple de places. C'était pas mal dégueu. Félix capotait un peu, il ne voulait plus continuer, mais moi, je disais qu'on ne pouvait pas laisser mon père comme ça en bas de l'escalier. Félix avait la face toute mouillée parce qu'il avait beaucoup chaud, même s'il avait enlevé son foulard, et il a dit non, non, j'aime pas ça, j'aime pas ça. Là, je me suis fâchée, j'ai dit qu'il était mon amoureux et qu'il fallait qu'il m'aide et j'ai pleuré un petit peu. Je n'avais pas envie de pleurer, mais je me suis forcée parce que j'avais remarqué que Félix aidait Charlie quand elle pleurait. Ç'a marché parce qu'il a dit OK. Charlie, elle, elle regardait mon père sans rien faire avec une drôle de face. L'été passé, je suis allée au zoo avec papa et maman et il y avait une fille plus petite que moi qui regardait le gros éléphant et elle avait un peu cette face-là. Comme si l'éléphant avait hynoptisé la petite fille. Je le sais c'est quoi hynoptisé, j'ai vu ça dans un film d'horreur. Là, c'était un peu la même affaire que la petite fille avec l'éléphant. C'était comme si le corps de papa avait hynoptisé Charlie.

On a traîné papa jusque dehors dans la cour, en passant par la porte en arrière du dépanneur. On l'a amené assez loin dans la cour. Dans la neige, il était un peu plus facile à traîner. Là, j'ai pensé pour la première fois aux voisins. Notre maison est à un coin de rue, alors il n'y a personne d'un côté. De l'autre côté, c'est la maison de Chantal et Pierre, mais il y a une grosse haie qui les cache, alors c'est correct. Mais en arrière, il y a une maison avec deux étages comme la nôtre et ceux qui vivent en haut pourraient nous voir. Je n'avais pas pensé à ça. Mais là, il était trop tard. J'ai regardé vers le deuxième étage de la maison d'en arrière et je n'ai vu personne dans les fenêtres. Je pense que c'est une madame toute seule qui vit là. Elle est peut-être à son travail en ce moment. Là, je suis allée chercher la pelle à neige sur le balcon et j'ai commencé à mettre de la neige sur le corps de papa. Charlie disait que ce n'était pas comme dans un vrai cimetière. Mais moi, je disais que ce n'était pas grave, parce que l'important, c'était qu'il soit enterré. Elle a dit que c'était de la neige, ce n'était pas comme de la terre. J'ai réfléchi un petit peu et j'ai dit que j'avais juste à mettre plus de neige. Elle a dit que c'était une bonne idée. Félix ne disait rien. Il n'arrêtait pas de regarder les fenêtres de la maison d'en arrière. Moi aussi je regardais des fois, mais je ne voyais personne. Charlie regardait surtout mon père qui disparaissait de plus en plus en dessous de la neige, comme si elle était encore hynoptisée. Quand il a juste resté la tête de papa qui dépassait, j'ai arrêté et j'ai regardé sa face. Elle était très maganée, mais c'était quand même la dernière fois que je voyais mon papa, après je ne le verrais plus jamais. J'étais un peu triste parce que papa ne me ferait plus rire en imitant les clients du dépanneur et il ne me ferait plus faire de la caisse. C'est de valeur parce que j'aimais ça. Mais c'était de sa faute tout ce qui était arrivé, alors tant pis pour lui. J'ai fini de l'enterrer. Même quand il a complètement disparu, j'ai continué à mettre de la neige sur lui pour être sûr qu'elle ne s'enlève pas. Parce que s'il n'était pas bien enterré, il ne disparaîtrait pas pour vrai. Et il reviendrait peut-être me voir la nuit, même si c'était juste des rêves. Quand j'ai arrêté, ça faisait une bosse de neige. J'ai demandé à Félix si la voisine d'en arrière avait regardé par la fenêtre et il a dit non. Il a pas dit non, il a fait non avec sa tête parce qu'il ne parlait pas. Charlie a demandé si je voulais qu'on enterre maman. J'ai dit non. Elle, je ne voulais pas l'enterrer.

On a regardé le tas de neige sans rien dire pendant une ou deux minutes. Là, Charlie a dit il faudrait faire une prière. Elle a dit qu'ils faisaient toujours ça dans les enterrements. En tout cas, ils avaient fait ça à l'enterrement de son grand-père. C'est vrai, j'avais vu ça dans des films. Mais je ne savais pas comment faire ça. Félix a dit que lui non plus. Charlie a dit moi, je le sais. Et elle a commencé à dire une prière, ça commençait par notre père et je ne me souviens plus du reste. Moi et Félix, on ne disait rien parce qu'on ne connaissait pas la prière. Après, Charlie m'a dit je sais pas si ton père va aller au ciel parce qu'il a été très méchant avec toi et ta mère. Là, Félix a dit que tout le monde allait au ciel quand on mourait. Charlie a dit non, les méchants vont en enfer. Félix ne savait pas c'était quoi l'enfer. Moi, je sais que enfer, ça peut vouloir dire que quelque chose est cool ou grave, comme dans le titre du roman Planches d'enfer. Mais j'ai vu une fois ou deux dans des films d'horreur que c'est aussi une place où vont les méchants quand ils meurent. Mais je ne pense pas que ça existe pour de vrai. J'ai dit que mon père pensait que quand on meurt, on fait juste disparaître et qu'il ne se passe rien, comme si on dormait pour toujours. J'ai dit à Charlie et Félix que je pensais un peu ça moi aussi. Charlie a dit que ça ne se pouvait pas que tout soit fini quand on est mort, sinon ce serait injuste pour ceux qui avaient été gentils dans la vie, c'est comme si ils avaient été gentils pour rien. Félix a dit c'est pas vrai que c'est pour rien, parce que moi, j'aime ça être gentil. Charlie a dit qu'elle aussi, elle aimait ça être gentille. Elle m'a demandé si moi aussi j'aimais ça. Je ne savais pas quoi répondre. J'ai essayé d'être gentille avec maman après qu'elle soit morte, et ça n'a rien donné, elle est restée morte. Là, Félix est retourné très vite en haut, alors on est remontées Charlie et moi aussi.

En haut, j'ai encore laissé les fenêtres ouvertes parce que ça ne sentait pas encore bon, alors on a gardé nos manteaux. On dirait que Félix avait un peu le goût de pleurer, mais il ne pleurait pas. Là, j'ai hésité, mais je leur ai raconté que j'avais vu papa en vie pendant les deux nuits d'avant et qu'il m'avait dit que j'étais un monstre. Félix a eu une face de peur et il a dit que c'était peut-être un fantôme. Moi, j'ai dit que je pensais que c'était un rêve, mais je n'étais pas complètement sûre. Charlie a dit qu'au début, son grand-père aussi lui apparaissait la nuit, mais que là, c'était fini. J'ai dit que papa mélangeait ses mots à la fin alors peut-être qu'il ne voulait pas dire le mot monstre. Charlie a dit peut-être qu'il a dit que t'étais un monstre parce qu'il trouvait que tu faisais des affaires horribles. J'ai été surprise. Je leur ai demandé s'ils pensaient que j'étais un monstre. Félix a dit t'es pas un monstre, mais moi, j'aurais jamais été capable de tuer mon père ou ma mère. Il a dit qu'il ne serait jamais capable de tuer du monde. Charlie a dit qu'elle non plus, elle ne pourrait pas, mais elle a dit que je n'étais pas un monstre. Elle a dit que c'est vrai que papa n'avait pas été gentil avec maman et avec moi. Elle a dit moi, je trouve que t'as été courageuse, t'as peur de rien. Elle me regardait comme elle me regarde des fois, je veux dire avec des yeux qui ont l'air de me trouver très bonne. J'étais contente. Félix, lui, il ne me regardait pas.

Là, on était dans le salon et on ne savait pas quoi faire, c'était un peu spécial. Le corps de papa avait laissé du liquide dégueu sur le plancher. J'ai dit qu'on pourrait écouter la télévision et ils ont dit OK. On a écouté la télé et on ne parlait pas. Félix regardait souvent vers les traces dégueu sur le plancher. Là, à cinq heures, Charlie a dit qu'il fallait qu'elle rentre chez elle. Félix a dit qu'il rentrait lui aussi. J'étais déçue qu'ils partent. Je leur ai dit vous ne direz rien à personne, hein ? Charlie a dit même pas à Emma et Ling ? J'ai dit non, même pas elles, elles n'ont pas réussi le test de confiance, vous deux oui. Charlie a dit que ce serait difficile, mais elle ne dirait rien. Félix a dit moi non plus. Mais il avait l'air moins sûr. Ça m'inquiétait un peu. Charlie a dit tu nous avais dit qu'on pourrait prendre des bonbons comme récompense si on t'aidait. Alors on est allés dans le dépanneur et ils ont pris plein de bonbons et du chocolat aussi. Charlie a dit tu peux prendre des bonbons quand tu veux, maintenant ? J'ai dit oui. Félix a dit que je pourrais leur en amener tous les jours à l'école, à lui et Charlie. Il a dit que ce serait encore mieux comme récompense. J'ai dit OK. Ça ne me dérangeait pas de leur donner des bonbons, il y en avait plein. Là, Félix avait l'air un peu plus content que tantôt. Je lui ai dit on est encore des amoureux, hein? Il a dit oui et il m'a même donné un petit bec sur la joue avant de partir. J'étais contente. Après qu'ils soient partis, j'ai barré la porte du dépanneur. J'ai laissé le trousseau de clés sur le comptoir pour ne pas le traîner tout le temps. J'ai juste gardé la clé de la porte d'entrée de la maison. Là, j'étais toute seule et j'ai pensé à papa qui était enterré en arrière. Et là, je me suis rappelé de quelque chose. Je suis allée dans le frigo, j'ai trouvé son pénis entre les caisses de bière et je suis allée ouvrir la porte d'en arrière. Là, j'ai lancé le pénis vers le tas de neige que faisait papa. Le pénis a complètement disparu dans la neige. Comme ça, papa avait vraiment disparu au complet.

Après, j'ai nettoyé partout où papa avait laissé du liquide dégueu, en haut et en bas. Ça ne me tentait pas, mais c'était trop sale et je ne voulais pas marcher dedans tout le temps. Le liquide dégueu puait vraiment beaucoup, je pense qu'il y avait un peu de caca dedans, ark. J'ai passé la moppe et ça été très long. Je pense que ça m'a pris une heure. J'ai bien lavé partout. Dans le salon, on voyait encore que c'était un peu foncé où papa avait été couché, mais pas beaucoup. J'ai vu que Félix avait oublié son foulard et je l'ai mis dans le garde-robe avec les autres manteaux. Là, tant qu'à faire du ménage, je suis allée mettre la pelle brisée et la boule de quilles dans le garde-robe du bureau de papa. Il y avait encore beaucoup de vaisselle sale qui traînait, mais là, ça ne me tentait plus de faire le ménage. En plus, je ne sais pas comment marche le lave-vaisselle. Après, j'ai écrit tout ça dans mon journal parce que j'étais bien énervée.

Ça m'a fait du bien de parler de ça à Charlie et Félix. C'est comme si je me sentais moins toute seule, je ne sais pas trop pourquoi. En plus, ils m'ont aidée à enterrer papa. Et je suis sûre qu'ils ne trahiront pas ma confiance parce qu'ils ont réussi mon test à l'école. Je pense aussi aux secrets qu'ils m'ont dits. Celui de Félix, c'est vrai que c'est grave. Pas autant que le mien, mais c'est grave quand même. Je ne comprends pas comment ça se fait qu'il aime son père quand même. Mais le secret de Charlie n'est pas si pire. Elle dit que c'est effrayant de sentir que c'est peut-être de notre faute si quelqu'un est mort. Moi, c'est de ma faute si mon père est mort et ça ne me dérange pas beaucoup. Mais c'est vrai que le grand-père de Charlie était sûrement gentil. Mon père était gentil des fois, mais il ne l'était plus depuis qu'il avait tué maman. Alors ce n'est pas pareil.

Là, j'ai faim, mais j'ai eu une idée. Je vais prendre de l'argent dans le bureau de papa et je vais aller chercher de la nourriture au restaurant. Ça, ça va être vraiment le fun. Bye.

On est encore mercredi. C'était cool. J'ai commandé une poutine italienne et je l'ai ramenée chez nous. Le monsieur du restaurant a dit que j'étais une grande fille de venir commander toute seule. C'est vrai que ça montre que je suis capable de me débrouiller toute seule. En revenant à la maison, il faisait noir dehors, c'est rare que je marche toute seule quand il fait noir, je me sentais grande. Quand je suis rentrée chez nous, j'ai trouvé qu'il faisait froid à cause des fenêtres ouvertes, et je les ai fermées parce que ça ne sentait plus mauvais. J'ai mangé et après, j'ai voulu jouer du piano un peu, mais j'ai pensé au sang de papa sur le clavier et je n'ai plus eu envie de jouer. Même s'il n'y avait plus de sang parce que je l'avais nettoyé, je n'avais pas envie, je ne sais pas pourquoi. J'ai entendu le cellulaire de maman sonner. Il était dans sa sacoche et sa sacoche était dans le bureau de papa. Mais je ne suis pas allée répondre. Là, j'ai eu une idée. Je suis allée chercher la sacoche de maman et je suis allée en bas dans le frigo à bière. J'ai dit tiens, maman, et j'ai mis la sacoche à côté d'elle. J'ai donné un bec sur le front de maman et je suis remontée en haut.

Je me suis demandé quoi faire alors j'ai décidé d'aller fouiller dans les tiroirs dans la chambre de papa et maman. Je n'avais jamais fait ça, ce serait cool. Mais en fouillant dans leurs vêtements, je me suis sentie bizarre. Surtout en fouillant dans ceux de maman. Je reconnaissais plein de linge qu'elle mettait et que j'aimais. Je me suis dit qu'elle ne mettrait plus jamais ce linge-là. J'ai trouvé aussi des photos, mais pas beaucoup. C'est spécial de voir des photos qui ne sont pas sur un ordinateur. Il y avait environ dix ou quinze photos, surtout de maman et moi quand j'étais petite. Ça m'a fait bizarre. Je m'ennuyais d'elle, je pense. J'ai aussi vu des photos de moi et papa, il riait et il me faisait rire sur les photos. J'ai arrêté de fouiller dans la chambre de papa et maman parce que je me sentais trop bizarre. À la place, j'ai fouillé dans le débarras du corridor. Il y avait plein d'affaires que je n'ai jamais vues, un ventilateur, des vieux patins, des boîtes pleines de papier. Il y avait aussi des skis. J'étais surprise parce que personne faisait du ski dans notre famille, mais je me suis rappelé que maman en avait eu en cadeau quand elle travaillait comme mannequin, j'avais même vu une photo d'elle en ski l'autre jour. J'ai trouvé ça drôle et je les ai sortis avec les bâtons. Je les ai amenés dans le salon et j'ai essayé de les mettre. Je savais que je ne pourrais pas faire du ski dans le salon, je ne suis pas niaiseuse, mais je voulais les essayer pour le fun. Mais c'était difficile, je n'étais pas capable de les mettre.

Ça prend peut-être des bottes spéciales. J'ai pris un des bâtons et j'ai fait comme si c'était une épée. Je faisais comme si je me battais contre un tueur méchant, comme dans les films d'horreur. Je criais tiens, tiens, maudit fou, et je faisais comme si je tuais le tueur avec le pic en métal au bout du bâton de ski. J'ai même crié tiens, criss de fou ! C'était le fun de crier des gros mots comme ça sans se faire chicaner. J'ai ri et j'ai continué à jouer, et là, j'ai percé le divan sans le faire exprès avec le pic du bâton. J'ai eu peur, mais là, je me suis souvenue que ne ça dérangeait personne que je perce le divan. Alors j'ai frappé encore beaucoup de fois, comme si c'était un tueur, comme si j'étais vraiment dans un film, et je criais à chaque fois que je frappais, et je pense que j'ai fait presque dix trous dans le divan. C'était vraiment cool.

Là, le téléphone a sonné. J'ai arrêté de jouer, mais je ne suis pas allée répondre. J'ai attendu que ça arrête de sonner et après, j'ai pris le message sur le téléphone. C'était mononcle Hubert qui voulait savoir si maman était revenue de son voyage avec Josée et qui voulait aussi me parler. Je me suis rendu compte que ce serait le fun de le voir, parce qu'il m'amènerait sûrement au restaurant ou au cinéma. J'en ai profité pour prendre les autres messages sur le téléphone. Il y en avait trois ou quatre. C'était des monsieurs ou des madames qui disaient que le dépanneur était fermé et qu'ils n'avaient pas pu livrer leurs affaires. Il y avait aussi un monsieur qui disait à papa qu'il avait manqué leur rendez-vous sur Internet. Il n'y avait pas de message pour maman. Peut-être parce que le monde l'appelait sur son cellulaire. Je suis retournée dans le salon, mais je n'avais plus envie de jouer avec les skis.

Là, en ce moment, je me sens pas mal bien. Je suis contente d'avoir enterré papa. Et avec l'argent du dépanneur, je vais pouvoir me débrouiller toute seule. Je le savais que je serais capable. Voilà, c'est tout. Je vais aller chercher des bonbons en bas et je vais lire un peu. Bye.

On est jeudi. Cette nuit, papa n'est pas venu me voir pour me traiter de monstre. J'étais bien contente. Et quand je me suis réveillée, ça sentait normal et la température était correcte dans la maison. En plus, c'est plus le fun de déjeuner sans que papa soit mort dans le salon. Je suis allée chercher des bonbons et des chocolats pour Charlie et Félix et je suis partie à l'école.

À l'école, pendant la récréation du matin, Félix est venu me demander si son foulard était chez nous et j'ai dit oui. Il m'a demandé de le ramener à l'école demain parce que ses parents le voulaient et j'ai dit OK. Je lui ai donné des bonbons et il a dit merci. J'ai voulu jouer avec lui, mais il a dit qu'il voulait jouer avec ses amis gars et il est allé les rejoindre. Ensuite, j'ai donné des bonbons à Charlie. Elle était contente. Elle m'a dit qu'elle n'avait dit à personne mon secret, elle était très fière d'elle. Là, Emma et Ling sont arrivées et elles ont demandé si elles pouvaient redevenir amies avec nous. Charlie me regardait. J'ai dit OK, mais à condition que vous ayez une punition, parce que vous avez trahi ma confiance. Emma a dit que non, elle ne voulait pas de punition, et Ling était d'accord avec elle. J'ai dit on ne redeviendra pas amies d'abord. Emma a dit que ça ne lui dérangeait pas et que c'était surtout poche pour moi et Charlie et Félix parce que c'est elle qui avait le plus gros sous-sol et le plus de jouets. Là, Ling a vu que Charlie avait des bonbons et elle a demandé pourquoi elle en avait tant que ça. J'ai dit que c'est moi qui en donnais à Félix et Charlie et que je leur en donnerais tous les jours, parce qu'on en avait trop au dépanneur et papa voulait que j'en donne. Ling a fait une face de fille toute mêlée. Elle a dit si on accepte ta punition, est-ce qu'on va pouvoir avoir des bonbons nous aussi tous les jours ? J'ai dit oui parce qu'on serait redevenues amies. Ling et Emma ne m'avaient pas aidée hier, mais ça ne me dérangeait pas de leur donner des bonbons si on redevenait des amies parce que c'est plus le fun quand on joue toute la gang ensemble. Et c'est vrai que c'est plus le fun jouer chez Emma. Ling a réfléchi un peu et elle a dit OK, on accepte ta punition. Emma n'était pas sûre. Elle a dit c'est quoi, la punition ? J'ai pensé à ça un peu. J'aurais pu les frapper dans la face comme j'ai fait à Emma l'autre fois, mais je voulais que ce soit une punition plus grosse. J'ai vu dans la cour plus loin Denis et Nathalie et j'ai eu une idée. J'ai dit il faut que vous lanciez une boule de neige sur un des surveillants. On n'a pas le droit de lancer des boules de neige sur personne à l'école, alors si elles en lançaient une sur un surveillant en plus, c'est sûr qu'ils auraient une grosse punition. J'ai dit qu'elles ne pouvaient pas dire que c'est moi qui leur avais dit de faire ça. Charlie a ouvert les yeux grands grands, mais elle n'a rien dit. Emma et Ling ont dit qu'elles ne voulaient pas faire ça, mais moi, je disais que si elles ne le faisaient pas, on ne redeviendrait pas amies avec elles et elles n'auraient pas de bonbons. Charlie a hésité un peu, mais elle a fini par faire signe que c'était vrai. Là, Ling n'était vraiment pas sûre, mais elle a fini par faire une boule de neige, elle est allée proche de Nathalie et elle lui a lancé la boule dans le cou. Nathalie était fâchée et elle lui a demandé pourquoi elle avait fait ça. Ling ne disait rien, elle avait l'air mal à l'aise, c'était drôle. Nathalie l'a amenée au bureau du directeur. Charlie a fait une face comme si elle trouvait Ling bien bonne. J'ai dit à Emma et toi? Emma avait l'air d'être en colère et elle avait une face de peur en même temps. Elle a dit qu'elle ne ferait pas ça. Elle a dit qu'elle s'en foutait de mes bonbons et qu'elle était tannée que je fasse ma petite boss de bécosse. Et là, la cloche a sonné.

Dans la classe, j'ai eu un avertissement de madame Charlotte parce que je n'avais pas fait mon devoir. Elle m'a dit que si je ne le faisais pas demain, j'aurais un papier jaune qu'il faudrait que je fasse signer par mes parents. Il va falloir que je fasse mes devoirs sinon, je vais être dans le trouble.

Pendant l'heure du dîner, on était plusieurs à jouer ensemble. Il y avait moi, Charlie, Félix, deux de ses amis gars et deux autres filles. Et il y avait Emma aussi et ça me faisait chier qu'elle soit là, mais je ne pouvais pas l'empêcher de jouer avec nous autres parce qu'il y avait beaucoup d'autre monde. Sauf que je ne lui parlais pas, je faisais comme si elle n'était pas là. De toute façon, elle ne me parlait pas non plus. Félix était un peu bizarre. Il avait l'air dans la lune. Quand je lui parlais, il ne me répondait pas beaucoup. Je lui ai demandé s'il était fâché après moi à cause d'hier. Il a dit non, non. Après une demi-heure, Ling est venue nous rejoindre. Elle nous a dit qu'elle a eu un avertissement dans son cahier et qu'il faudrait qu'elle écrive une lettre pour expliquer pourquoi c'est dangereux de lancer des boules de neige. Elle a dit j'ai pas dit que c'était toi qui m'avais dit de faire ça. Ça me décevait un peu qu'elle n'ait pas eu une punition pire que ça, mais elle avait quand même été punie. Elle a demandé si elle pouvait redevenir notre amie. Charlie et moi, on a dit oui. Félix ne comprenait pas ce qui se passait alors je lui ai expliqué. Ling a demandé tu vas m'amener des bonbons tous les jours à moi aussi ? J'ai dit oui. Elle était contente. Je lui ai dit de ne pas jouer avec Emma parce qu'elle n'avait pas encore accepté de faire ce que je lui avais dit.

Après l'école, on marchait ensemble moi, Charlie, Félix et il y avait Ling aussi parce qu'elle n'était pas au service de garde aujourd'hui. Je ne voulais pas qu'Emma soit avec nous alors elle nous suivait de loin. Elle appelait Ling pour qu'elle vienne la rejoindre, mais Ling restait avec nous. Un moment donné, Emma s'est fâchée, elle a crié à Ling tu fais juste ça à cause des bonbons ! Et elle a crié aussi qu'on n'était pas gentilles et elle a pris un autre chemin. Elle pleurait fort parce que je pense qu'elle voulait qu'on l'entende. Félix et Ling trouvaient ça plate pour elle, moi je m'en foutais pas mal. Charlie nous a invités à aller jouer chez elle. Félix avait une face pas sûre, mais il a dit OK. Chez Charlie, Félix et Ling ont appelé leurs parents pour leur dire où ils étaient. Moi, j'ai fait semblant d'appeler les miens aussi. Je me suis trouvée pas mal bonne. Félix et Charlie me regardaient avec une drôle de face pendant que je faisais semblant d'appeler ma mère.

Après, on a fait du bricolage. Félix manquait toujours ses bricolages et on riait de lui. Ça le dérangeait pas parce qu'il avait encore l'air dans la lune. D'habitude, il me prend la main souvent et là, il ne me l'avait pas prise une fois depuis le début de la journée. Après, on a joué à chacun son métier. Ling faisait un docteur, Charlie une professeure d'école et Félix un policier. Moi, j'ai dit que je faisais une actrice super connue qui jouait dans des films d'horreur. On a joué un peu et là, Félix a dit qu'il m'arrêtait. J'ai demandé pourquoi. Il a dit je suis un policier et vous avez fait quelque chose de mal, alors je vous arrête. Charlie et Ling trouvaient ça drôle, mais moi, je disais j'ai rien de fait mal, monsieur le policier, vous vous trompez. Il disait non, je me trompe pas. Je lui ai dit qu'est-ce que j'ai fait de mal? Il ne savait pas quoi répondre et il a répété je vous arrête, c'est tout. Mais moi, ça ne me tentait pas du tout qu'il m'arrête. J'aimais pas ça qu'il fasse un policier. Alors j'ai dit des amoureux, ça s'arrête pas, ça s'embrasse. Et je lui ai donné un bec sur la joue. Charlie et Ling riaient super fort. C'est la première fois que c'était moi qui donnais un bec, d'habitude c'est Félix qui me les donne. Là, il me regardait en frottant sa joue sans rien dire. Je ne comprenais pas pourquoi il était bizarre comme ça. Là, la maman de Charlie a dit qu'il fallait qu'elle fasse ses devoirs et on est partis.

Quand je suis arrivée devant ma maison, notre voisin Richard sortait de son auto. Il m'a demandé si les rénovations du dépanneur achevaient et j'ai dit que je ne savais pas. Il a regardé l'auto de papa dans la cour, il y avait un peu de neige dessus. Il m'a demandé est-ce que tes parents vont bien, me semble que je les ai pas vus depuis longtemps. J'ai dit que maman était en vacances avec matante Josée et que papa travaillait beaucoup dans les rénovations du dépanneur. Richard a dit qu'il ne voyait jamais personne travailler dans le dépanneur. Il a demandé c'est quoi comme rénovations? J'ai dit que je ne le savais pas trop, mais que c'était surtout les frigos. Richard m'a dit bye et il est rentré chez lui. Je l'ai trouvé pas mal fatigant. Après, j'ai pris les messages sur le téléphone, il y en avait juste deux. Il y en avait un que c'était un monsieur qui voulait que papa le rappelle à cause d'une livraison de bière. L'autre message, c'était la mère d'Emma qui voulait parler à papa ou maman. Elle disait qu'Emma lui avait dit que je n'avais pas été gentille avec elle et elle voulait savoir ce qui s'était passé. Elle n'avait pas l'air contente.

Là, je suis en train de finir d'écrire mon journal et après, je vais faire mon devoir pour ne pas me faire chicaner par madame Charlotte. Après, je ne sais pas trop ce que je vais faire. Peut-être écouter un film d'horreur, je ne sais pas trop. On dirait qu'il n'y a pas grand-chose qui me tente. En tout cas, on verra. Bye.

On est vendredi. Madame Charlotte nous a dit qu'on n'aurait pas d'école pendant deux semaines à cause du virus. On était super contents dans la classe. Ça nous faisait un congé aussi long que celui de Noël.

À la récréation du matin, je jouais avec Charlie et Ling. Plus loin, Emma nous regardait et elle n'était pas contente. J'ai donné des bonbons et du chocolat à Charlie et Ling et quand Emma a vu ça, elle est venue nous rejoindre et elle m'a dit qu'elle acceptait d'avoir sa punition. Alors elle a fait une boule de neige et elle est allée la lancer dans le dos de Denis. Denis est venu la voir et il lui a demandé pourquoi elle avait fait ça. Emma a dit qu'elle s'excusait et qu'elle visait le mur. Denis a dit qu'elle n'avait pas le droit de lancer des boules de neige, même sur les murs, et il lui a dit que la prochaine fois, elle aurait une punition. Après, il est parti. Là, moi, j'ai dit à Emma que ça ne comptait pas parce qu'elle s'était excusée. Emma a dit tu nous as dit qu'on ne pouvait pas dire que c'était toi qui voulais qu'on fasse ça et je l'ai pas dit! Ling a dit qu'elle avait raison, Charlie aussi disait ça. J'ai dit qu'elle n'avait même pas eu de punition. Emma a dit que c'était pas de sa faute et qu'elle avait quand même lancé la boule de neige. Ling disait c'est vrai, Flo, elle a fait ce que tu voulais qu'elle fasse. Même Charlie était d'accord. Ling a dit qu'il fallait que j'accepte qu'Emma redevienne notre amie. Là, je ne voulais pas qu'elles soient toutes fâchées après moi sinon c'est moi qui serais toute seule pendant les récréations et après l'école et ça, ça ne me tentait vraiment pas, parce que j'étais déjà toujours toute seule chez nous. Alors j'ai dit OK même si je n'étais pas super d'accord. Emma m'a regardée avec un air de fraîche-pet. Je n'ai pas aimé ça. Emma m'a dit tu vas m'amener des bonbons à moi aussi? J'ai dit oui, mais à condition qu'elle dise à sa mère qu'on n'était plus en chicane. Elle a dit OK. Comme ça, sa mère n'appellerait plus chez nous pour parler à mes parents.

Ce midi, on jouait tous ensemble et avec d'autres amis, mais Félix jouait encore avec ses amis gars. Là, j'étais tannée, alors je suis allée le chercher pour qu'il joue avec nous. Il est venu, mais il avait une face que ça ne lui tentait pas et ses amis gars sont venus jouer avec nous. On a joué à la tague. Emma faisait exprès pour toujours me donner la tague à moi, ça me faisait chier. Là, Charlie m'a parlé toute seule et elle m'a demandé si mon père était venu me voir cette nuit. Je lui ai dit non. Elle a dit que elle, son grand-père était apparu cette nuit dans sa chambre, c'était la première fois que ça arrivait depuis super longtemps. Et il lui a dit que c'était de sa faute s'il était mort. Elle avait une face de fille qui a peur. Je lui ai dit que c'était juste un mauvais rêve et qu'elle ne rêverait sûrement plus à lui cette nuit.

Après l'école, j'ai vu devant l'école mononcle Hubert qui m'envoyait la main. J'étais toute contente de le voir, mais j'étais surprise aussi. Je suis allée le voir et il m'a fait un gros câlin. Ça m'a fait du bien. Il m'a demandé si j'avais envie de venir manger une frite avec lui. J'étais toute énervée et j'ai dit oui. Mais il fallait que je fasse attention à ce que j'allais lui dire. On est partis en auto tous les deux. Il m'a dit qu'il avait appelé chez nous, mais que personne l'avait rappelé. Il m'a demandé si maman était revenue et j'ai demandé de où? Il a dit du chalet de sa sœur. Là, je me suis trouvé niaiseuse, c'est comme si j'avais oublié l'histoire que mon père avait écrite sur Facebook. Alors j'ai dit non, pas encore. Il était surpris qu'elle soit partie si longtemps. Il a demandé s'il y avait un téléphone normal au chalet de matante Josée et j'ai dit que je ne le savais pas. Il m'a demandé si on serait mieux d'appeler papa pour lui dire que j'allais au restaurant avec lui. J'ai dit que ce n'était pas obligé parce que j'allais souvent chez des amies après l'école.

Au restaurant, on a juste pris une frite pour les deux parce que mononcle Hubert ne voulait pas gâcher mon souper. Il m'a demandé si j'étais contente que l'école soit fermée pendant deux semaines. J'ai dit oui. Il m'a dit que ma mère allait sûrement revenir en fin de semaine. J'ai demandé pourquoi. Il a dit tu n'auras pas d'école à partir de lundi, il va falloir qu'elle s'occupe de toi à la maison pendant que ton père va travailler. Il m'a demandé si les rénovations du dépanneur étaient finies et j'ai dit non. Il a dit maman vous a pas appelés pour vous dire quand elle reviendrait ? Je ne savais pas trop quoi dire alors j'ai fait un signe comme si je ne le savais pas. Il a dit elle va revenir en fin de semaine, c'est sûr. Après, il m'a dit ton père t'a pas dit que j'avais laissé des messages chez vous et que je voulais te voir ? J'ai dit oui, après j'ai dit non, et après j'ai dit que je ne m'en souvenais plus. J'étais mêlée et j'avais peur de dire des affaires qu'il ne fallait pas que je dise. Mononcle Hubert a dit il a pas dû te le dire, ça me surprendrait pas. Et il a fait une face pas contente. Je trouvais ça plate de raconter des menteries à mononcle Hubert. Là, je me suis dit que ça pourrait être le fun de vivre avec lui parce que c'est sûr qu'il serait gentil avec moi. Il m'a demandé comment ça allait toute seule avec papa à la maison. J'ai dit que ça allait bien. Je ne disais pas grand-chose pour être sûre de ne pas me tromper.

Là, mononcle Hubert a hésité et il m'a demandé si papa nous frappait moi et maman. J'ai dit qu'il me l'avait demandé au salon funéraire de grand-maman Laura et que j'avais répondu non. Il m'a dit je le sais, mais je te le demande encore. J'hésitais parce qu'il me regardait beaucoup beaucoup. Là, il a dit qu'il savait que papa avait déjà frappé maman il y a longtemps parce qu'elle lui avait dit. Et elle lui avait juré qu'elle s'en irait s'il la frappait encore. Là, j'ai compris que maman avait fait une promesse pas vraie parce que papa l'avait souvent frappée et maman n'était pas partie. Il a dit je pense qu'il la frappe encore des fois, est-ce que c'est vrai ? Il a dit et surtout, est-ce qu'il te frappe toi ? Je ne savais pas quoi dire. Je savais que mononcle Hubert, lui, il ne me frapperait jamais. Là, j'ai eu une idée. Je lui ai dit on va se faire un test de confiance, OK ? Il ne comprenait pas. Je lui ai dit que j'avais une question pour lui et que s'il me répondait, je lui dirais si papa nous frappait maman et moi. Là, il me regardait vraiment avec une drôle de face. Il a dit OK, pose ta question. Je lui ai dit qu'il fallait qu'il me réponde la vérité et que je lui faisais confiance. Il a dit OK. Je lui ai demandé si papa et maman mouraient un jour, est-ce que je pourrais aller vivre avec toi ? Il a ouvert les yeux grands grands. Il a demandé pourquoi je voulais savoir ça. J'ai dit pour rien, juste pour savoir. Là, sa face est devenue un peu comme s'il avait envie de pleurer. Il a dit t'es pas bien chez vous, c'est ça? J'ai dit non, non, je veux juste savoir, c'est tout. Il a passé sa main sur ma joue et il a dit pas fort pauvre Florence, pauvre chouette. Je ne comprenais pas pourquoi il faisait ça. Il a dit c'est sûr que j'aimerais ça. Je lui ai dit tu me dis la vérité, hein, mononcle? J'ai dit c'est un test de confiance, alors si tu me racontes des menteries, ce serait vraiment pas correct et c'est comme si tu trahissais ma confiance. Il a eu l'air surpris que je dise ça. Là, il a pris une grande respiration et il a frotté sa face avec ses mains. Il a dit qu'il aimerait que je vive avec lui, mais qu'il n'aurait sûrement pas le droit de me prendre à cause de quelque chose qu'il a fait il y a plusieurs années. J'ai demandé c'était quoi. Il a dit qu'il ne voulait pas me le dire mais qu'il fallait que je comprenne que des fois, le monde fait des erreurs et qu'ils le regrettent. J'ai encore demandé qu'est-ce qu'il avait fait, mais il m'a dit que j'étais trop petite pour comprendre. J'ai pensé au père de Félix et j'ai demandé s'il avait fait quelque chose de pas correct avec un enfant. Il a ri et il a dit que non, ça n'avait rien à voir. Il a dit qu'il n'avait jamais touché à un enfant, il me le jurait. Mais il était quand même pas mal sûr qu'il n'aurait pas le droit de me garder à cause de ce qui s'était passé. Il a dit tu voulais que je te réponde honnêtement et c'est ça que j'ai fait, t'as pas besoin d'en savoir plus. J'étais super déçue de savoir que je ne pourrais pas vivre avec lui. Il m'a demandé si des fois, je ne voulais plus vivre avec papa et maman. Je ne savais pas trop quoi répondre. Il a pris une face de monsieur sérieux et il m'a dit que c'était à mon tour de dire la vérité et il m'a demandé si papa nous frappait moi et maman.

Là, j'étais un peu pognée, parce que c'était un test de confiance et j'étais obligée de lui dire la vérité. C'est pas grave de raconter des menteries pour ne pas avoir de problèmes, mais trahir la confiance de quelqu'un, ça c'est pas correct. Mais si je disais que papa nous frappait, mononcle Hubert viendrait chez nous pour chicaner papa et là, je serais dans le trouble. J'ai réfléchi un peu et j'ai répondu maintenant, il ne nous frappe plus. Je me trouvais bonne parce que c'était vrai et en même temps, je n'avais pas été obligée de dire qu'il était mort. Mononcle Hubert a fermé les yeux et il a dit je le savais, criss, je le savais tellement. Je pense que c'était la première fois que j'entendais mononcle Hubert sacrer alors j'ai ri un peu. Il m'a demandé s'il nous frappait souvent. J'ai encore dit qu'il ne nous frappait plus et je lui ai juré que c'était vrai. Il a demandé si avant, il nous frappait souvent. J'ai dit maman de temps en temps, quand elle ne fermait pas sa gueule, et moi pas souvent. Il a demandé ça faisait combien de temps qu'il ne nous avait pas frappées ni l'une, ni l'autre. J'ai pensé vite vite et j'ai dit depuis l'été passé. Ça, ce n'était pas vrai, mais ce n'était pas grave, parce que le test de confiance, ce n'était pas là-dessus, c'était de lui dire si papa nous frappait ou pas, et j'ai dit la vérité, j'ai dit qu'il ne nous frappait plus. En plus, lui, il n'a pas voulu me dire ce qu'il avait fait pour ne pas avoir le droit de me garder, alors on est égal. Il avait une face de monsieur surpris quand je lui ai dit depuis l'été passé et il a demandé pourquoi il avait arrêté. J'ai dit que je ne le savais pas trop. J'ai eu une super idée et j'ai dit maman lui a dit que s'il nous frappait une autre fois, elle s'en irait de la maison pour tout le temps. Il a réfléchi beaucoup et je lui ai demandé à quoi il pensait. Il a dit qu'il parlerait à papa en allant me reconduire tout à l'heure. Là, j'ai eu un peu peur et j'ai dit non, non, si tu lui parles de ça, il va être en maudit après moi. Il a tout de suite dit que j'avais raison. Il a dit que c'était à maman qu'il allait en parler, quand elle reviendrait. J'ai dit que je ne savais pas si c'était une bonne idée, parce qu'elle ne serait pas contente non plus. Il a souri, c'était un sourire plus vrai que celui de tantôt, et là, il m'a flatté la joue et il a dit fais-toi en pas, fais-moi confiance. Là, il a eu une face triste et il a dit j'aurais dû m'en mêler plus, j'ai été lâche. Je ne comprenais pas trop pourquoi il disait ça. Ça me faisait peur qu'il veuille en parler à maman parce que maman était morte. J'avais super envie de tout lui raconter ce qui s'était passé, mais je n'étais pas assez sûre si je pouvais avoir complètement confiance en lui. C'était une grande personne et les grandes personnes ne veulent pas que les enfants vivent tout seuls dans leur maison. Alors même s'il avait compris pourquoi j'avais tué papa, il n'aurait sûrement pas voulu que je reste toute seule. Si j'avais pu aller vivre avec lui, je lui aurais peut-être tout dit, mais là, je ne pourrais pas vivre avec lui, il me l'avait dit, et je ne voulais pas vivre dans une autre famille, alors j'aimais mieux ne rien lui raconter, même si je trouvais ça dur et plate.

Après, il est allé me reconduire. Il a arrêté l'auto devant chez nous et il regardait vers la maison avec une face pas contente. Il avait une face qui réfléchissait beaucoup. Je lui ai encore demandé à quoi il pensait. Là, il a dit qu'il allait voir des amis en fin de semaine à Montréal et il voulait savoir si je voulais y aller avec lui. Il a dit que quand il allait me ramener dimanche soir, maman serait sûrement revenue. J'ai tout de suite dit oui, oui, ça me tente! Il a dit qu'il allait demander à mon père. Là, j'ai eu peur et je me suis traitée de niaiseuse parce que je n'avais pas pensé à ça. J'ai dit que j'avais oublié que j'allais coucher chez une amie demain. Il a dit que je pouvais annuler ça, mais j'ai dit que ça ne me tentait pas d'annuler parce qu'on serait beaucoup d'amies ensemble. Il avait l'air à me croire moyen, mais il a dit OK. Après, il m'a encore flatté la joue et il a dit je le sais que t'es pas toujours bien chez vous, sinon tu m'aurais pas posé ta question tantôt. Je n'ai rien dit. Il a dit que si papa nous frappait encore, il fallait que je l'appelle tout de suite. Il a dit parce que s'il vous frappe encore, je vais lui, mais il n'a pas fini sa phrase et il a pris une grande respiration. J'ai dit OK, mais je te jure qu'il nous frappe plus. Après, il a dit qu'il allait m'appeler quand il reviendrait de Montréal. J'ai dit OK et je suis sortie. Quand j'ai vu son auto s'en aller, je me suis sentie triste.

Chez nous, j'ai pris les messages sur le téléphone. Il y avait un message de Véronique qui voulait parler à papa pour savoir quand maman allait revenir. Il y avait aussi un message de matante Josée qui disait à maman qu'elle ne répondait jamais sur son cellulaire et qui se demandait si elle allait bien. Elle disait aussi je sais que j'ai été bête avec toi l'autre jour, mais je m'excuse et je veux savoir comment tu vas. Je ne savais pas de quoi elle parlait. Évidemment, matante Josée ne sait pas que papa a fait croire à tout le monde que maman était partie dans son chalet, c'est pour ça qu'elle se demande où est maman. Il y avait deux autres messages de personnes fâchées qui voulaient parler à papa du dépanneur. Et il y avait aussi un message de madame Sophie, la spychologue de l'école, pour papa ou maman, elle disait qu'elle pouvait me voir la semaine prochaine même si l'école était fermée. Elle a laissé un numéro de téléphone, mais je ne la rappellerai pas.

Là, je ne savais pas quoi faire. Je m'ennuyais, je pense. Je me suis assise dans le salon et je ne faisais rien. Je pensais à ce que mononcle Hubert m'avait dit et j'étais triste de savoir que je ne pourrais pas vivre avec lui si on découvrait que je n'avais plus de parents. Je me demandais ce qu'il avait fait pour ne pas avoir le droit de garder un enfant avec lui. J'ai pris le iPad de maman et j'ai voulu jouer à Candy Crush, mais j'ai juste joué cinq minutes parce que je trouvais ça plate. J'ai regardé les vidéos-maison sur le iPad parce que ça faisait longtemps que je ne les avais pas regardées. C'était des vidéos de quand on avait du fun en famille, même papa était drôle sur les vidéos. Ça m'a rendue un peu triste. Il y avait une vidéo que c'était maman qui me chantait bonne fête. Je n'étais pas dans la vidéo, elle chantait en regardant le iPad. C'était une vidéo qu'elle m'avait montrée quand j'étais revenue de l'école l'année passée, je m'en souviens. Là, j'ai pensé que c'était ma fête dans un mois et j'ai pensé que je n'aurais pas de cadeaux et ça aussi, ça m'a rendue triste. Dans la vidéo, maman chantait bonne fête et après, elle disait je t'aime Florence, c'est toi que j'aime le plus au monde et jamais je vais t'abandonner, jamais, jamais. Ça m'a fait bizarre d'entendre ça.

À sept heures, j'ai décidé de retourner au restaurant. Dans les enveloppes de papa, il restait moins d'argent, mais il y en avait encore. Au restaurant, j'ai commandé cette fois-là un hamburger. En revenant, je me sentais bizarre. En traversant le boulevard, j'ai vu une voiture qui s'en venait plus loin. Je me suis arrêtée et je l'ai regardée. Je ne la voyais pas vraiment parce qu'il faisait noir, mais je voyais les deux grosses lumières qui s'en venaient vers moi. Je ne bougeais pas, je ne sais pas pourquoi. Je restais là et j'attendais, comme quand la luge s'en venait vers moi l'autre jour avec mes amies. J'ai encore entendu les vagues dans ma tête. J'attendais et je n'avais pas peur, je ne sais pas comment je me sentais. Là, l'auto s'est arrêtée et la madame qui conduisait s'est mise à me crier après. Je me suis sentie comme si je me réveillais et je suis repartie en courant avec mon hamburger. Je ne sais pas pourquoi j'ai fait ça.

J'ai mangé. Le hamburger était petit, alors j'avais encore un peu faim après. J'ai essayé de lire un peu. J'ai commencé à écouter un film d'horreur, mais j'ai arrêté, je trouvais ça plate. Alors j'ai pris mon bain et je me suis lavé les cheveux, même si je ne pense pas qu'ils étaient très sales. Je suis restée longtemps dans le bain à rien faire. J'ai pensé que la semaine prochaine, ce serait la même chose que cette semaine, et les autres semaines aussi, et je n'ai pas aimé ça. J'ai eu un peu peur. Je suis sortie du bain et je me suis mise en pyjama. Après, j'ai pris les skis de maman et je les ai amenés devant l'escalier intérieur. J'ai embarqué sur les skis et je tenais les deux bâtons. J'avais envie de descendre l'escalier avec les skis. Ça pourrait être drôle. Je savais aussi que ça pouvait être dangereux, mais pas si dangereux que ça. Je ne sais pas trop pourquoi je voulais essayer ça. Avec les bâtons, je me suis donné un élan. Ça n'a pas marché. Mes pieds ne sont pas restés sur les skis, j'ai perdu l'équilibre et j'ai déboulé trois ou quatre marches. Je me suis fait mal au genou et au bras et je pleurais. Ça m'a fait beaucoup chier alors j'ai pris les skis et les bâtons et je les ai lancés dans le corridor. J'étais en maudit alors je suis descendue au dépanneur pour aller me chercher des chips. J'ai pris un sac et je l'ai ouvert, mais je l'ai ouvert trop fort et les chips ont revolé partout. Là, j'ai crié un criss fort fort, j'étais trop en maudit, et j'ai poussé le rack de chips de toutes mes forces. Le rack est tombé par terre et ça m'a fait du bien de le voir tomber. Là, j'ai vu qu'il y avait un carré en dessous du rack, dans le plancher, avec une poignée en métal. Je pense qu'on appelle ça une trappe. J'étais surprise parce que je ne l'avais jamais vue. J'ai tiré sur la poignée, mais il fallait que je tire avec mes deux mains de toutes mes forces parce que c'était assez pesant. La trappe s'est ouverte et j'ai vu un escalier qui descendait. J'ai pensé que ça devait être la deuxième cave que papa m'avait parlé. J'étais curieuse alors je suis descendue. Ce n'était pas profond. En bas, il y avait une corde au plafond pour faire de la lumière et j'ai tiré dessus. C'est vrai que cette cave-là était plus petite que l'autre. Je dirais que c'était un peu plus grand que le salon. Il y avait plein d'armoires en bois rempli de cannes de conserve. Il y avait aussi des livres et des jeux. Il y avait deux fauteuils qui avaient l'air vieux, une table et trois chaises. Il y avait une sorte de petit four et un petit frigidaire. Il y avait plein de grosses bouteilles d'eau. Il y avait aussi un coffre et je l'ai ouvert. Il y avait plein d'outils dedans. Papa m'avait dit qu'il manquait juste des matelas et c'est vrai qu'il n'y avait pas de lit. C'est ici que papa voulait qu'on vive moi et lui. C'était vraiment petit. Et il n'y avait même pas de toilettes. Ça aurait vraiment été super plate. Mais on aurait joué à des affaires tous les deux. Je me suis assise dans un fauteuil et j'ai frotté mon genou qui me faisait encore mal. C'était bizarre d'être dans cette cave-là que papa avait préparée. Je suis restée assise là longtemps, je ne sais pas pourquoi, je me sentais de plus en plus mêlée. Alors je suis sortie de la cave et j'ai refermé la trappe. Je suis allée dans ma chambre et j'ai écrit mon journal.

Là, je m'ennuie de maman. Je pense aussi à la vidéo de tout à l'heure. Elle a dit qu'elle ne m'abandonnerait jamais. C'est peut-être pour ça qu'elle ne pourrit pas, pour pouvoir rester avec moi. Mais pourquoi elle ne revient pas en vie, d'abord ? Je vais aller la voir en bas. Je vais me mettre un gros chandail et des gros bas parce que je suis tannée d'avoir froid dans le frigo. Je pense que ça va me faire du bien de la voir un peu même si elle est morte. Je suis contente de ne pas l'avoir enterrée comme papa.

Là, c'est la nuit, mais j'écris parce que je suis réveillée et je ne m'endors pas tellement. Tantôt, je suis allée voir maman. Il y avait une autre petite tache brune dans sa face et ses yeux avaient l'air plus creux même s'ils étaient fermés. Mais elle restait belle. Je me suis assise sur une caisse de bière et je lui ai parlé. Je lui ai dit que je m'ennuyais de ses caresses et des films qu'on écoutait ensemble. Je lui ai demandé comment j'allais faire pour trouver quelqu'un d'autre avec qui je pourrais faire tout ça. Peut-être Félix. Ça doit servir à ça, avoir un amoureux. Je lui ai demandé pourquoi elle ne pourrissait pas comme papa. Je lui ai dit est-ce que c'est parce que tu m'as dit que tu ne m'abandonnerais jamais ? Si c'est ça, pourquoi tu ne redeviens pas en vie d'abord ? Je ne sais pas si je pensais qu'elle allait me répondre. Je recommençais à être mêlée. Après, je ne me souviens pas trop ce qui s'est passé.

J'ai dû me coucher proche de maman parce que je me suis réveillée et j'étais toute collée sur elle. J'avais froid même si j'avais mon gros gilet et j'avais les yeux mouillés. Je suis remontée en haut vite vite. Et j'ai écrit ça dans mon journal. Là, je vais me coucher dans mon lit. J'espère que mes amies vont pouvoir jouer avec moi demain sinon je ne sais pas ce que je vais faire toute seule toute la journée. Mais normalement, le samedi, elles peuvent. Bonne nuit.

On est samedi. Là, il faut que j'écrive ce qui vient de se passer ce matin. Je vais peut-être arriver en retard pour jouer avec mes amies, mais ce n'est pas grave.

Je me suis levée à dix heures. C'est super rare que je me lève tard comme ça. Je ne sais pas pourquoi je me suis levée si tard, mais c'est la vie. Après déjeuner, j'ai vu qu'il y avait encore plus de vaisselle sale, mais ça ne me tentait pas encore de la laver. Mais la poubelle était trop pleine alors j'ai pris le sac et je suis descendue le mettre dans notre grosse poubelle de métal. Il neigeait beaucoup beaucoup dehors. Ce serait le fun de jouer dehors aujourd'hui. Quand je suis remontée chez nous, j'ai appelé Charlie et je lui ai demandé si elle voulait jouer avec moi et qu'on pourrait appeler les autres. Elle a dit qu'hier, elles étaient chez Emma pendant que j'étais avec mononcle Hubert et elles avaient déjà décidé qu'elles joueraient dehors chez Ling aujourd'hui après dîner. Félix a dit qu'il inviterait aussi d'autres de ses amis et que tout le monde ferait un gros fort de neige. Et là, pendant qu'on se parlait, ç'a sonné à la porte. J'ai été très surprise. Je ne pouvais pas voir c'était qui à la porte, mais j'ai parlé moins fort. Comme ça, la personne penserait qu'il n'y avait personne et elle finirait par s'en aller. J'ai demandé à Charlie à quelle heure. Elle a dit à une heure. Après, elle a dit Félix t'a pas appelée pour te le dire ? J'ai dit non, il m'a pas appelée. Elle a dit qu'elle lui avait demandé de m'appeler pour me le dire, parce que c'est mon amoureux. J'étais un peu surprise qu'il ne m'ait pas appelée. Je ne savais pas quoi dire. En plus, la personne à la porte a sonné une autre fois, c'était achalant. Et là, j'ai pensé que c'était madame Lemaire ! Je mets un point d'exclamation parce que je l'avais oubliée et que j'étais toute surprise. Là, j'ai entendu la porte s'ouvrir et madame Lemaire est entrée en disant allô, c'est moi. Quand on ne répond pas tout de suite, elle rentre elle-même. Là, je ne savais pas quoi faire. J'ai dit à Charlie que j'allais être là tantôt et j'ai raccroché. Là, évidemment, madame Lemaire m'a entendue et elle a dit ah, Florence, t'étais au téléphone. J'ai dit bonjour madame Lemaire, mais je ne bougeais pas parce que je ne savais vraiment pas quoi faire. J'ai entendu madame Lemaire enlever les caoutchoucs qu'elle met toujours autour de ses souliers et je l'ai vue entrer dans le salon, avec sa canne d'aveugle. Elle a enlevé son manteau en disant qu'elle aimait ça marcher quand il neige. Moi, je capotais un petit peu. Elle a mis son manteau sur le divan et m'a demandé si j'allais bien. J'ai dit oui, oui. Il y avait de la neige dans ses lunettes noires, mais elle, ça ne la dérange pas parce qu'elle ne voit rien. Elle n'a rien fait pendant quelques secondes, comme si elle écoutait, et elle a demandé si mes parents étaient ici. Des fois, on dirait vraiment qu'elle voit. C'est parce qu'elle entend super bien, mieux que nous autres, c'est ça que maman m'a dit. J'ai dit non, maman est partie faire des commissions et papa travaille en bas. Elle a dit ton père travaille le samedi, maintenant? J'ai dit oui. Elle était surprise que je sois toute seule, mais j'ai dit que je n'étais pas vraiment toute seule parce que papa était en bas. Là, elle a reniflé un peu, comme si elle trouvait que ça sentait drôle. Moi, je trouvais que ça ne sentait plus du tout la puanteur que papa sentait. Elle a marché vers le piano en bougeant sa canne, comme elle fait tout le temps, puis elle s'est assise devant le piano. Elle m'a dit viens-tu? J'étais toute mêlée. Et là, je me suis dit que c'était correct. Ça va être cool d'avoir mon cours de piano. Elle va s'en aller après et c'est tout.

Je suis allée m'asseoir à côté d'elle et elle m'a dit de trouver dans mon cahier la pièce Les Clowns de Kabiliski. On a commencé le cours, mais je n'étais pas super bonne, j'avais de la misère parce que je pensais à toutes sortes d'affaires. Des fois, papa était comme ça, il avait l'air de penser à autre chose, il faisait des gaffes ou il ne nous écoutait pas, et maman disait qu'il était nerveux. Je pense que j'étais nerveuse moi aussi. En plus, je n'arrêtais pas de penser au sang de papa sur le clavier du piano. Même si je l'avais nettoyé, j'y pensais quand même. Madame Lemaire me disait ouin, t'as de la misère, aujourd'hui. Elle était toujours un peu sévère, mais là, elle l'était plus que d'habitude parce que j'étais vraiment moins bonne. Quand le cours a été fini, elle m'a un peu chicanée, pas beaucoup, mais un peu, en bougeant son long doigt de vieille madame comme elle fait tout le temps quand elle n'est pas contente. Elle m'a dit de pratiquer beaucoup cette semaine et là, elle a été surprise que ma mère ne soit pas encore revenue. Elle a fait sa face de madame pas d'accord. Elle s'est levée et elle a dit qu'elle irait voir mon père au dépanneur pour être payée. J'ai dit vite vite que mon père n'était pas là parce que le dépanneur était fermé parce que le frigo était brisé. J'ai dit que lui aussi était allé faire des commissions. Elle a dit que je lui avais dit tantôt que mon père travaillait en bas. Là, je me suis trouvée niaiseuse. J'ai dit que je m'étais trompée parce que j'avais oublié. J'ai dit qu'ils n'étaient pas partis longtemps. Elle a dit que ça faisait déjà une heure. Là, elle s'est assise dans le fauteuil et elle a dit qu'elle allait les attendre. J'ai dit que j'avais de l'argent pour la payer. C'était vrai, parce que je pouvais aller en chercher dans le bureau de papa. Mais elle a dit qu'elle ne voulait pas me laisser toute seule plus longtemps. Elle m'a demandé si mes parents me laissaient souvent toute seule et j'ai dit non et que c'était la première fois, mais elle a dit je vais leur parler, moi. Elle a dit ça pas fort, mais je l'ai entendue quand même. Elle a aussi dit au fond, ça me surprend pas. Ça aussi, elle l'a dit pas fort. Là, je capotais un peu parce que je savais que mes parents ne reviendraient pas. Je me suis demandé si madame Lemaire allait rester ici pour toujours, mais me semble que ça ne se pouvait pas. Je ne savais pas quoi faire, je restais debout devant elle. Elle m'a demandé qu'est-ce que tu fais ? J'ai dit rien. Elle a fait un gros soupir et elle a dit qu'elle allait à la toilette. Avec sa canne, elle a commencé à marcher en direction du couloir et là, sa canne a accroché les skis. Elle a dit c'est quoi, ça ? J'ai dit que c'était les skis de ma mère. Je les ai ramassés avec les bâtons et je les ai lancés dans le salon pour que madame Lemaire puisse passer. Mais madame Lemaire m'a demandé pourquoi les skis traînaient dans le couloir. J'ai dit que je ne le savais pas. Là, elle a fait une face perplexe. Elle a encore reniflé dans la maison, comme si elle trouvait que ça ne sentait pas bon, et elle m'a demandé depuis combien de temps mes parents étaient partis. J'ai dit que je ne savais pas trop. J'étais de plus en plus nerveuse. Depuis quelques jours, j'étais bonne pour conter des menteries, mais là, on dirait que je n'étais plus bonne. Madame Lemaire m'a dit t'es sûre que tu me dis la vérité ? Et là, j'ai crié, comme je le fais des fois. J'ai crié un long cri très fort et ça m'a fait beaucoup de bien. Mais madame Lemaire a fait une face surprise. Là, elle m'a dit viens, on va parler. Elle est allée au salon et je l'ai suivie sans rien dire.

Elle s'est assise dans le divan, à côté de son manteau. Elle a tout de suite senti qu'il y avait plein de trous dans le divan et elle m'a demandé qu'est-ce qui s'était passé ? J'étais debout devant elle et je ne disais rien. Là, sa voix est devenue beaucoup plus douce que d'habitude. Elle a dit qu'est-ce qui se passe avec tes parents, Florence ? Elle a dit que je pouvais lui dire. J'ai dit qu'il ne se passait rien. Elle a dit je le sais qui se passe des affaires, ici, j'ai déjà entendu tes parents se chicaner, alors tu peux me le dire. Je ne disais rien. Elle a dit est-ce que t'as peur de me le dire ? J'ai dit je le sais pas. Je ne sais pas pourquoi j'ai répondu ça, c'était niaiseux comme réponse. J'étais trop nerveuse. Je pense que madame Lemaire s'en rendait compte parce qu'elle a dit que si j'avais peur de mes parents, elle pouvait appeler du monde qui m'aiderait. Là, j'ai eu encore plus peur. Je ne pouvais pas laisser madame Lemaire partir sinon elle irait voir du monde et peut-être même la police, et là, la police découvrirait toute et ils ne mettraient dans une autre famille et je perdrais mes amis. J'ai commencé à entendre le bruit des vagues dans ma tête. J'ai vu les bâtons de ski par terre et j'en ai pris un. Madame Lemaire continuait à me parler. Elle voulait que je lui dise ce qui se passait, elle me disait que je pouvais avoir confiance en elle, mais je savais que ce n'était pas vrai parce qu'elle venait de dire qu'elle préviendrait du monde. Moi, je tenais le bâton de ski et je dirigeais le pic de métal vers madame Lemaire. Je me disais qu'il fallait que je la frappe dans le cou, mais qu'il ne fallait pas que je manque mon coup comme avec papa. Je trouvais ça plate de la tuer, parce que même si elle était sévère, j'aimais ça quand elle me donnait des cours de piano. En plus, ce n'est pas gentil de la tuer parce qu'elle n'avait rien fait de pas correct, ce n'était pas comme papa. Elle continuait à parler doucement parce qu'elle ne savait pas que je tenais le bâton proche d'elle. Moi, j'hésitais. Là, je me suis dit que je pourrais peut-être la prévenir avant, ce serait plus correct. Comme ça, elle aurait le choix. Alors j'ai dit madame Lemaire, promettez-moi que vous préviendrez pas du monde, sinon je vais être obligée de vous tuer.

Madame Lemaire est restée la bouche grande ouverte. Là, elle a fouillé dans son manteau qui était sur le divan à côté d'elle et elle a dit OK, c'est assez. Elle a pris son cellulaire. Et quand j'ai vu le cellulaire, j'ai compris qu'elle voulait appeler la police. Là, le bruit des vagues est devenu plus fort dans ma tête, j'ai pensé tant pis pour elle et j'ai frappé de toutes mes forces avec le bâton de ski. Je n'ai pas vraiment frappé, mais je l'ai avancé très vite et très fort, comme quand je jouais l'autre jour en perçant le divan. Mais j'ai manqué le cou et la pointe est entrée proche de son épaule. Elle a lâché son cellulaire et elle a fait un son de hoquet avec sa bouche. J'ai reculé vite vite, pour voir ce que ça allait faire. Même si j'avais pas frappé le cou, ce serait peut-être assez pour qu'elle meure. Elle disait ben voyons, qu'est-ce t'as fait? Elle a répété ça trois ou quatre fois et pendant qu'elle disait ça, elle n'arrêtait pas de toucher la place où je l'avais frappée. Elle avait une blouse blanche, alors je voyais qu'il y avait du sang, mais pas tant que ça. En tout cas pas assez pour qu'elle meure. J'ai décidé de frapper encore et j'ai essayé de mieux viser. Mais madame Lemaire s'est levée, alors le pic du bâton est rentré dans son ventre et ce coup-là, elle a crié. Là, ç'a été super vite. Elle a pris le bâton et elle me l'a enlevé, elle le bougeait partout en criant qu'est-ce qui te prend, Florence, pourquoi tu fais ça? Mais je n'entendais pas bien parce que les vagues dans ma tête faisaient beaucoup de bruit et je lui criais c'est de votre faute, je vous avais dit de pas avertir la police! J'ai ramassé l'autre bâton de ski et je l'ai encore frappée, je ne me rappelle plus où. Elle a voulu se sauver vers la porte, mais elle s'est enfargée dans les skis et elle est tombée par terre. Elle est tombée tellement fort que ses lunettes ont revolé. J'ai voulu frapper dans son cou, mais le pic est rentré dans son oreille. Elle a crié encore plus fort, comme si ça lui faisait plus mal que les autres coups. C'est vrai que ça doit faire mal dans l'oreille. Moi, une fois, il y a un moustique qui m'a piquée dans l'oreille et cela a fait très mal, j'ai même pleuré. Madame Lemaire n'avait pas lâché son bâton et elle l'a remonté vite vite vers moi. Je l'ai reçu en pleine face, mais pas la pointe, une chance. Je suis quand même tombée par terre, j'étais un peu étourdie et j'avais envie de pleurer parce que toute ma face me faisait mal. Madame Lemaire s'est relevée vite vite. Il y avait du sang qui sortait de son oreille. Là, c'est la première fois que je voyais ses yeux et ce n'était vraiment pas beau. Ils étaient presque toute blancs, on voyait un peu le milieu, mais presque pas. Ça m'a même fait un peu peur. Mais elle, elle avait l'air d'avoir peur beaucoup

beaucoup. Elle ne criait plus, elle marchait tout croche vers le couloir, en bougeant les mains. Je me suis relevée, mais pas vite parce que j'avais mal à ma face et j'étais un peu étourdie. Mais madame Lemaire a eu le temps de trouver la porte et de sortir. Là, je n'étais pas contente parce qu'elle allait avertir la police. Je suis sortie sur le balcon et je la voyais descendre l'escalier vite vite. Il neigeait plus que tantôt, c'était presque une tempête, alors elle a glissé sur les marches et elle a déboulé jusqu'en bas, sur le trottoir. Elle s'est relevée et elle a continué à courir en faisant aller ses bras. Elle criait, mais pas fort, comme si elle n'avait presque plus de voix et en plus, avec le vent, on n'entendait presque pas sa voix. Elle courait tout croche, comme si elle ne savait pas où elle allait. Il n'y avait personne dehors, personne ne la voyait. Moi, j'étais sur le bord de la porte, je la regardais et je ne savais pas quoi faire. Madame Lemaire a traversé la rue en courant toujours tout croche et là, il y a une auto qui est arrivée et elle roulait un peu vite. L'auto a essayé de freiner parce que je l'ai vue aller moins vite d'un coup, mais elle n'a pas pu arrêter complètement et elle a frappé madame Lemaire. Dans les films, des fois, la personne qui se fait frapper par une auto revole dans les airs, et des fois elle est écrasée par les pneus. Là, madame Lemaire a été écrasée, je pense que c'est pire que quand tu revoles. En tout cas, dans les films, c'est pire quand tu te fais écraser. L'auto a arrêté, le monsieur est sorti et il capotait pas mal. J'avais froid, mais je regardais quand même. Là, Simone est sortie de sa maison. Simone, c'est une madame qui reste trois maisons plus loin que chez nous. Elle est sortie dehors parce que l'accident avait eu lieu devant chez elle. Le monsieur de l'auto était penché vers madame Lemaire, mais elle ne bougeait pas. Simone marchait vers l'auto et là, le monsieur lui a crié quelque chose que j'ai pas été capable d'entendre, mais j'ai vu Simone sortir son cellulaire et appeler quelqu'un. Je pense qu'elle appelait la police. Ça devait être parce que madame Lemaire était morte. En plus, elle ne bougeait pas. Ça m'a rassurée alors je suis rentrée chez nous. Il faisait froid et je ne voulais pas qu'on me voie. Dans la maison, c'était super calme. En plus, je n'entendais plus les vagues dans ma tête.

Je suis allée dans la chambre de bains pour regarder ma face. Ma joue était toute rouge, mais c'était tout. Ça faisait encore mal, mais presque pas. Je suis allée regarder par la fenêtre du salon. Il y avait trois personnes autour de madame Lemaire qui était toujours couchée par terre et elle continuait de ne pas bouger, alors elle devait être vraiment morte. J'ai regardé dans le salon et il y avait juste un peu de sang par terre, presque pas. J'ai passé une débarbouillette et c'est parti pas mal facilement. J'ai été mettre la débarbouillette dans le panier de linge sale. Il commence à être plein, mais je ne sais pas comment faire du lavage. J'ai ramassé les skis et les bâtons et je suis allée mettre tout ça dans le débarras. J'ai ramassé le cellulaire de madame Lemaire et je suis allée le lancer au fond du débarras. J'ai ramassé la canne de madame Lemaire et j'ai joué un peu avec. J'ai fermé les yeux et je me suis promenée dans la maison avec la canne, je voulais savoir si c'était dur d'être aveugle. C'était vraiment difficile, je m'accrochais partout même si j'avais la canne. Elle était vraiment bonne d'être aveugle, madame Lemaire. Je suis retournée regarder par la fenêtre. Il y avait trois personnes et deux policiers et aussi une ambulance. Deux autres personnes rentraient une civière dans l'ambulance. Je sais que ça s'appelle une civière parce que dans les films d'horreur, il y en a souvent. Là, il y avait un corps dans la civière et je pense que c'était madame Lemaire, surtout qu'elle n'était plus par terre.

Là, c'était l'heure de manger alors je suis allée me chercher un sandwich en bas. Il ne goûtait pas super bon. Pendant que je mangeais, je me rendais compte que j'étais vraiment soulagée que madame Lemaire soit morte. En tout cas, je suis pas mal sûre qu'elle est morte. Comme ça, elle n'irait rien dire à la police. C'était plate parce qu'elle n'était pas une personne méchante, mais je lui avais donné le choix, alors c'était un peu de sa faute. Mais je me suis dit que je n'aurais plus de cours de piano et j'ai trouvé ça plate. Là, j'étais un peu en maudit après madame Lemaire. Si elle s'était mêlée de ses affaires, je l'aurais payée avec l'argent du dépanneur et elle serait repartie chez elle et elle m'aurait donné un cours la semaine prochaine. Là, quand j'ai pensé à la semaine prochaine, je me suis sentie bizarre. Je ne sais pas trop pourquoi.

Je suis encore allée regarder par la fenêtre. Il n'y avait plus de monde dans la rue. Il y avait encore l'auto de police et j'ai vu deux policiers qui frappaient à la porte de la maison à côté de chez Simone. Mais l'ambulance était partie et les autres personnes aussi. Ça ne paraissait même pas qu'il y avait eu un accident parce qu'il neigeait beaucoup. Ça ne paraissait pas non plus que madame Lemaire avait déboulé l'escalier et qu'elle avait couru tout croche. J'ai vu les deux policiers entrer dans la maison. Je me demandais ce qu'ils allaient faire-là. Peut-être qu'ils voulaient aller aux toilettes avant de repartir.

J'ai vu le manteau et les caoutchoucs de madame Lemaire et je n'ai pas aimé ça. Je suis allée les mettre dans le débarras. La canne aussi. Je ne voulais plus les voir, je ne sais pas pourquoi. En attendant d'aller chez Ling, j'ai décidé d'écrire dans mon journal ce qui s'était passé parce que c'est quand même spécial. Pendant que j'écrivais, j'ai entendu sonner à la porte, mais je ne suis pas allée répondre. Je me demandais qui c'était. Là, j'ai fini d'écrire, je vais aller jouer dehors. Ça va être le fun. Bye.

On est encore samedi. Mais là, ça ne va pas très bien avec mes amies et je vais expliquer pourquoi.

Quand je suis arrivée chez Ling, j'étais un petit peu en retard et les autres avaient commencé le fort. Il neigeait un peu moins que ce matin, mais il neigeait encore beaucoup alors c'était super le fun. Il y avait Ling, Emma, Charlie et Félix, et aussi deux amis de Félix, Sébastien et Zachary. Félix avait l'air surpris de me voir. Je lui ai dit tu m'as pas appelée pour me dire que vous vouliez faire un fort aujourd'hui ? Il a dit qu'il avait oublié et il avait une face de gars gêné. J'étais un peu fâchée après lui, mais pas beaucoup. Il a demandé si j'avais amené son foulard. J'ai dit que j'avais oublié, mais qu'il pouvait venir le chercher chez nous tantôt. Il n'a rien dit, mais il avait l'air mal à l'aise. Là, on a fait le fort et c'était super le fun parce que la neige était super collante. Comme on avait des pelles, notre fort serait super gros. On se disait que ça allait être le fun d'être en congé pendant deux semaines et qu'on pourrait jouer de même tous les jours. Emma était un peu bête avec moi, mais ça, c'est parce qu'elle m'en voulait encore à cause du test de confiance. Mais Charlie et Félix étaient bizarres. Charlie avait l'air souvent dans la lune et elle riait moins que d'habitude. Des fois, elle me regardait sans rien dire avec une drôle de face. Félix ne me regardait même pas. Deux ou trois fois, j'ai essayé de l'amener un peu plus loin pour qu'il me donne un bec, mais il n'a pas voulu. Après environ deux heures, le père de Ling est sorti pour nous donner des chocolats chauds. On les a bus et c'était bon. Après, je suis allée aux toilettes dans la maison. J'ai vu le petit frère de Ling qui jouait dans le salon et sa mère qui lisait un livre. Quand je suis sortie des toilettes, Charlie était là et elle attendait pour aller faire pipi. Elle m'a demandé si je m'ennuyais de mes parents. Je n'avais pas envie de parler de ça, alors je lui ai dit qu'on ne pouvait pas parler de ça ici parce que la famille de Ling pourrait nous entendre. Mais elle continuait, elle m'a demandé ce que je faisais toute seule le soir chez nous. J'ai dit que je regardais des films et que je faisais ce que je voulais. Charlie a dit que elle et sa famille iraient voir le spectacle de danse Révolution ce soir après souper. Elle a dit qu'ils y allaient juste à temps parce que sa mère lui avait dit que tous les spectacles seraient peut-être annulés bientôt à cause du virus. Je l'ai trouvée super chanceuse d'aller voir le spectacle, mais je ne l'ai pas dit. Là, elle a fait une drôle de face et elle m'a dit qu'elle avait encore vu son grand-père la nuit passée et il lui disait encore que c'était de sa faute s'il était mort. Elle a dit qu'elle n'est pas sûre que c'est un rêve. Elle a dit qu'elle avait recommencé à le voir depuis que je leur avais montré mes parents morts. J'ai dit tu penses que c'est de ma faute? Elle a dit qu'elle ne savait pas. Elle avait l'air d'avoir peur et elle a dit je veux pas ce que soit à cause de moi que mon grand-père soit mort. Je commençais à la trouver fatigante avec ça. J'ai dit ben non, c'est pas à cause de toi. Et là, je suis sortie parce que je ne voulais pas que la famille de Ling nous entende. Et en plus, ça ne me tentait pas de parler de ça.

Plus tard, notre fort était presque fini. Zachary a dit que quand on l'aurait fini, il faudrait le dire à personne parce que c'était notre fort secret juste pour nous autres. Je ne comprenais pas trop comment un si gros fort devant la maison pouvait être secret, c'était un peu niaiseux. Charlie a dit inquiète-toi pas, je suis bonne pour garder les secrets, demande à Florence. J'étais en train de pelleter et j'ai arrêté d'un coup. Félix aussi a arrêté de bouger et il a eu une face de peur. Ling et Emma n'avaient pas l'air de comprendre. Emma a dit comment ça, Florence t'as dit un secret? Charlie a dit pas juste à moi, à Félix aussi. Elle avait la face bien fière en disant ça. Félix est devenu blanc. J'ai souvent lu dans des romans que des personnes des fois étaient blanches comme de la neige. Là, Félix n'était pas si blanc que ça, mais quand même pas mal. Emma m'a demandé pourquoi je ne leur disais pas mes secrets, à elle et à Ling. Moi, je n'étais pas capable de rien dire. Charlie a dit que c'était parce qu'elles n'avaient pas réussi le test de confiance de l'autre jour. Emma a dit qu'elles l'avaient réussi après, mon test de confiance. Ling ne disait rien, mais elle avait l'air d'accord. Charlie a réfléchi et elle m'a dit c'est vrai, elles l'ont réussi après, on pourrait leur dire. Là, je me suis fâchée et j'ai crié que non, qu'on ne leur disait pas. J'ai dit en tout cas, tu leur dis pas le mien, sinon, et là, je n'ai pas fini ma phrase, mais j'ai levé un peu ma pelle. Là, Félix a fait une sorte de gémissement, comme un bébé, et il a marché vers la rue en disant qu'il s'en allait. J'étais surprise. Je suis allée l'arrêter et je lui ai dit qu'il ne pouvait pas s'en aller de même sans dire bye à son amoureuse. J'étais un peu fâchée. Là, il m'a regardée très longtemps, il avait l'air tout mêlé et triste aussi. Il m'a dit je pense que je veux plus qu'on soit des amoureux. J'ai été encore plus surprise. J'ai demandé pourquoi. Mais il n'a rien dit et il est parti. Ça veut dire qu'il ne me tiendra plus la main et qu'il ne me donnera plus de becs. C'était vraiment poche. J'étais déçue, mais aussi fâchée. Les deux amis de Félix ont décidé de s'en aller aussi. Emma ne disait rien, mais elle avait l'ait en maudit après moi. On a continué notre fort juste les quatre filles, mais Emma a fini par dire que je ne pouvais pas jouer avec elles si je ne leur disais pas mon secret. Ling a hésité, mais elle a dit qu'elle était d'accord. J'ai dit ben vous le saurez pas ! Alors Ling a dit il va falloir que tu t'en ailles d'abord, Flo. Elle avait l'air mal à l'aise de dire ça, mais Emma avait l'air contente. Alors j'ai eu envie de les frapper avec ma pelle, une grosse grosse envie. Mais je leur ai dit d'aller chier et je suis partie. J'avais envie de pleurer. Charlie est venue me rejoindre. Elle a dit qu'elle aussi s'en allait. Mais je ne disais rien, j'étais trop en maudit. Là, Charlie a dit tu penses pas qu'on devrait leur dire ? Là, j'ai dit à Charlie va-t'en, laisse-moi tranquille ! Parce que j'étais trop fâchée après elle aussi. Charlie a arrêté de marcher. Moi, j'ai continué et je ne me suis pas retournée pour la regarder parce que je pleurais un petit peu.

Quand je suis arrivée chez nous, le téléphone sonnait. Je n'ai pas répondu, mais j'ai pris les messages. Il y avait encore un message de matante Josée, qui ne comprenait pas pourquoi maman ne la rappelait pas. Elle a dit qu'elle commençait à s'inquiéter et qu'elle voulait qu'elle la rappelle le plus vite possible. Je me demandais ce qu'elle allait faire en s'apercevant que maman ne la rappelait pas. Est-ce qu'elle viendrait ici? Si elle fait ça, j'aurai juste à ne pas répondre à la porte. Après, il y avait un message d'un autre monsieur qui a dit que si papa ne le rappelait pas lundi, il arrêterait de livrer de la bière au dépanneur. Et il y avait un message d'un policier qui disait qu'il était venu à la maison après-midi pour savoir si on avait vu l'accident d'une madame dans la rue. Il ne la nommait pas, mais je savais qu'il parlait de madame Lemaire. Il a dit qu'il fallait qu'on le rappelle et il a laissé un numéro de téléphone. Je me suis dit que si la police venait chez nous, il ne fallait pas que je leur réponde non plus. Je me suis demandé pendant combien de temps je pourrais ne pas répondre aux personnes qui viendraient chez nous. Mais je n'avais pas envie de penser à ça parce que quand j'y pensais, je ne me sentais pas bien. J'ai pensé à d'autres affaires. J'ai pensé à mes amies avec qui j'étais en chicane. Mais c'était de leur faute, pas de la mienne. J'ai pensé aussi à Félix qui ne voulait plus être mon amoureux. Je ne comprenais pas pourquoi.

Là, je vais aller au restaurant. Mononcle Hubert avait raison, ça me fait du bien d'écrire toutes mes affaires, même si je ne comprends pas pourquoi.

On est encore samedi. Je ne suis pas allée au restaurant. Ça ne me tentait plus. C'est la première fois de ma vie que je n'ai pas envie d'aller au restaurant. J'ai mangé toutes sortes d'affaires qu'il y avait dans la maison. Après souper, je ne savais pas quoi faire. Charlie, elle, elle était avec sa famille au spectacle de Révolution et quand je pensais à ça, j'étais triste. Mais là, je me suis trouvée niaiseuse parce que elle, quand elle va revenir chez elle, il va falloir qu'elle obéisse à ses parents et qu'elle se couche. Moi, je peux faire ce que je veux. C'est vrai que je ne peux pas aller au spectacle de Révolution parce que c'est trop loin à pied. Et aussi parce qu'ils ne laisseraient pas entrer une petite fille toute seule. Mais à part de ça, je peux faire pas mal tout ce que je veux. Alors j'ai mangé et après, j'ai mis de la musique fort fort dans la maison et je chantais fort fort aussi. Je suis allée chercher la canne de madame Lemaire dans le débarras et j'ai fait comme si c'était un micro. Après, j'ai pris les chaises de la cuisine et les couvertes de mon lit et je me suis fait une grosse cabane dans le salon, et après, je me suis cachée dedans. Je suis restée quinze minutes dans ma cabane, et là, j'ai pensé que ce serait tout le temps comme ça, que je serais tout le temps toute seule dans ma maison. Je suis devenue toute triste. Et si du monde découvrait ce que j'avais fait, je ne pourrais plus rester ici. J'irais dans une autre famille. Peut-être avec mononcle Hubert, ce serait cool. Mais peut-être que j'irais en prison. Je ne le sais plus, je suis toute mêlée. Je voulais trouver un moyen de ne plus être triste. Là, je me suis rappelé que quand maman prenait de l'alcool, elle n'était pas triste. Elle était toujours de bonne humeur. Sauf quand elle en prenait trop. Quand elle était trop soûle, elle pleurait. Mais quand elle n'était pas trop soûle, elle était juste de bonne humeur. Je pourrais peut-être essayer. J'ai déjà goûté à de la bière et du vin et je n'aime pas ça, mais je me rappelle de l'alcool que maman m'avait fait goûter l'année passée et que j'ai trouvé bon, parce que c'était sucré et ça goûtait un peu le chocolat. Je suis allée voir dans l'armoire et j'ai reconnu la bouteille. Ça s'appelle Baileys. Il en restait la moitié. Alors, j'ai décidé d'en boire un peu. Je ne veux pas me soûler comme maman parce que je ne veux pas pleurer, mais je vais en boire juste un peu pour être de bonne humeur. J'ai trouvé que c'était une bonne idée et je me suis trouvée bonne.

Là, j'écris dans mon journal en attendant d'être de bonne humeur. C'est bizarre parce que depuis que j'ai commencé à écrire, j'ai bu un verre et je ne me sens pas de bonne humeur. Même que je ne sens rien. Je vais boire encore un ou deux verres pour voir. En plus, c'est super bon.

Ça marche. Là je suis super de bonne humeur, j'en ai bu pas mal super bon. J'ai envie de jouer là. Je vais aller jouer dans ma cabane, je vais faire comme si les zombies l'attaquaient, avec les oreillers comme si c'était comme si c'était des grosses roches que les zombies lancent sur ma cabane, j'y vais bye.

Papa était là ! Il faut que je l'écrive parce que je l'ai vu il était là j'avais défait toute ma cabane avec les oreillers et avec la canne de madame Lemaire je comme si c'était un laser sur les zombies et là papa dans la cuisine je l'ai vu il est pas en sang pas magané, il est comme d'habitude, il regardait maman qui là aussi avec un bébé dans les bras. Je pense que c'est moi le bébé c'est moi. Ils me voient pas, ils se chicanent, ils crient ils crient après l'autre et là là il la frappe il frappe maman dans la face. Maman le coup elle échappe parce que elle lâche à cause du coup le bébé par terre. le bébé se à crier. Moi aussi je crie après papa parce que en maudit. Et mal à la tête pendant que je crie. Ça tourne encore pendant que j'écris là là papa s'approche de moi comme Il dit c'est pas juste de ma faute pas juste moi t'es un monstre Flo un monstre. Je lui crie va chier et je le frappe la canne ça tourne trop, je perds l'équilibre et par terre. Je me relève papa est plus là, maman non plus. je l'écris tout de suite, mais c'est difficile, ça tourne tellement, c'est là je retourne attaquer les zombies avec ma canne en laser go go !!!! Plein de points d'exclamation !!!!

Là je pense que suis soûle parce que je suis triste et mal au cœur. Les zombies m'ont couru après jusque dans le dépanneur et j'ai coups de laser, je frappais partout, je criais maudits zombies maudits monstres je suis plus forte, j'ai ouvert la trappe de papa suis descendue dans cave, les zombies me suivaient, ah ah, je vais vous tuer ! Je vais je frappais partout dans chaises dans les étagères je riais maudits zombies niaiseux vous me faites pas peur ! je frappais avec la j'ai cassé la canne a cassé en deux, là j'ai fouillé dans le coffre les outils de papa il y avait une petite hache. l'ai prise frappé partout avec tiens, les monstres, tiens, tiens, là papa était là dans la cave magané la face pleine de sang œil crevé Il disait reste avec moi reste ici Flo on va vivre ici tous les deux reste. J'ai eu peur j'ai lâché la hache vite suis remontée, maman va me sauver, maman, maman ! Dans frigo maman était couchée bougeait pas je l'appelais je la maman maman réveille-toi pourquoi tu pourris pas ? Pourquoi tu pourris pas si tu restes morte ! ça tourne ma tête je tombe dans les caisses bières il y a une bouteille qui casse Debout encore tu reviens pas maman tu restes morte tu m'as dit que jamais tu jamais tu m'abandonnerais menteuse maudite menteuse !!!!

Les points d'exclamation plein plein je suis en criss en criss en criss j'ai (mots illisibles) trahie tu m'as trahie maman je te faisais confiance j'étais maman t'as pourquoi va chier la confiance la confiance là c'est j'ai mal au cœur, de la misère à écrire. J'ai pris le bout bouteille cassée vas-tu m'aider maman si je J'ai coupé ma joue avec bouteille pas trop un peu maman bougeait pas Et là, vas-tu te réveiller si coupé mon front du sang un peu (illisibles) faisait mal maman restait morte morte morte J'ai crié pleuré tu m'aimes pas menteuse tu m'aimes pas !!! donné un coup de pied et remonté en haut failli débouler escalier là j'écris trop en criss j'écris mal au cœur je vais être malade je pense je vais (illisibles)

La forte pluie avait fait fondre beaucoup de neige, au point qu'à quatorze heures vingt-neuf, une forme louche s'est révélée dans la cour arrière de la maison des Roberge-Janelle. Les policiers n'ont eu qu'à balayer la neige pour voir apparaître en quelques secondes le cadavre de Sébastien Roberge. Et en constatant l'état du corps de même que l'horrible mutilation qu'il avait subie, ils ont rapidement conclu à l'assassinat. Il a donc été décidé d'appeler les Crimes contre la personne à Montréal pour qu'ils envoient un enquêteur en homicides.

Pendant qu'on dégageait le macchabée, deux autres agents sont arrivés sur place. Étonnés par la présence de collègues, ils leur ont expliqué qu'ils venaient interroger les résidents de la maison concernant la mort d'une femme d'une soixantaine d'années, frappée la veille par une voiture, femme dont l'identité demeurait inconnue puisqu'elle n'avait ni manteau ni papiers. De plus, l'examen de la dépouille la veille avait révélé d'étranges blessures difficilement attribuables à l'impact d'une automobile. L'enquêtrice Coupal écoutait ces explications avec curiosité. Bien sûr qu'elle avait entendu parler de cet accident, mais il n'y avait aucune raison que ni elle, ni aucun autre agent ne décèle un lien entre le décès de cette femme et leur enquête actuelle. Mais maintenant, Coupal n'en était plus si convaincue, même si elle n'arrivait pas à saisir quel pouvait être ce lien.

Pendant ce temps, d'autres policiers discutaient avec le responsable de la ligue de bowling de Drummondville, un certain Ladouceur, qui n'avait rien à dire sur Sébastien Roberge, sinon qu'il s'agissait d'un paranoïaque intense, qu'il avait toujours l'impression que le monde s'alliait contre lui et qu'il avait quitté la ligue une quinzaine de jours plus tôt à la suite d'une engueulade ridicule.

À quatorze heures cinquante-deux, Jean-François observe Florence qui, installée à la table, mange un sandwich. Il y a dix minutes, elle a affirmé avoir très faim, car elle n'avait rien avalé depuis son réveil ce matin. Jean-François est allé fouiller à la cuisine commune, a déniché dans le frigo un sandwich sans doute oublié par un employé et, après l'avoir senti, a décrété qu'il était encore comestible. Il avait échangé quelques mots avec Marlène, une des rares intervenantes sur place en ce dimanche. Marlène prétendait que le gouvernement exagérait avec le virus et que d'ici deux ou trois semaines, on n'en entendrait plus parler. Jean-François s'était contenté de répondre par monosyllabes, la tête ailleurs. Maintenant, assis près de Florence, il l'observe tandis qu'elle engouffre le sandwich avec un plaisir évident.

L'intervenant est encore bouleversé par le coup de téléphone de Coupal, il y a une vingtaine de minutes.

— Faites parler la petite, avait conclu la policière après lui avoir résumé la découverte du cadavre de Roberge. Faut qu'on sache ce qu'elle sait.

— En tout cas, elle savait que sa mère était morte...

— Ah, oui ? Alors peut-être qu'elle sait aussi pour son père pis qu'elle a vu quelque chose...

Elle avait soupiré, puis répété avant de raccrocher :

— Faites-la parler.

— Il est bon, le sandwich, commente Florence, de sa voix mature en opposition avec sa manière enfantine de mastiquer. Presque aussi bon que ceux de ma mère. C'est toi qui l'as fait ?

— Oui, c'est moi.

Mensonge manipulateur, bien sûr, mais si cela peut l'aider à gagner la confiance de la petite, pourquoi pas ? Confiance qu'elle lui témoigne de plus en plus, il le sent bien.

— Je l'ai fait exprès pour toi, ajoute-t-il.

Elle mâche la bouche ouverte en le regardant avec gratitude.

— Ben, merci.

Jean-François décide enfin de plonger et, les mains croisées entre les cuisses, avance le torse.

— Florence, tu m'as dit que tu savais que ta maman était morte...

— Oui, répond-elle simplement en prenant une autre fournée.

L'intervenant s'humecte les lèvres.

— Et ton papa, tu sais ce qui lui est arrivé ?

Elle avale sa bouchée et, l'air sombre, contemple son assiette presque vide. « Elle sait », songe aussitôt Jean-François, et l'émotion lui tord le cœur.

— J'ai plus faim, marmonne la petite.

Elle dépose la dernière croûte du sandwich et se lève. Elle s'approche de la table à thé et sent les tulipes dans le pot. Jean-François ne la quitte pas des yeux. Elle va s'installer dans le divan et se frotte un œil, fatiguée. Lentement, Jean-François rejoint le fauteuil près d'elle et s'y assoit. Il attend. Il sait qu'elle veut parler. Florence le dévisage tout à coup sans détour.

— Tu m'as pas dit, tantôt, qu'est-ce que la personne à qui tu faisais confiance t'avais fait.

L'intervenant réfléchit, pris au dépourvu. Encore une fois, il se demande jusqu'où il peut aller. Il songe à Coupal qui espère des résultats de sa part. Il se gratte la nuque, puis :

— J'avais une blonde qui m'avait promis qu'on aurait un enfant ensemble, et c'est pour ça que je restais avec elle. Mais finalement, elle m'a menti, elle voulait pas d'enfant.

Voilà, c'est amplement suffisant. Il ne va pas raconter qu'après quatre ans de liaison, Nadine avait fini par accepter d'être mère, même si au départ le projet l'angoissait, et qu'elle avait donc arrêté de prendre la pilule. Il ne racontera surtout pas qu'après un an il se demandait pourquoi elle n'arrivait pas à tomber enceinte et qu'il avait découvert que non seulement elle s'était fait avorter, mais qu'ensuite elle avait recommencé la contraception en secret. Bien sûr qu'elle avait le droit à l'avortement, mais elle aurait tout de même pu lui en parler. Et qu'elle ait prétendu désirer un enfant, qu'elle lui ait menti sur un sujet si fondamental pour lui, qu'elle ait recommencé à prendre la pilule dans son dos, c'était... puéril, certes, mais surtout la pire des trahisons, une trahison impardonnable, qui avait totalement dévasté Jean-François. Il l'a quittée il y a cinq mois, aussitôt après la découverte de la vérité.

— Alors, je l'ai quittée parce que je ne pouvais plus lui faire confiance, se contente-t-il d'expliquer.

Florence l'observe avec intérêt.

— T'aimerais ça avoir un bébé ?

— Oui, beaucoup. Une petite fille, par exemple. Comme toi.

Il pousse un peu, mais il doit admettre qu'il a prononcé ces mots avec sincérité. Cette gamine l'émeut vraiment. Plus que les autres enfants qu'il a croisés en huit ans à la DPJ. Florence passe les doigts distraitement sur la coupure sur sa joue.

— Pis tu lui ferais des caresses ? Pis tu la ferais rire ?

— C'est sûr. Et je lui préparerais de bons sandwichs.

Elle ricane sans le regarder, en balançant les jambes sur le bord du divan. C'est la première fois que Jean-François l'entend rire, un rire qui, contrairement à sa voix, est parfaitement enfantin, craquant. De nouveau, l'émotion le submerge.

Florence devient plus sérieuse, bâille, puis revient à l'intervenant :

— T'as dit que ce que je te dirais, tu le dirais à la police.

— Je t'ai dit que leur dirais juste ce qui peut t'aider ou aider d'autres personnes.

Il ajoute, prudent :

— Des affaires qui pourraient aider à arrêter ceux qui vous ont fait du mal, à toi et tes parents.

Elle hésite toujours et tout à coup, sa voix se teinte d'une inquiétude ambiguë :

— Même ceux qui ont fait mal à mon père ?

Jean-François avale sa salive.

— On a fait mal à ton père ?

Florence serre la bouche. À nouveau, Jean-François comprend qu'elle est au courant.

— On a fait mal à ton père, Florence ? répète-t-il.

La fillette se frotte les yeux en appuyant sa tête au bout du divan.

— Je suis fatiguée…

Jean-François se mordille la lèvre. Elle est tout près de se confier, c'est évident. Peut-être qu'elle a carrément été témoin de la mort de ses parents, même si cette idée lui paraît insupportable. Que pourrait-il ajouter pour la convaincre de parler ? Il songe à lui demander encore la permission de lire son journal intime, mais elle a réagi si brutalement tout à l'heure qu'il renonce ; s'il insiste et qu'elle se braque contre lui, il perdra tout le chemin parcouru. Non, il doit trouver autre chose…

Son cellulaire sonne.

— Je reviens, dit-il.

Tandis qu'il sort de la pièce, il espère sincèrement que Coupal va lui apprendre que ça y est, cette sordide histoire a été éclaircie. Mais cet espoir s'estompe aussitôt que, dans le couloir, il entend l'enquêtrice lui demander, sans le saluer :

— Elle a parlé ?

— Elle parle un peu plus, mais rien de précis sur… sur tout ça.

— Est-ce qu'elle sait que son père est mort ?

— Elle a échappé des phrases qui me laissent croire que oui… Enfin, peut-être.

— Hmmmm…

— Je vais y arriver, elle est vraiment sur le point de se confier.

Silence.

— Et vous, de votre côté ? De nouveaux éléments qui pourraient m'aider ?

— L'ami de Maryline Janelle, Hubert Godin, nous a toujours pas rappelés. Mais on a découvert des choses sur lui. Avant, il était coiffeur artistique, il coiffait des mannequins de la région pour des pubs dans les journaux locaux ou pour les télés communautaires. C'est sûrement comme ça qu'il a rencontré Maryline, dans le temps qu'elle était mannequin.

— Elle a été mannequin ?

— Rien de très glamour, surtout pour des pubs régionales… Bref, il y a six ans, Godin a sérieusement tabassé un gars qui maltraitait son ami gai, au point de l'envoyer à l'hôpital. Le gars a même été dans le coma pendant une couple de semaines. Godin a fait six mois de prison pour ça. À sa sortie, il n'a plus trouvé de contrats comme coiffeur artistique. Maintenant, il travaille dans une mercerie du centre-ville.

— Six mois de prison ? Quand même…

— Ouais. C'est écrit dans son casier judiciaire qu'il est un impulsif violent. Vous me voyez venir ?

— Vous pensez… ?

— Si Godin a appris que Sébastien Roberge a tué sa grande amie… Pas impossible, comme scénario. On verra. Je vous parle de Godin au cas où ça pourrait vous servir avec la petite.

Les informations tournent trop vite dans la tête de l'intervenant.

— Peut-être, je… je sais pas trop…

— Écoutez, quand l'enquêteur de Montréal va arriver, il va sûrement vouloir rencontrer Florence pis l'interroger. Vous allez être présent, c'est sûr, mais…

— Si la police la questionne, elle va se refermer, c'est certain.

— Raison de plus pour que vous la fassiez parler d'ici là.

Jean-François range son cellulaire dans son veston en soupirant. Trop d'hypothèses, trop de revirements… Il n'est pas habitué à tout cela. Est-ce son imagination ou Drummondville connaît de plus en plus de drames sanglants depuis quelques années ? De toute façon, l'enquête elle-même ne le concerne pas. Lui, tout ce qu'il souhaite, c'est le bien de la petite, qu'elle sorte de ce cauchemar.

Il retourne dans la salle de repos. Florence, couchée dans le divan, est profondément endormie, ses cheveux roux lui recouvrant la moitié du visage. Il l'observe un instant, attendri. Il ne veut pas la réveiller, mais s'il espère la convaincre de parler avant l'arrivée du flic de Montréal, il n'a pas le choix.

À moins que…

Il reluque vers la table, où se trouvent encore les deux journaux intimes de Florence. Il s'approche. Hésite. Il n'aime pas du tout ce qu'il est sur le point de faire. Légalement, cela pourrait peut-être lui amener des problèmes. En même temps, ce serait défendable : il s'agit tout de même d'une histoire de meurtre et ce journal peut contenir des renseignements hyper importants. Il ne dira évidemment pas à la petite qu'il a consulté son journal, il veut juste dénicher quelques informations qui pourraient l'aider. Pour ensuite aider Florence

Oui. L'aider, elle.

Allez, il en prend l'entière responsabilité. Il ouvre le second journal à la page où est glissé le stylo, dépose celui-ci sur la table et monte le livre vers lui. Après s'être assuré que Florence dort toujours, il se met à lire.

Au bout de trente secondes, il fronce les sourcils.

Puis, il recule de quelques pages et recommence à lire. Son visage blêmit. Une minute plus tard, il revient quelques pages en arrière. Ses yeux se dilatent d'incrédulité.

À quinze heures trois, tandis que Jean-François parcourt le journal de Florence, le préposé aux appels du poste de la SQ de Drummondville répond à un coup de téléphone. La voix de la femme à l'autre bout du fil est à la fois terrifiée et dubitative :

– Écoutez, je… Je sais pas si ce que je vais vous dire est vrai, mais… il fallait que je vous appelle parce que… c'est tellement… En même

temps, à leur âge, on sait jamais trop s'ils inventent ou…

– Attendez, là, madame, de quoi vous parlez, au juste ?

L'interlocutrice prend une grande respiration.

– Mon enfant vient de me raconter quelque chose d'épouvantable.

Journal intime
de
Florence Roberge

On est dimanche. Là, je vais écrire ce qui s'est passé. Mais c'est la première fois que je n'ai pas envie d'écrire. Mais je vais l'écrire quand même. Je ne sais pas pourquoi. Peut-être parce que que je n'ai rien d'autre à faire. Ou parce que (mots rayés, puis :) Je ne le sais pas.

Je me suis réveillée tout à l'heure parce que ça sonnait à la porte. C'était le matin et il était pas mal tard, à peu près dix heures et demie. J'étais dans mon lit même s'il n'avait plus de draps et j'étais encore toute habillée et j'avais mal à la tête beaucoup beaucoup. J'avais super soif. Je pense que j'aurais pu boire toute la mer tellement que j'avais soif. Je ne me rappelais presque de rien de hier soir. Je pense que j'ai failli être malade hier mais je ne l'ai pas été parce que je ne vois pas de vomi nulle part. Tant mieux parce que j'haïs ça vomir. Là, je ne voulais pas me lever alors j'attendais que ça arrête de sonner. Mais là, j'ai entendu la porte s'ouvrir et Félix a crié Florence, t'es là? D'habitude, je barre la porte avant de me coucher mais là, j'avais dû oublier parce que j'étais soûle. Là, il fallait que je me lève parce que Félix était entré. En plus, j'étais contente de le voir. Peut-être qu'il venait me dire qu'il voulait qu'on soit encore des amoureux. En me levant, j'ai vu qu'il y avait un peu de sang sur mon oreiller, mais il avait séché. J'ai touché ma face mais il n'y avait pas de sang. Je sentais par exemple des bobos sur mon front et sur ma joue. Félix m'appelait encore et je l'entendais enlever ses bottes, alors je suis allée le rejoindre. Il était dans le salon. Il avait encore son manteau et il regardait partout, il regardait les chaises et les draps de mon lit partout par terre. Il m'a vue et il m'a demandé ce que je m'étais fait dans la face. Je suis allée me voir dans le miroir de la salle de bains. J'ai vu que j'avais une coupure dans mon front et sur ma joue mais ça ne saignait pas. C'est là que je me suis rappelé ce que j'avais fait avec maman hier soir dans le frigo. Là, je me suis sentie très triste. J'ai lavé ma face vite vite. On voyait encore les coupures, mais elles étaient moins rouges et ça ne saignait pas. J'ai bu un grand verre d'eau. Je me suis aussi brossé les dents parce que j'avais un goût dégueu dans la bouche. Félix m'appelait encore, avec une voix tannée d'attendre.

Je lui ai dit tu veux qu'on joue ? J'avais mal à la tête et j'étais fatiguée, mais j'étais contente qu'il soit là. Il a dit non, mes parents voulaient que je vienne chercher mon foulard. J'ai dit OK, mais on peut jouer aussi. Il a dit je le sais pas. Il ne me regardait pas pendant qu'il parlait. J'étais déçue. Je lui ai demandé pourquoi il ne voulait plus qu'on soit des amoureux. Il a regardé par terre et il a bougé la tête parce qu'il ne savait pas quoi dire. J'ai demandé si c'est parce que j'avais tué mon père. Il a dit oui, un peu, et il se grattait la tête. Il avait l'air perplexe. Il a encore demandé s'il pouvait avoir son foulard, alors je l'ai trouvé et je le lui ai donné. Il l'a mis autour de son cou en ne disant rien. Je lui ai demandé si son père avait encore fait des affaires de sexe avec lui. Il ne disait rien. Mais en voyant sa face, je pense que la réponse était oui. J'ai dit que s'il tuait son père, moi, je comprendrais pourquoi. Il m'a regardée avec une drôle de face. Là, j'ai eu une idée et j'ai dit qu'on pourrait le tuer ensemble et que je pourrais l'aider. Il a ouvert les yeux grands grands et il a dit non, je veux pas, et il avait une face de gars super fâché et aussi un peu une face de peur. J'ai dit tu vas voir, ça marche, personne va le savoir et on va pouvoir être encore des amoureux. Il a dit très fort non, personne va tuer mon père et je vais le dire que tu as tué le tien ! Là, j'ai été tellement surprise que je ne savais pas quoi dire pendant longtemps.

Mais j'ai fini par dire qu'il n'avait pas le droit, qu'il avait promis de ne rien dire. J'ai dit que s'il faisait ça, je raconterais son secret à tout le monde. Il a fait une face comme s'il avait envie de pleurer et il a dit qu'il s'en foutait, qu'il n'était pas capable et qu'il avait peur maintenant que je tue son père et qu'il fallait qu'il le dise. Il disait ça tout croche, comme s'il se mêlait dans ses mots, et il n'arrêtait pas de se frotter la tête. J'étais très en colère et j'ai crié que des amoureux, ça ne se trahissaient pas. Là, il a crié très fort qu'on n'était plus des amoureux. Là, ç'a sonné à ma porte. On a arrêté de parler tous les deux, on ne savait pas quoi faire. Mais là, la porte s'est ouverte et j'ai entendu Emma crier on le sait que t'es là pis que t'es toute seule, Flo. Je me suis dépêchée d'aller dans le couloir et j'ai vu Emma, Ling et Charlie entrer. J'ai eu peur et j'ai dit qu'elles ne pouvaient pas entrer parce que mes parents ne voulaient pas que j'aie trop d'amis dans la maison aujourd'hui parce que ma mère était malade. Je parlais super vite. Là, Emma m'a demandé si c'était vrai que mes parents étaient morts et que je les cachais. Là, j'ai été super surprise. Je regardais Charlie. Elle avait l'air un peu mal à l'aise, mais pas trop. Je lui ai dit t'avais promis de pas le dire à personne! Elle a dit c'est correct, elles ont fait le test de confiance l'autre jour, même si elles l'ont réussi après moi et Félix. Elle disait qu'on était tous redevenus amies alors on pouvait tout se dire, comme avant. Moi, je criais qu'elle avait trahi ma confiance, je disais juste ça, t'as trahi ma confiance, Charlie ! Et là, j'ai eu une image dans ma tête que je prenais un couteau et que je le lui rentrais dans la gorge, avec beaucoup de sang. Et plus je voyais cette image-là, plus je criais tu m'as trahie, tu m'as trahie !!! Et là, j'ai crié un gros cri aigu plus fort que d'habitude. Les filles me regardaient avec une face surprise. Félix était venu nous rejoindre dans le couloir et lui aussi avait l'air surpris. Ling a dit c'est vrai, d'abord ? Tes parents sont morts ? J'ai dit oui. Emma a dit t'as vraiment tué ton père et tu l'as enterré dans la neige ? J'ai dit que je l'avais tué parce qu'il n'était plus gentil avec moi. Emma a dit tu gardes ta mère dans le frigo à bière ? J'ai encore regardé Charlie et là, je la détestais beaucoup beaucoup. Elle, elle n'avait plus l'air mal à l'aise du tout. Elle a dit c'est nos amies, Flo, on le dira pas à personne d'autre. Là, Emma a marché dans le couloir sans enlever ses bottes et elle a dit moi, je veux voir ça. Je lui ai crié d'attendre mais Ling et Charlie l'ont suivie et elles marchaient toutes vers la porte de l'escalier intérieur. Alors je n'ai pas eu le choix et je les ai suivies. Je leur ai encore crié d'attendre, mais ça ne donnait rien. Les filles ont descendu en bas. J'ai remarqué que la trappe de la cave était encore ouverte alors j'ai crié aux filles regardez, c'est là-dedans que mon père voulait qu'on vive! Mais elles sont entrées dans le frigo alors je les ai suivies. Emma et Ling regardaient maman avec des yeux grands grands. Félix était venu nous rejoindre et il est entré dans le frigo lui aussi. Il regardait maman et il avait une face super triste. Ling a dit elle est vraiment morte? J'ai dit oui. En tout cas, je pense que j'ai dit oui. Je ne le sais pas parce que j'étais trop en maudit. J'étais même en criss. Je n'arrêtais pas de regarder Charlie. Elle m'avait trahie, elle avait trahie ma confiance. Elle a vu que j'étais en maudit parce qu'elle a encore dit que c'était correct, que c'était nos amies. Et elle a dit il fallait que j'en parle, Flo, il fallait parce que je vois mon grand-père toutes les nuits et j'ai peur, j'aime pas ça. Et en disant ça, elle est venue les yeux pleins d'eau. Je ne voyais pas le rapport avec son grand-père et je m'en foutais pas mal parce qu'elle avait vraiment trahi ma confiance et il fallait que je la punisse, je n'avais pas le choix, une grosse punition. Là, on ne disait rien. Emma avait une drôle de face pendant qu'elle regardait maman. On dirait qu'elle pensait à quelque chose qui avait l'air de la rendre contente. Ben, pas contente, c'est pas vraiment ça, mais je ne sais pas comment le dire. Là, Félix a fini par dire qu'il s'en retournait chez lui. Il est sorti du frigo et Emma l'a suivi et elle a dit qu'elle s'en allait elle aussi. Je n'ai pas aimé la manière qu'elle a dit ça alors je suis sortie moi aussi et je lui ai demandé où elle s'en allait. Elle a arrêté de marcher et elle m'a dit qu'elle s'en allait toute dire à ses parents. Elle a dit t'as pas le droit de faire ce que t'as fait, Florence Roberge, t'es méchante ! Félix avait arrêté de marcher lui aussi et il nous regardait comme s'il ne savait pas quoi faire. Charlie et Ling étaient sorties aussi du frigo et Charlie a dit à Emma qu'elle ne pouvait pas le dire parce que c'était notre secret. Elle a dit tu m'avais promis de rien dire ! Emma a dit qu'elle ne savait pas que ce serait un secret grave comme ça. Elle m'a dit c'est trop grave, t'as tué ton père pis je vais le dire à mes parents. Là, pendant qu'elle disait ça, elle a eu l'air contente et ça m'a mis encore plus en maudit. C'est bizarre, parce que je n'ai plus rien vu pendant deux ou trois secondes. Tout était blanc. Quand j'ai été capable de voir encore, j'ai vu Emma qui marchait vers l'escalier intérieur. Là, j'ai couru vers elle et je l'ai poussée fort fort pour la faire tomber par terre. Mais elle était proche de la trappe ouverte alors elle est tombée dedans. Elle a crié parce que ça lui a fait mal en tombant. Félix, Charlie et Ling sont venus proches du trou pour voir. J'avais laissé la lumière allumée hier soir dans la cave alors on voyait bien. Emma était couchée par terre et elle tenait son bras en pleurant. Félix a crié es-tu correct ? Et là, il a descendu l'échelle. Ling m'a dit voyons,

Florence, t'es ben pas fine! Et elle a descendu l'échelle elle aussi. J'ai vu Félix penché vers Emma et il lui demandait si elle était correcte. Dans ma tête, j'ai recommencé à entendre les vagues, même si elles n'étaient pas fortes. Là, je suis descendue moi aussi. Emma s'est relevée et Félix lui a demandé si son bras était cassé. Elle a dit non, non, elle bougeait son bras et elle ne pleurait presque plus. Moi, je capotais mais sans savoir quoi faire. J'ai vu Charlie descendre l'échelle elle aussi. Emma m'a crié je vais le dire à tout le monde que t'es méchante! Là, elle n'avait plus l'air contente du tout. Elle avait juste une face de fille qui me haïssait beaucoup beaucoup. Après, elle a marché vers l'échelle pour remonter et Félix la suivait. Là, j'ai imaginé Emma aller dire à tout le monde ce que j'avais fait, j'ai imaginé que j'irais dans une autre maison et que ça ne pourrait pas être chez mononcle Hubert, peut-être même que j'irais en prison. Les vagues sont devenues plus fortes dans ma tête et là, j'ai vu la petite hache par terre, celle avec laquelle j'avais joué hier soir. Je l'ai prise et je l'ai levée devant moi en criant non, non, tu restes ici, vous restez tous ici, je veux que personne s'en aille! Ils ont arrêté de bouger, ils me regardaient tous avec des faces de peur à cause de la hache, même si elle était petite. Et moi, j'étais en criss après Charlie qui avait trahi mon secret, et que c'est pour ça que là, il n'y avait plus rien qui marchait et qu'Emma voulait me dénoncer même si elle avait promis à Charlie qu'elle ne le ferait pas, mais moi, ça me surprend pas d'Emma, c'est pas pour rien qu'elle a pas réussi le test de confiance la première fois, on peut pas lui faire confiance et moi, je le savais, mais la niaiseuse à Charlie a tout gâché, et il faut que je punisse Charlie, il faut que je la punisse et que les autres comprennent que ça va aller mal s'ils me trahissent, que ça va aller super mal, et là, tout à coup, même si ça gronde tellement fort dans ma tête que ça fait mal, j'ai une idée. J'ai crié plus personne va trahir ma confiance, jamais! Et là, j'ai marché vers Félix et je l'ai frappé avec la hache.

J'ai arrêté d'écrire deux minutes parce que j'ai écrit super vite et que j'ai mal à la main. En plus, ça fait longtemps que j'ai pas fait de paragraphe, j'avais comme oublié.

Félix a été tellement surpris qu'il n'a même pas reculé quand j'ai marché vers lui, on dirait qu'il ne comprenait pas ce que j'allais faire. Je visais son cou et là, j'ai bien visé. J'ai frappé fort fort et j'ai senti que la hache rentrait assez loin dans son cou et il y a eu pas mal de sang qui est sorti. Il y a quelqu'un qui a crié mais je ne sais pas qui. C'était pas Félix en tout cas. Il n'a pas crié, il n'a fait aucun son. Mais il a ouvert les yeux grands grands, je n'ai jamais vu des yeux s'ouvrir grands comme ça. Là, il a reculé un peu, tout croche, et il n'arrêtait pas de me regarder, et là, il a fait des drôles de sons, ça ressemblait à des heuff, heufff, pas forts mais avec une voix que je ne reconnaissais pas, comme si ce n'était pas lui qui les faisait. Je les entendais même si les vagues étaient super fortes dans ma tête. Là, Félix est tombé sur le dos et la hache est sortie de son cou. Il y a beaucoup beaucoup de sang qui sortait de son cou, c'était pas mal pareil comme dans les films d'horreur. Félix faisait toutes sortes de bruits, il bougeait les mains devant lui et il me regardait avec une face qui ne comprenait rien, et je pense qu'il avait très très peur. Je me demandais si je devais le frapper encore mais là, il a arrêté complètement de bouger. Il avait les yeux ouverts mais il était mort, ça paraissait. Je le regardais et il y a quelque chose qui était spécial parce que j'entendais encore le bruit des vagues. D'habitude, le bruit finit par arrêter, mais là, il n'arrêtait pas.

Là, Ling et Emma ont couru vers l'échelle et Ling criait et pleurait. J'ai pris la hache et je leur ai crié d'arrêter. Elles ont arrêté et elles me regardaient avec une face de grosse grosse peur. Charlie aussi me regardait. Elles me regardaient comme si elles n'étaient plus comme avant, je ne sais pas comment dire ça. Ling n'arrêtait pas de pleurer et Emma m'a crié tu l'as tué, t'as tué Félix ! Je mets juste un point d'exclamation parce que même si elle était très surprise et qu'elle avait peur, elle ne criait pas tant que ça, c'est comme si sa voix avait moins de force que d'habitude. J'ai dit oui, parce qu'il m'a dit qu'il voulait raconter aux autres ce que j'avais fait, alors tant pis pour lui. Là, j'ai montré Charlie et j'ai dit qu'en plus, je l'avais punie elle. Elle avait l'air de ne pas comprendre et les autres non plus. Mais moi, je trouvais mon idée super bonne. Depuis quelques jours, Charlie n'arrêtait pas de capoter parce qu'elle ne voulait pas que ce soit de sa faute que son grand-père soit mort, alors là, elle va capoter encore plus. J'ai empêché Félix de me trahir et en même temps, j'ai puni Charlie parce qu'elle m'avait trahie. J'ai dit à Charlie il y a pas juste ton grand-père qui va venir te voir la nuit. Charlie est venue les yeux pleins d'eau. Elle avait tellement peur que je l'ai vue trembler, je pensais même qu'elle allait tomber par terre, mais elle n'est pas tombée. Là, j'ai dit aux trois filles que si elles disaient à quelqu'un que mes parents étaient morts ou que si elles disaient à quelqu'un que j'avais tué Félix, j'allais leur faire la même affaire. Ling capotait, elle a dit t'es méchante, t'es vraiment méchante, et elle pleurait. Là j'ai crié fort fort, j'ai crié je suis pas méchante, c'est vous autres qui trahissez ma confiance! Moi, j'ai trahi personne! C'est vous autres, c'est de votre faute! Et là, vous allez comprendre! Vous dites rien à personne, sinon je vous tue, OK là? Je vous tue!!!!!!!

J'ai arrêté d'écrire un peu parce que je suis venue toute étourdie, je ne sais pas pourquoi. Là, je continue. Quand j'ai crié après mes amies, j'ai crié tellement fort que je me suis fait mal à la gorge, c'est pour ça que j'ai mis plein de points d'exclamation. Et pendant que je criais, j'entendais encore les vagues dans ma tête. Les filles ne disaient rien. Ling pleurait, Emma avait commencé à pleurer un peu aussi. Charlie avait les yeux pleins d'eau mais elle ne pleurait pas. Elle ne me regardait pas non plus, elle avait l'air de regarder quelque chose que je ne voyais pas, mais qui était super épeurant. Là, j'ai dit venez-vous en. J'ai marché vers l'échelle et j'ai remarqué que j'avais du sang sur mes mains et sur mon linge. J'ai essuyé mes mains sur mon pantalon et j'ai monté l'échelle. Les filles m'ont suivie et elles me parlaient pas. J'ai pris le trousseau de clés sur le comptoir et j'ai débarré la porte du dépanneur. Là, je leur ai dit qu'elles pouvaient prendre du chocolat et des bonbons avant de partir. Mais elles n'ont rien pris. Elles ont juste marcher vers la porte et elles sont sorties. On entendait juste Ling pleurer. Je leur ai demandé si on s'appelait après dîner. Elles n'ont encore rien dit et elles ne me regardaient même pas. J'ai fermé la porte et je l'ai barrée. J'ai regardé par la vitre. Emma et Ling sont parties en courant vite vite. Mais pas Charlie. Elle continuait à marcher lentement.

J'étais toute seule dans le dépanneur. J'ai pris une barre de chocolat, j'ai pris une bouchée mais je l'ai jetée. Je n'avais pas faim, je pense. Mon mal de tête était revenu, c'était achalant. Je suis retournée proche de la cave et j'ai regardé Félix en bas. C'est de valeur que je n'aie plus d'amoureux. J'aimais ça me faire donner des becs. Je pourrais me trouver un autre amoureux, mais je pense que je n'en veux plus. J'ai fermé la trappe et j'ai remis le rack de chips dessus. J'ai aussi ramassé les sacs de chips qui traînaient et je les ai remis dans le rack. Je faisais ça parce que si je replaçais toute comme avant, ce serait un peu comme si Félix était enterré. Je suis remontée à la maison. Je me sentais triste, tout d'un coup. J'avais du sang sur mon linge et mes mains et je n'aimais pas ça. J'ai mis mon linge dans le panier à linge. Après j'ai lavé mes mains et ma face. Après, j'ai mis une robe. Celle que maman aimait le plus. Je ne sais pas pourquoi, mais ça me tentait. Je me sentais encore triste. Là, le téléphone a sonné. Je n'ai pas répondu mais j'ai pris le message tout de suite après. C'était le père de Félix. Il disait je suis le papa de Félix et il faudrait qu'il revienne pour dîner. Il a laissé son numéro de téléphone. Je me suis dit que si je ne le rappelais pas, il viendrait ici. Alors je l'ai rappelé et je lui ai dit que Félix resterait ici toute la journée, il dînerait ici et il souperait aussi ici. Le père de Félix a ri et il a dit wow, grosse journée d'amoureux. Je n'ai pas ri. J'avais envie de lui dire t'es pas drôle, gros méchant qui fait des cochonneries à son enfant. Mais là, il ne pourra plus en faire, des cochonneries. Parce que Félix est mort. Parce que je l'ai tué. Je me suis assise dans le salon. J'avais envie de rien faire. Je regardais tout le désordre dans la maison. J'étais vraiment triste, j'ai même pleuré un peu. Maman aurait dit que j'étais déprimée. Là, j'ai décidé d'écrire dans mon journal. Et pendant que je l'écris, j'entends encore les vagues. C'est bizarre qu'elles ne s'en aillent pas.

Est-ce que c'est vrai que je suis méchante?

Je ne suis pas méchante, c'est les autres qui trahissent ma confiance. Même maman. Elle m'avait dit qu'elle ne m'abandonnerait jamais. Je leur ai fait confiance et là, je me rends compte que je n'aurais pas dû. Alors, je ne ferai plus confiance à personne. Même à mononcle Hubert parce que de toute façon, je ne pourrais pas vivre avec lui. Je vais rester toute seule. Mais je le sais que je ne pourrai pas rester toute seule ici longtemps parce que la police va encore rappeler pour l'accident de madame Lemaire et si je ne réponds pas, ils vont venir. Et le papa de Félix, ce soir, il va venir le chercher si Félix ne retourne pas chez lui. Et je ne sais pas si mes amies vont être capables de ne rien dire. Surtout Emma. En tout cas, je le sais que quelqu'un va finir par venir ici. Mais quand ça va arriver, je ne leur dirai rien parce que je le sais que le monde va encore me trahir. Alors je ne dirai rien et ils ne pourront pas savoir ce qui s'est passé.

Tant pis pour eux autres.

À quinze heures dix-sept, la sergente-enquêtrice Coupal et deux agents se trouvent dans le salon de Pascale Croteau. Cette dernière, il y a une quinzaine de minutes, a appelé au poste de police pour expliquer que sa fille Emma lui avait raconté une histoire à la fois abracadabrante et horrible.

« Depuis le dîner qu'elle est bizarre, qu'elle n'est pas comme d'habitude. Son amie Ling est venue la rejoindre et toutes les deux restaient enfermées dans la chambre d'Emma, je les entendais marmonner entre elles, comme si… À un moment, elles sont sorties toutes les deux et Emma m'a raconté ce… cette… »

Maintenant, la petite Emma Croteau, huit ans, à la fois chavirée et gênée, répète son histoire à la police et, à la fin, elle se met à pleurer en bredouillant qu'elle a peur que Florence la tue à son tour. Ses parents la consolent, déconcertés par cette histoire qui paraît invraisemblable. Ling Thui, neuf ans, n'a pas dit un mot durant tout le récit de son amie, mais elle approuvait vivement de la tête à chaque parole. Coupal se penche vers les fillettes, tente d'obtenir plus de précisions sur cette cave au dépanneur et demande si d'autres amis étaient présents. Cette fois, c'est Ling qui répond en pleurant.

À quinze heures vingt-huit, Coupal retourne au dépanneur. On déplace le support à croustilles, on révèle la trappe et on l'ouvre. Jusqu'à la dernière seconde, Coupal espère qu'il s'agit d'une fabulation d'enfant, mais dans la cave transformée en bunker, on découvre le cadavre de Félix Rivard, neuf ans, au centre d'une mare de sang. Alors qu'elle fixe d'un air terrassé le corps du gamin, Coupal reçoit un coup de téléphone. C'est Hubert Godin qui, toujours à Montréal, vient juste de prendre le message de la policière et la rappelle, vaguement inquiet.

Presque simultanément, à quinze heures trente et une, des agents se rendent chez les parents de Charlie Cournoyer, huit ans. Depuis l'heure du dîner, Charlie est assise dans un coin de sa chambre, à même le sol, manifestement terrifiée, et ses parents n'arrivent pas à lui soutirer la moindre explication. Lorsqu'elle voit deux policiers enter dans sa chambre, elle se met à crier et à gesticuler, comme si elle tentait de traverser le mur, hurlant que ce n'est pas de sa faute, qu'elle n'a jamais voulu qu'ils meurent, ni son grand-père, ni Félix, le tout entrecoupé de pleurs et de phrases incohérentes. Même après plusieurs minutes d'effort, ni ses parents bouleversés ni les agents ne réussissent à la calmer.

Pendant ce temps, à quinze heures trente-trois, Jean-François continue à parcourir les journaux personnels de Florence. Au cours de la dernière demi-heure, il a lu avec effroi bon nombre de passages du second livre et maintenant il s'attaque au premier. À plusieurs reprises, il tourne un regard incrédule vers la fillette qui dort toujours sur le divan, la bouche entrouverte, l'air angélique dans sa belle robe bleue. Il ne peut tout simplement pas y croire.

Son cellulaire sonne. Rapidement, avec les gestes d'un voleur pris sur le fait, il dépose le journal sur la table, près du second livre, tandis que Florence commence à bouger, sur le point de se réveiller. Puis, tout en s'éloignant au fond de la pièce, il répond. C'est Coupal. Elle ne lui demande même pas si la fillette a parlé et, la voix à la fois dure et troublée, elle ordonne :

— Amenez la petite au poste de la SQ. Immédiatement.

— L'enquêteur de Montréal est arrivé ?

— Non, mais amenez-la tout de suite.

— Est-ce que… est-ce que vous avez découvert quelque chose ?

— C'est… c'est très compliqué…

Aussitôt, il comprend que la policière sait. Il ne sait pas comment, mais elle sait.

— Moi aussi, j'ai découvert des choses, mais… je me demande si…

— Parfait, vous me raconterez ça au poste. De toute façon, vous serez présent pendant qu'on va interroger la petite, alors venez-vous-en maintenant.

Et elle raccroche. Le cœur de Jean-François bat à plein régime.

— Jean-François ?

Il se retourne. Florence se redresse dans le divan en se frottant les yeux.

— J'ai fait dodo, je pense.

Elle ne peut pas avoir l'air plus inoffensive qu'en ce moment. L'intervenant n'arrive toujours pas à y croire. Il ne veut pas y croire.

— Es-tu correct ? demande l'enfant.

Il ne doit pas lui avouer qu'il a lu son journal, il ne doit pas la confronter avec ce qu'il a appris. Pas maintenant, sinon elle ne lui fera plus confiance. Mais au poste de la SQ, avec les flics, ne risque-t-elle pas de se fermer de toute façon ? Il se sent confus. Pour l'instant, il doit l'amener à Coupal, il n'a pas le choix.

— Oui, oui. Allez, habille-toi, on s'en va au... heu... on s'en va voir les policiers.

La méfiance, qui n'avait pas pointé son nez depuis un bon moment, réapparaît sur les traits de Florence.

— Pourquoi ?

— Ils veulent te parler, mais inquiète-toi pas, ils vont être gentils et je vais être avec toi tout le temps.

— Pour vrai ?

— Promis.

Elle le considère longuement puis, tout à coup pleine d'espoir, elle articule :

— Si je raconte aux policiers ce qui s'est passé, est-ce que je vais pouvoir aller vivre chez vous après ?

Cette question lui fend le cœur, une déchirure causée autant par la tendresse que la peur. Écartelé par ces émotions contradictoires, il bredouille :

— C'est... je... C'est pas impossible.

Qu'est-ce qui lui prend de répondre ce mensonge ? Mais Florence paraît tout à fait rassurée. En fait, elle est presque contente tandis qu'elle se dirige vers la table et enfile son manteau. « OK, elle a l'air en confiance », songe Jean-François. « C'est toujours ça. »

— Pis ce soir, je vais pouvoir coucher chez toi ?

— Heu... c'est... je pense pas, non, pas ce soir...

Florence, sur le point de ramasser ses journaux intimes pour les ranger, s'immobilise et cligne des yeux, comme si on venait de lui asséner une gifle. Jean-François réalise qu'il la déçoit et, coupable, ajoute :

— Mais tu pourrais coucher chez ta tante Josée, hein ?

Mal à l'aise, il se détourne et marche vers la patère près de la porte. Il enfile son manteau et ses caoutchoucs sans hâte, pour se donner une contenance. Tout est si confus dans son esprit. Lorsqu'il se retourne, Florence finit de ranger ses journaux intimes dans son sac, les gestes lents. De nouveau, il s'en veut.

— Je te l'ai dit, Florence, je... je te trahirai pas, moi. Je vais pas t'abandonner, je te le promets. OK ?

Il tente de conserver une voix douce et rassurante malgré la tempête émotionnelle qui lui chavire la tête. Florence enfile son sac à dos et dévisage un moment Jean-François d'un air totalement bouleversé. Merde, on dirait qu'il n'arrive plus à la convaincre. Il lui tend la main.

— Allez, viens.

Elle finit par le rejoindre en silence, mais ne lui donne pas la main. Ils marchent vers la sortie.

Dehors, il ne tombe maintenant que des gouttelettes. Tandis qu'ils traversent le stationnement, l'intervenant tente d'élaborer une explication à présenter aux policiers. Il n'aura évidemment pas le choix de leur montrer les journaux personnels de la petite, mais il refuse toujours de croire ce qu'il a lu. Peut-être a-t-elle tout inventé. Peut-être que c'est effectivement cet Hubert qui a tué le père et, par défense face à un tel traumatisme, Florence a fabulé le reste, pour fuir dans une fiction. Mon Dieu, c'est totalement tiré par les cheveux, non? Il réagit comme quelqu'un qui s'est trop attaché à cette petite victime et qui nie les faits. Il déverrouille sa voiture, ouvre la portière arrière et se tourne vers l'enfant, qui traîne de la patte.

— Tu viens, ma belle?

Elle ne lève pas la tête. Elle paraît perdue dans de sombres réflexions, comme si mille pensées complexes et houleuses la tourmentaient. Sans un mot, elle retire son sac à dos et, le regard bas, s'installe sur la banquette en posant son sac sur ses genoux. Jean-François, toujours déchiré, referme la portière et contourne la voiture. Tandis qu'il s'installe derrière le volant, il se souvient de ce qu'elle lui a dit, plus tôt. Qu'elle aimait beaucoup écrire dans son journal parce que cela lui donnait l'impression d'inventer des histoires. Oui… Oui, elle a dit ça. C'est peut-être la preuve qu'elle a tout imaginé? Oui, peut-être…

Sur le point de démarrer, il réalise qu'il a oublié de boucler la ceinture de la petite. Il se tourne vers elle alors qu'elle fouille dans son sac à dos.

— Tu peux attacher ta ceinture toute seule ?

Il la voit tendre brutalement quelque chose dans sa direction, puis une douleur vive lui traverse la gorge, aussitôt remplacée par un froid glacial. Stupéfait, il dirige ses doigts vers son cou engourdi. Il touche un manche et tire dessus. Immédiatement, la souffrance devient intense et un flot de sang gicle devant lui. Ahuri, il fixe le long couteau à viande qu'il tient dans sa main, puis louche vers l'enfant. Celle-ci le regarde un bref moment, les traits à la fois durs et affligés, puis elle ouvre la portière, bondit hors du véhicule et l'intervenant l'entend fuir à toutes jambes. Une profonde tristesse submerge Jean-François tandis que sa vision se voile de ténèbres.

Enfin, il s'effondre sur le côté.

Flo

Quand elle a remarqué que le stylo ne se trouvait plus dans son journal intime, glissé à la dernière page, elle a tout de suite compris et la terrible révélation lui a éclaté en plein visage: Jean-François avait fouillé dans son journal intime pendant qu'elle dormait. Même s'il n'en avait pas le droit. Même s'il lui avait promis de ne pas le lire. Même s'il avait promis qu'il ne la trahirait pas.

Un de plus.

L'âme en miettes, elle avait compris qu'elle ne pouvait plus lui faire confiance. Elle ne pouvait plus se rendre au poste avec lui, car il raconterait tout aux policiers: il ne la protégerait plus, pas après ce qu'il avait lu. Comment pouvait-elle donc s'en sortir? Elle était si bouleversée qu'elle avait de la difficulté à réfléchir. Mais tandis qu'elle rangeait ses journaux, elle avait vu dans son sac à dos, parmi les vêtements et les barres tendres, le couteau à viande. Cette arme qu'elle avait prise, l'autre soir, lorsqu'elle avait songé à fuir son père avant de changer d'avis. Elle n'avait pas vidé son sac depuis. Elle avait déjà remarqué le couteau tout à l'heure, avant de quitter la maison avec Jean-François, et elle n'y avait pas prêté attention. Mais maintenant...

Alors qu'elle marchait dehors vers la voiture de l'intervenant, l'idée s'était mise en place, inéluctable. Elle n'avait pas le choix. Comme elle n'avait pas eu le choix avec papa, avec madame Lemaire, avec Félix. Mais c'était pire. Parce qu'elle avait vraiment fait confiance à Jean-François. Elle qui l'avait cru différent des autres, elle s'était trompée.

Et tandis qu'elle lui entre le couteau dans la gorge, ses forces sont mues autant par l'instinct de survie que par le désir de punir, même si elle est incapable de démêler ces deux émotions. Elle n'attend pas de savoir s'il est mort ou non : elle se sauve, serrant son sac à dos contre elle. Car il n'y a plus rien d'autre à faire : se sauver.

Lorsqu'elle arrive sur le trottoir du boulevard Lemire, elle s'arrête. Penchée vers l'avant, elle reprend son souffle, puis éclate en sanglots. La peur et la colère qu'elle ressentait il y a deux minutes à peine ont disparu. Elle ne sent que la tristesse, plus grande encore que celle de ce matin, quand elle finissait d'écrire son journal. À ce moment-là, elle était tout de même habitée par la volonté de se taire, de tenir tête. Maintenant, sa tristesse est vide. Ou presque : il ne reste que les flots qui, depuis qu'elle a tué Félix, ne cessent de rouler dans son crâne.

Elle se frotte les yeux, regarde les traces de sang sur son manteau et les essuie maladroitement sans réussir à les faire vraiment disparaître. Puis, elle enfile son sac sur son dos et se met en marche, indifférente aux voitures qui passent dans la rue près d'elle. Il ne pleut plus. Elle n'a aucune idée où elle va. Elle ne veut pas y penser. Elle ne veut penser à rien.

Au bout d'une dizaine de minutes, elle croise un chemin de fer et s'arrête un instant. Elle se dit que si elle le suit, on aura plus de difficulté à la trouver. Elle se remet donc en marche entre les rails, sur les traverses de bois. En temps normal, elle aurait joué à marcher uniquement sur les traverses sans toucher le sol, comme lorsqu'elle joue à ne pas marcher sur la sloche des trottoirs. Mais elle n'en a pas du tout envie. Elle n'y songe même pas. Au bout de quelques minutes, elle entend une sirène de police monter derrière elle, vers le boulevard, puis s'estomper.

Pendant un bon moment, le chemin de fer est flanqué de maisons cachées par des haies, puis peu à peu, les habitations s'effacent pour laisser place à de vastes champs. Mais Florence s'en rend à peine compte, son regard tourné vers son propre vide intérieur, la tête emplie du son des vagues. Au bout de presque une heure de marche, le soleil, qui a fait son apparition il y a trente minutes, est sur le point de disparaître à l'horizon. Florence ressent maintenant une incommensurable fatigue, une fatigue qui lui fait enfin réaliser qu'elle ne va nulle part, que la nuit va tomber et qu'elle va devoir s'arrêter, seule dans l'obscurité, et que demain matin, elle ne saura pas plus où se rendre.

Alors, pour la première fois, même si cette éventualité lui paraissait inconcevable il y a une heure à peine, l'idée d'être attrapée par la police ne lui semble plus une si mauvaise solution. Parce qu'il n'y a rien devant elle.

Elle ralentit le pas tandis que ses noires pensées poussent en elle, mais elle ne s'arrête pas. À trente mètres devant passe une autoroute qui enjambe le chemin de fer par l'entremise d'un viaduc. Florence distingue une voiture garée sur l'accotement. Le capot est ouvert et une femme finit de verser du liquide dans le réservoir du lave-vitre. Elle referme le capot puis aperçoit l'enfant. Mais celle-ci ne lui accorde aucune attention. Elle continue d'avancer vers le viaduc d'un pas traînant, son sac à dos de plus en plus lourd sur ses épaules. Sa mère lui traverse l'esprit. Elle aurait tellement besoin d'un de ses câlins.

Un vrombissement s'élève, différent de celui qui l'habite, et elle se retourne. Au loin, un train apparaît. Elle s'arrête et le regarde approcher. Dans sa tête, le bruit du moteur grossit peu à peu, se mêle aux grondements des vagues qui gonflent aussi, comme pour emporter la fillette dans leur ressac. Et lorsque le train, maintenant tout près, déclenche sa sirène, Florence, immobile, son œil fasciné rivé à la locomotive, ne l'entend même pas, pas plus qu'elle n'entend les cris qui la préviennent du danger, l'âme submergée par les flots.

Deux mains l'attrapent et la tirent à l'écart du chemin de fer. Hagarde, elle se laisse faire, tandis que le train, quelques secondes plus tard, passe à toute allure devant elle.

— Ostie, t'es folle ou quoi ?

Florence, déboussolée, dévisage celle qui l'a sauvée. C'est la femme qui se trouvait sur l'autoroute quelques mètres plus haut. Dans la quarantaine avancée, vieux manteau sur le dos, longs cheveux blonds en bataille, elle fixe l'enfant d'un air contrarié.

— Tu voyais pas le train ?

L'enfant continue d'observer l'inconnue tandis que le train termine son passage.

— Pis qu'est-ce que tu fais toute seule de même ?

Dans la tête de Florence, les flots se retirent enfin, lentement, sans l'emporter. Elle ne sait que dire à cette inconnue. Elle ignore même si elle souhaitait que la locomotive la happe. Elle ne sait plus rien. La femme esquisse une grimace de dédain et lâche l'enfant.

— Ah, pis dans le fond, je m'en crisse. Allez, bye.

Elle est sur le point de repartir, mais elle remarque le sang séché sur les mains de la gamine et sur son manteau.

— Tu t'es blessée ?

Florence, le visage inexpressif, regarde ses paumes.

— J'ai attaqué quelqu'un.

— T'as *attaqué* quelqu'un ?

Florence hausse les épaules et ajoute d'un ton égal :

— J'ai tué du monde, aussi.

Voilà, elle l'a dit. D'une voix lasse. Parce que ça n'a plus d'importance maintenant. Ça lui fait presque du bien. Et elle est tellement épuisée.

— Allez-vous m'amener à la police ?

Oui, pourquoi pas ? Elle pourrait se reposer.

L'inconnue fronce les sourcils avec une moue sceptique.

— À la police ? Voyons, criss, tu me niaises, là ?

Florence ne réplique rien. La femme a un geste indifférent puis commence à remonter vers sa voiture.

— Fuck it.

Florence soupire. La vue du long chemin de fer la déprime. Elle enlève son sac et s'assoit sur les rails, les bras entre les jambes, et ne bouge plus. L'inconnue, à mi-chemin, décoche un regard vers la fillette et, en constatant sa position, s'arrête.

— Qu'est-ce que tu fais ? Reste pas là, retourne chez vous !

— Je peux pas retourner chez nous.

— Ben là !... S'il y a un autre train qui arrive, vas-tu te tasser ?

— Je sais pas.

La femme pose les mains sur ses hanches.

— Veux-tu mourir, coudon ?

— Je sais pas.

Et Florence est sincère. Elle ne sait *vraiment* pas. Elle se tourne vers la femme.

— Ce serait comme dormir pour toujours. Mais je pense pas que je resterais belle comme maman...

Elle sent les larmes monter et reporte son attention sur les rails qui s'allongent. L'inconnue la fixe d'un air déconcerté. Elle réfléchit un moment, les yeux plissés.

— T'as vraiment tué quelqu'un ? Tu me niaises pas ?

Florence se contente de la regarder sans un mot. La femme, les mains toujours sur les hanches, hésite puis elle secoue la tête et marmonne comme pour elle-même :

— Ostie, je peux pas croire que je vais…

Elle fait signe à la petite et, comme si elle le regrettait déjà, lui lance en soupirant :

— Envoye, viens-t'en.

Florence s'étonne à peine. Docile, elle prend son sac, se lève et rejoint l'inconnue.

— Vous allez m'amener à la police ?

— Ben non, laisse faire la criss de police, répond la femme en se dirigeant vers sa voiture. Monte dans le char.

Florence ne devrait pas faire confiance à cette inconnue, elle ne veut plus faire confiance à personne. Mais il ne s'agit pas de confiance. Il s'agit uniquement de ne plus marcher, de ne plus décider quoi que ce soit. Tout lui est égal. Mollement, elle ouvre la portière côté passager du vieux Honda Civic rouge, dépose son sac à l'intérieur et s'installe. La chaleur qui règne dans le véhicule lui procure instantanément un bien immense. Sur le tableau de bord, elle aperçoit un roman dont le titre est *Ténèbre*. La femme s'assoit derrière le volant puis s'allume une cigarette. Le soleil a maintenant disparu et l'obscurité s'étend peu à peu.

— Si vous m'amenez pas à la police, on va où ?

— Chez nous, à Québec.

Elle met la voiture en marche. À la radio, un homme annonce que le gouvernement vient de mettre en place de nouvelles restrictions relatives au Covid-19. « Ce danger, que la plupart des gens ne prenaient pas au sérieux il y a quelques jours à peine, semble finalement bien réel », explique l'animateur. La femme coupe la radio.

— Ça va pas déranger votre famille ? demande Florence.

La femme actionne le bras de vitesse en première et prend la route.

— Ça dérangera fucking personne, je suis toute seule. Tu vas coucher chez nous cette nuit, pis demain, on verra. Pis en chemin, tu vas me raconter ce qui t'est arrivé.

Florence ne comprend pas.

— Pourquoi vous voulez savoir ça ?

L'inconnue tourne un œil intéressé vers elle tout en faisant passer la Honda Civic en seconde vitesse.

— Je le sais pas... Ça fait longtemps en criss que quelqu'un m'a pas intriguée autant que toi...

Florence n'a jamais vu une grande personne dire autant de gros mots devant elle. Son père, parfois, s'échappait, mais jamais à ce point. Elle serre les lèvres, le regard tout à coup dur, et articule :

— Même si je vous raconte ce qui s'est passé, je vous fais pas confiance.

Elle peut bien tout lui révéler puisque maintenant elle s'en moque complètement ; n'empêche, elle ne veut pas que cette inconnue se fasse d'illusions. Celle-ci, sans quitter la route des yeux, hausse un sourcil amusé et monte la vitesse en troisième.

— Ah, non ?

— Non. Je fais plus confiance à personne.

La femme ricane, cigarette au bec.

— Ça, t'as raison en ostie. Faut faire confiance à personne. Jamais.

Florence sent une réelle surprise traverser l'indifférence dans laquelle elle flotte depuis une heure. La conductrice passe en quatrième puis tourne la tête vers l'enfant, tandis que sa curiosité tend maintenant vers la fascination.

— On dirait que t'as déjà compris ben des affaires, hein, la p'tite ?

Florence ne répond rien, mais, confuse, continue d'observer cette adulte tellement différente des autres. L'inconnue revient à la route et prend une touche de sa cigarette.

— C'est quoi, ton nom ?

— Florence Roberge. Pis vous ?

La femme rejette la fumée de sa bouche.

— Michelle Beaulieu.

Elle passe en cinquième vitesse et la voiture fonce vers l'horizon de plus en plus noir.

REMERCIEMENTS

Pour leur aide dans leur domaine respectif : le sergent-enquêteur de la SQ Jean Sarrazin, le thanatologue Pierre-Luc Landreville et l'ex-intervenante à la DPJ Catherine Bernier. Hâte de vous voir « en présentiel » et de vous payer une bière, gang.

Pour leur lecture-analyse d'une précision chirurgicale, mon super duo René Flageole - Olivier Sabino, fidèles au poste depuis moult années.

À tous mes amis Facebook qui, pendant un an, ont répondu si gentiment à plein de questions sur les enfants de huit ans.

À Karine Davidson Tremblay, ma webmestre.

À Jean, Louise, Philippe et tous les autres de chez Alire.

À mon agent Patrick Leimgruber.

À ma douce Sophie.

À vous tous, lecteurs et lectrices, que je ne peux rencontrer depuis un an à cause de cette saloperie de pandémie, mais qui restez fidèles malgré tout. J'ai bien hâte de vous retrouver dans des conférences ou dans des Salons du livre.

Patrick Senécal…

… est né à Drummondville en 1967. Bachelier en études françaises de l'Université de Montréal, il a enseigné pendant plusieurs années la littérature et le cinéma au cégep de Drummondville. Passionné par toutes les formes artistiques mettant en œuvre le suspense, le fantastique et la terreur, il publie en 1994 un premier roman d'horreur, *5150, rue des Ormes*, où tension et émotions fortes sont à l'honneur. Son troisième roman, *Sur le seuil*, un suspense fantastique publié en 1998, a été acclamé de façon unanime par la critique, tout comme *Aliss* (2000), une relecture originale et grinçante du chef-d'œuvre de Lewis Carroll, mais aussi *Le Vide*, *Hell.com*, *Malphas*… *Sur le seuil* et *5150, rue des Ormes* ont été portés au grand écran par Éric Tessier (2003 et 2009), Podz a réalisé *Les Sept Jours du talion* en 2010 et Jeik Dion a adapté *Aliss* en BD en 2020. Quant à la télésérie *Patrick Senécal présente*…, les cinq premiers épisodes, diffusés au printemps 2021, seront suivis par cinq autres l'automne prochain.

ALIRE 25 ans

Le Catalogue

Collection « Autrement »

001	*La Splendeur des monstres*	Esther Rochon
002	*Une sorte de nitescence langoureuse*	Sylvie Bérard

Collection « Essais »

001	*Stephen King : trente ans de terreur* (épuisé)	Hugues Morin *et al.*
002	*The X-Files : Radiographie d'une série culte* (épuisé)	Bergeron / Spehner
003	*Le XIX*e *siècle fantastique en Amérique française*	Claude Janelle *et al.*
004	*Le Roman policier en Amérique française*	Norbert Spehner
005	*La Décennie charnière*	Claude Janelle
006	*Scènes de crimes*	Norbert Spehner
007	*Le Roman policier en Amérique française -2*	Norbert Spehner
008	*Le DALIAF (Dictionnaire des Auteurs des Littératures de l'Imaginaire en Amérique Française)*	Claude Janelle
009	*Comment écrire des histoires*	Élisabeth Vonarburg
010	*Le Détectionnaire*	Norbert Spehner
011	*Petit Guide de la science-fiction au Québec*	Jean-Louis Trudel

Collection « GF »

001	*Sur le seuil*	Patrick Senécal
002	*La Peau blanche*	Joël Champetier
003	*Le Vide*	Patrick Senécal
004	*Hell.com*	Patrick Senécal
005	*5150, rue des Ormes*	Patrick Senécal
006	*Les Sept Jours du talion*	Patrick Senécal
007	*La Chair disparue* (Les Gestionnaires de l'apocalypse -1)	Jean-Jacques Pelletier
008	*Le Deuxième Gant*	Natasha Beaulieu
009	*Un choc soudain* (Jane Yeats -1)	Liz Brady
010	*Dans le quartier des agités* (Les Cahiers noirs de l'aliéniste -1)	Jacques Côté
011	*L'Argent du monde* (Les Gestionnaires de l'apocalypse -2)	Jean-Jacques Pelletier
012	*Le Bien des autres* (Les Gestionnaires de l'apocalypse -3)	Jean-Jacques Pelletier
013	*Le Sang des prairies* (Les Cahiers noirs de l'aliéniste -2)	Jacques Côté
014	*Mauvaise Rencontre* (Jane Yeats -2)	Liz Brady
015	*La Faim de la Terre* (Les Gestionnaires de l'apocalypse -4)	Jean-Jacques Pelletier
016	*Le Cas des casiers carnassiers* (Malphas -1)	Patrick Senécal
017	*La Course de Jane* (Jane Yeats -3)	Liz Brady
018	*Torture, luxure et lecture* (Malphas -2)	Patrick Senécal
019	*La Dérive des anges* (Reed & Sydowski -1)	Rick Mofina
020	*Sous le ciel*	Guy Gavriel Kay
021	*Regarde-moi*	Natasha Beaulieu
022	*Les Visages de l'humanité*	Jean-Jacques Pelletier
023	*La Peur au corps* (Reed & Sydowski -2)	Rick Mofina
024	*Ce qui se passe dans la cave reste dans la cave* (Malphas -3)	Patrick Senécal

025	*Le Sang des autres* (Reed & Sydowski -3)	Rick Mofina
026	*Brouillard d'automne*	Lionel Noël
027	*Et à l'heure de votre mort* (Les Cahiers noirs de l'aliéniste -3)	Jacques Côté
028	*Derniers Pas vers l'enfer*	Maxime Houde
029	*Sans retour* (Reed & Sydowski -4)	Rick Mofina
030	*Repentir(s)*	Richard Ste-Marie
031	*Grande Liquidation* (Malphas -4)	Patrick Senécal
032	*Tu seras mienne* (Reed & Sydowski -5)	Rick Mofina
033	*Le Secret du 16 V*	Natasha Beaulieu
034	*Le Fleuve des étoiles*	Guy Gavriel Kay
035	*Les Marches de la Lune morte*	Yves Meynard
036	*La Vieille Fille et la mort*	Catherine Sylvestre
037	*La Misère des laissés-pour-compte*	Maxime Houde
038	*Cartel*	Camille Bouchard
039	*Ysabel*	Guy Gavriel Kay
040	*La Noirceur*	François Lévesque
041	*L'Affaire Céline*	Jean Louis Fleury
042	*Le Jeu du Démiurge*	Philippe-Aubert Côté
043	*La Grande Mort de mononc' Morbide*	Éric Gauthier
044	*Faims*	Patrick Senécal
045	*Dernière Heure* (Jason Wade -1)	Rick Mofina
046	*Le Sang de Mirial*	Marie Bilodeau
047	*Le Blues des sacrifiés*	Richard Ste-Marie
048	*Et Dieu perd son temps*	Camille Bouchard
049	*Toutes les peurs* (Jason Wade -2)	Rick Mofina
050	*La Chute de Mirial*	Marie Bilodeau
051	*Les Monstres intérieurs*	Héloïse Côté
052	*L'Autre Reflet*	Patrick Senécal
053	*Les Cendres de Sedna*	Ariane Gélinas
054	*La Guerre de Mirial*	Marie Bilodeau
055	*Une tombe parfaite* (Jason Wade -3)	Rick Mofina
056	*Où le soleil s'éteint*	Jacques Côté
057	*Enfants de la Terre et du Ciel*	Guy Gavriel Kay
058	*La Vie rêvée de Frank Bélair*	Maxime Houde
059	*L'Ombre des monastères*	Jean Louis Fleury
060	*Il y aura des morts*	Patrick Senécal
061	*La Voie des pierres* (Les Pierres et les Roses -1)	Élisabeth Vonarburg
062	*La Vieille Fille et le photographe*	Catherine Sylvestre
063	*De ton fils charmant et clarinettiste*	Richard Ste-Marie
064	*Aliss*	Patrick Senécal
065	*Oniria*	Patrick Senécal
066	*Le Passager*	Patrick Senécal
067	*La Voie des roses* (Les Pierres et les Roses -2)	Élisabeth Vonarburg
068	*Les Traîtres du Camp 133*	Wayne Arthurson
069	*Chrysanthe 1. La Princesse perdue*	Yves Meynard
070	*Neiges rouges*	François Lévesque
071	*Radio-Vérité*	Jean-Jacques Pelletier
072	*La Balance et le Sablier* (Les Pierres et les Roses -3)	Élisabeth Vonarburg
073	*L'Ange (en)volé* (Kate Page -1)	Rick Mofina
074	*Chrysanthe 2. Le Prince rebelle*	Yves Meynard
075	*Quelques battements d'ailes avant la nuit*	Ariane Gélinas
076	*Le Saint Patron des plans foireux*	Éric Gauthier
077	*Dernière Limite* (Kate Page -2)	Rick Mofina
078	*GEIST – Les Héritiers de Nikola Tesla*	Sébastien Chartrand
079	*Halifax Express*	Lionel Noël
080	*On tue…*	Jean-Jacques Pelletier
081	*Ceux de là-bas*	Patrick Senécal
082	*Chaque Seconde* (Kate Page -3)	Rick Mofina
083	*La Vieille Fille et l'enfant*	Catherine Sylvestre

084	*Mirage*	Josée Lepire
085	*Abîmes*	Jonathan Reynolds
086	*Tous mes univers*	Joël Champetier
087	*Chrysanthe 3. Le Royaume en guerre*	Yves Meynard
088	*Un éclat d'antan*	Guy Gavriel Kay
089	*Le Sculpteur de vœux*	Philippe-Aubert Côté
090	*Mon Almérique à moi*	Cédric Ferrand
091	*Chute libre* (Kate Page -4)	Rick Mofina
092	*L'Évaporée du Red Light*	Maxime Houde
093	*Meurtres avec vue*	Thomas King

Collection « Romans » / Collection « Nouvelles »

001	*Blunt – Les Treize Derniers Jours*	Jean-Jacques Pelletier
002	*Aboli* (Les Chroniques infernales)	Esther Rochon
003	*Les Rêves de la Mer* (Tyranaël -1)	Élisabeth Vonarburg
004	*Le Jeu de la Perfection* (Tyranaël -2)	Élisabeth Vonarburg
005	*Mon frère l'Ombre* (Tyranaël -3)	Élisabeth Vonarburg
006	*La Peau blanche*	Joël Champetier
007	*Ouverture* (Les Chroniques infernales)	Esther Rochon
008	*Lames sœurs*	Robert Malacci
009	*SS-GB* (épuisé)	Len Deighton
010	*L'Autre Rivage* (Tyranaël -4)	Élisabeth Vonarburg
011	*Nelle de Vilvèq* (Le Sable et l'Acier -1)	Francine Pelletier
012	*La Mer allée avec le soleil* (Tyranaël -5)	Élisabeth Vonarburg
013	*Le Rêveur dans la Citadelle*	Esther Rochon
014	*Secrets* (Les Chroniques infernales)	Esther Rochon
015	*Sur le seuil*	Patrick Senécal
016	*Samiva de Frée* (Le Sable et l'Acier -2)	Francine Pelletier
017	*Le Silence de la Cité*	Élisabeth Vonarburg
018	*Tigane -1*	Guy Gavriel Kay
019	*Tigane -2*	Guy Gavriel Kay
020	*Issabel de Qohosaten* (Le Sable et l'Acier -3)	Francine Pelletier
021	*La Chair disparue* (Les Gestionnaires de l'apocalypse -1)	Jean-Jacques Pelletier
022	*L'Archipel noir*	Esther Rochon
023	*Or* (Les Chroniques infernales)	Esther Rochon
024	*Les Lions d'Al-Rassan*	Guy Gavriel Kay
025	*La Taupe et le Dragon*	Joël Champetier
026	*Chronoreg*	Daniel Sernine
027	*Chroniques du Pays des Mères*	Élisabeth Vonarburg
028	*L'Aile du papillon*	Joël Champetier
029	*Le Livre des Chevaliers*	Yves Meynard
030	*Ad nauseam*	Robert Malacci
031	*L'Homme trafiqué* (Les Débuts de F)	Jean-Jacques Pelletier
032	*Sorbier* (Les Chroniques infernales)	Esther Rochon
033	*L'Ange écarlate* (Les Cités intérieures -1)	Natasha Beaulieu
034	*Nébulosité croissante en fin de journée*	Jacques Côté
035	*La Voix sur la montagne*	Maxime Houde
036	*Le Chromosome Y*	Leona Gom
037	(N) *La Maison au bord de la mer*	Élisabeth Vonarburg
038	*Firestorm*	Luc Durocher
039	*Aliss*	Patrick Senécal
040	*L'Argent du monde -1* (Les Gestionnaires de l'apocalypse -2)	Jean-Jacques Pelletier
041	*L'Argent du monde -2* (Les Gestionnaires de l'apocalypse -2)	Jean-Jacques Pelletier
042	*Gueule d'Ange*	Jacques Bissonnette
043	*La Mémoire du lac*	Joël Champetier
044	*Une chanson pour Arbonne*	Guy Gavriel Kay
045	*5150, rue des Ormes*	Patrick Senécal

046	*L'Enfant de la nuit* (Le Pouvoir du sang -1)	Nancy Kilpatrick
047	*La Trajectoire du pion*	Michel Jobin
048	*La Femme trop tard*	Jean-Jacques Pelletier
049	*La Mort tout près* (Le Pouvoir du sang -2)	Nancy Kilpatrick
050	*Sanguine*	Jacques Bissonnette
051	*Sac de nœuds*	Robert Malacci
052	*La Mort dans l'âme*	Maxime Houde
053	*Renaissance* (Le Pouvoir du sang -3)	Nancy Kilpatrick
054	*Les Sources de la magie*	Joël Champetier
055	*L'Aigle des profondeurs*	Esther Rochon
056	*Voile vers Sarance* (La Mosaïque sarantine -1)	Guy Gavriel Kay
057	*Seigneur des Empereurs* (La Mosaïque sarantine -2)	Guy Gavriel Kay
058	*La Passion du sang* (Le Pouvoir du sang -4)	Nancy Kilpatrick
059	*Les Sept Jours du talion*	Patrick Senécal
060	*L'Arbre de l'Été* (La Tapisserie de Fionavar -1)	Guy Gavriel Kay
061	*Le Feu vagabond* (La Tapisserie de Fionavar -2)	Guy Gavriel Kay
062	*La Route obscure* (La Tapisserie de Fionavar -3)	Guy Gavriel Kay
063	*Le Rouge idéal*	Jacques Côté
064	*La Cage de Londres*	Jean-Pierre Guillet
065	(N) *Les Prix Arthur-Ellis -1*	Peter Sellers (dir.)
066	*Le Passager*	Patrick Senécal
067	*L'Eau noire* (Les Cités intérieures -2)	Natasha Beaulieu
068	*Le Jeu de la passion*	Sean Stewart
069	*Phaos*	Alain Bergeron
070	(N) *Le Jeu des coquilles de nautilus*	Élisabeth Vonarburg
071	*Le Salaire de la honte*	Maxime Houde
072	*Le Bien des autres -1* (Les Gestionnaires de l'apocalypse -3)	Jean-Jacques Pelletier
073	*Le Bien des autres -2* (Les Gestionnaires de l'apocalypse -3)	Jean-Jacques Pelletier
074	*La Nuit de toutes les chances*	Eric Wright
075	*Les Jours de l'ombre*	Francine Pelletier
076	*Oniria*	Patrick Senécal
077	*Les Méandres du temps* (La Suite du temps -1)	Daniel Sernine
078	*Le Calice noir*	Marie Jakober
079	*Une odeur de fumée*	Eric Wright
080	*Opération Iskra*	Lionel Noël
081	*Les Conseillers du Roi* (Les Chroniques de l'Hudres -1)	Héloïse Côté
082	*Terre des Autres*	Sylvie Bérard
083	*Une mort en Angleterre*	Eric Wright
084	*Le Prix du mensonge*	Maxime Houde
085	*Reine de Mémoire 1. La Maison d'Oubli*	Élisabeth Vonarburg
086	*Le Dernier Rayon du soleil*	Guy Gavriel Kay
087	*Les Archipels du temps* (La Suite du temps -2)	Daniel Sernine
088	*Mort d'une femme seule*	Eric Wright
089	*Les Enfants du solstice* (Les Chroniques de l'Hudres -2)	Héloïse Côté
090	*Reine de Mémoire 2. Le Dragon de Feu*	Élisabeth Vonarburg
091	*La Nébuleuse iNSIEME*	Michel Jobin
092	*La Rive noire*	Jacques Côté
093	*Morts sur l'Île-du-Prince-Édouard*	Eric Wright
094	*La Balade des épavistes*	Luc Baranger
095	*Reine de Mémoire 3. Le Dragon fou*	Élisabeth Vonarburg
096	*L'Ombre pourpre* (Les Cités intérieures -3)	Natasha Beaulieu
097	*L'Ourse et le Boucher* (Les Chroniques de l'Hudres -3)	Héloïse Côté
098	*Une affaire explosive*	Eric Wright
099	*Même les pierres…*	Marie Jakober
100	*Reine de Mémoire 4. La Princesse de Vengeance*	Élisabeth Vonarburg
101	*Reine de Mémoire 5. La Maison d'Équité*	Élisabeth Vonarburg
102	*La Rivière des morts*	Esther Rochon
103	*Le Voleur des steppes*	Joël Champetier
104	*Badal*	Jacques Bissonnette

105 *Une affaire délicate* Eric Wright
106 *L'Agence Kavongo* Camille Bouchard
107 *Si l'oiseau meurt* Francine Pelletier
108 *Ysabel* Guy Gavriel Kay
109 *Le Vide -1. Vivre au Max* Patrick Senécal
110 *Le Vide -2. Flambeaux* Patrick Senécal
111 *Mort au générique* Eric Wright
112 *Le Poids des illusions* Maxime Houde
113 *Le Chemin des brumes* Jacques Côté
114 *Lame* (Les Chroniques infernales) Esther Rochon
115 *Les Écueils du temps* (La Suite du temps -3) Daniel Sernine
116 *Les Exilés* Héloïse Côté
117 *Une fêlure au flanc du monde* Éric Gauthier
118 *La Belle au gant noir* Robert Malacci
119 *Les Filles du juge* Robert Malacci
120 *Mort à l'italienne* Eric Wright
121 *Une mort collégiale* Eric Wright
122 *Un automne écarlate* (Les Carnets de Francis -1) François Lévesque
123 *La Dragonne de l'aurore* Esther Rochon
124 *Les Voyageurs malgré eux* Élisabeth Vonarburg
125 *Un tour en Arkadie* Francine Pelletier
126 (N) *L'Enfant des Mondes Assoupis* Yves Meynard
127 (N) *Les Leçons de la cruauté* Laurent McAllister
128 (N) *Sang de pierre* Élisabeth Vonarburg
129 *Le Mystère des Sylvaneaux* Joël Champetier
130 *La Faim de la Terre -1* (Les Gestionnaires de l'apocalypse -4) Jean-Jacques Pelletier
131 *La Faim de la Terre -2* (Les Gestionnaires de l'apocalypse -4) Jean-Jacques Pelletier
132 *La Dernière Main* Eric Wright
133 *Les Visages de la vengeance* (Les Carnets de Francis -2) François Lévesque
134 *La Tueuse de dragons* Héloïse Côté
135 (N) *Les Prix Arthur-Ellis -2* Peter Sellers (dir.)
136 *Hell.com* Patrick Senécal
137 *L'Esprit de la meute* François Lévesque
138 (N) *L'Assassiné de l'intérieur* Jean-Jacques Pelletier
139 *RESET – Le Voile de lumière* Joël Champetier
140 (N) *Odyssées chimériques* Claude Lalumière
141 *L'Infortune des bien nantis* Maxime Houde
142 *La Saga d'Illyge* Sylvie Bérard
143 *Montréel* Éric Gauthier
144 *Le Deuxième Gant* Natasha Beaulieu
145 *Une mort comme rivière* (Les Carnets de Francis -3) François Lévesque
146 *L'Inaveu* Richard Ste-Marie
147 *Un choc soudain* (Jane Yeats -1) Liz Brady
148 *Un ménage rouge* Richard Ste-Marie
149 *Mauvaise Rencontre* (Jane Yeats -2) Liz Brady
150 *L'Ensorceleuse de Pointe-Lévy* (Le Crépuscule des arcanes -1) Sébastien Chartrand
151 *Projet Sao Tomé* Michel Jobin
152 *La Course de Jane* (Jane Yeats -3) Liz Brady
153 *Une maison de fumée* François Lévesque
154 *Le Frère de Lumière* (Les Voyageurs -1) Héloïse Côté
155 (N) *La Musique du soleil* Élisabeth Vonarburg
156 *Le Garçon qui savait lire* (Les Voyageurs -2) Héloïse Côté
157 *Hôtel Olympia* Élisabeth Vonarburg
158 *Dans le quartier des agités* (Les Cahiers noirs de l'aliéniste -1) Jacques Côté
159 *Les Visages de l'humanité* Jean-Jacques Pelletier
160 *Regarde-moi* Natasha Beaulieu
161 *Sous le ciel* Guy Gavriel Kay
162 *La Voix de la Lumière* (Les Voyageurs -3) Héloïse Côté
163 *La Voyante des Trois-Rivières* (Le Crépuscule des arcanes -2) Sébastien Chartrand

164 *Le Sang des prairies* (Les Cahiers noirs de l'aliéniste -2) — Jacques Côté
165 *Et à l'heure de votre mort* (Les Cahiers noirs de l'aliéniste -3) — Jacques Côté
166 *Derniers Pas vers l'enfer* — Maxime Houde
167 *L'Oiseau de feu -1. Les Années d'apprentissage* — Jacques Brossard
168 *L'Oiseau de feu -2A. Le Recyclage d'Adakhan* — Jacques Brossard
169 *L'Oiseau de feu -2B. Le Grand Projet* — Jacques Brossard
170 *L'Oiseau de feu -2C. Le Sauve-qui-peut* — Jacques Brossard
171 *L'Oiseau de feu -3. Les Années d'errance* — Jacques Brossard
172 *Repentir(s)* — Richard Ste-Marie
173 *Le Sorcier de l'île d'Orléans* (Le Crépuscule des arcanes -3) — Sébastien Chartrand
174 *Le Cas des casiers carnassiers* (Malphas -1) — Patrick Senécal
175 *Torture, luxure et lecture* (Malphas -2) — Patrick Senécal
176 *La Dérive des anges* (Reed & Sydowski -1) — Rick Mofina
177 *La Peur au corps* (Reed & Sydowski -2) — Rick Mofina
178 *Le Sang des autres* (Reed & Sydowski -3) — Rick Mofina
179 *Sans retour* (Reed & Sydowski -4) — Rick Mofina
180 *Tu seras mienne* (Reed & Sydowski -5) — Rick Mofina
181 *Le Fleuve des étoiles* — Guy Gavriel Kay
182 *La Femme de Berlin* — Pauline Vincent
183 *Le Secret du 16 V* — Natasha Beaulieu
184 *Les Marches de la Lune morte* — Yves Meynard
185 *Ce qui se passe dans la cave reste dans la cave* (Malphas -3) — Patrick Senécal
186 *Grande Liquidation* (Malphas -4) — Patrick Senécal
187 *La Misère des laissés-pour-compte* — Maxime Houde
188 *Brouillard d'automne* — Lionel Noël
189 *Cartel* — Camille Bouchard
190 *Le Blues des sacrifiés* — Richard Ste-Marie
191 *Le Sommeil des arbres-machines* (Le Jeu du Démiurge -1) — Philippe-Aubert Côté
192 *Un monde à l'éternité* (Le Jeu du Démiurge -2) — Philippe-Aubert Côté
193 *Où le soleil s'éteint* — Jacques Côté
194 *Dernière Heure* (Jason Wade -1) — Rick Mofina
195 *La Noirceur* — François Lévesque
196 *L'Affaire Céline* — Jean Louis Fleury
197 *Faims* — Patrick Senécal
198 *Dix petits hommes blancs* — Jean-Jacques Pelletier
199 *Toutes les peurs* (Jason Wade -2) — Rick Mofina
200 *Enfants de la Terre et du Ciel* — Guy Gavriel Kay
201 *Machine God* — Jean-Jacques Pelletier
202 *La Grande Mort de mononc' Morbide* — Éric Gauthier
203 *Les Monstres intérieurs* — Héloïse Côté
204 *Et Dieu perd son temps* — Camille Bouchard
205 *Une tombe parfaite* (Jason Wade -3) — Rick Mofina
206 *L'Autre Reflet* — Patrick Senécal
207 *Les Cendres de Sedna* — Ariane Gélinas
208 *Bain de sang* — Jean-Jacques Pelletier
209 *Deux balles, un sourire* — Jean-Jacques Pelletier
210 *L'Ombre des monastères* — Jean Louis Fleury
211 *La Vie rêvée de Frank Bélair* — Maxime Houde
212 *Le Sang de Mirial* — Marie Bilodeau
213 *La Chute de Mirial* — Marie Bilodeau
214 *La Guerrre de Mirial* — Marie Bilodeau

Flots
est le quatre-vingt-quatorzième volume de la collection « GF »
et le trois cent trente-sixième titre publié
par Les Éditions Alire inc.

Il a été achevé d'imprimer
en avril 2021 sur les presses de

MARQUIS

Imprimé au Canada

100% PCF BIO GAZ ÉNERGIE PERMANENT

Imprimé sur Rolland Enviro, contenant 100% de fibres postconsommation, est fabriqué avec un procédé sans chlore et à partir d'énergie biogaz.